La guerre des
Clans
III

Les mystères de la forêt

L'auteur

Pour écrire *La guerre des Clans*, **Erin Hunter** puise son inspiration dans son amour des chats et du monde sauvage. Erin est une fidèle protectrice de la nature. Elle aime par-dessus tout expliquer le comportement animal grâce aux mythologies, à l'astrologie, et aux pierres levées.

Du même auteur, chez Pocket Jeunesse

Vous aimez les livres de la collection

LA GUERRE DES
CLANS

Écrivez-nous
pour nous faire partager votre enthousiasme :
Pocket Jeunesse, 12, avenue d'Italie, 75013 Paris.

Erin Hunter

LA GUERRE DES CLANS

Livre III

Les mystères de la forêt

Traduit de l'anglais par Cécile Pournin

Titre original :
Forest of Secrets

Loi n° 49 956 du 16 juillet 1949 sur les publications
destinées à la jeunesse : mars 2008.

© 2003, Working Partners Ltd.
Publié pour la première fois en 2003 par Harper Collins *Publishers*.
Tous droits réservés.
© 2005, éditions Pocket Jeunesse,
département d'Univers Poche.
Pour la présente édition : Pocket Jeunesse, département
d'Univers Poche, Paris, 2008.
La série « La guerre des Clans » a été créée par
Working Partners Ltd, Londres.

ISBN 978-2-266-17892-1

Pour Schrödi,
qui chasse avec le Clan des Étoiles,
et pour Abbey Cruden,
qui a rencontré le vrai Cœur de Feu.

Remerciements tout particuliers à Cherith Baldry.

RÉSUMÉ DE
À FEU ET À SANG
(Livre II de *La guerre des Clans*)

Rusty vit désormais dans la forêt, au sein du Clan du Tonnerre, sous le nom de Cœur de Feu. Il n'est plus le seul chat domestique de la tribu, car il y a fait entrer Petit Nuage, le fils de sa sœur Princesse. Mais il s'inquiète de voir son meilleur ami, Plume Grise, toujours aussi amoureux de la fille d'un chef ennemi. Pourtant, le danger vient d'ailleurs : assoiffé de pouvoir, le lieutenant du Clan, Griffe de Tigre, complote toujours dans l'ombre...

CLANS

CLAN DU TONNERRE

CHEF   **ÉTOILE BLEUE** – femelle gris-bleu au museau argenté.

LIEUTENANT   **GRIFFE DE TIGRE** – grand mâle brun tacheté aux griffes très longues.

GUÉRISSEUSE   **CROC JAUNE** – vieille chatte gris foncé au large museau plat, autrefois membre du Clan de l'Ombre.

      APPRENTIE : NUAGE CENDRÉ – chatte gris foncé

GUERRIERS   (mâles et femelles sans petits)

      TORNADE BLANCHE – grand chat blanc.
      APPRENTIE : NUAGE BLANC

      ÉCLAIR NOIR – chat gris tigré de noir à la fourrure lustrée.

      LONGUE PLUME – chat crème rayé de brun.
      APPRENTI : NUAGE AGILE

      VIF-ARGENT – chat rapide comme l'éclair.

      FLEUR DE SAULE – femelle gris perle aux yeux d'un bleu remarquable.

      POIL DE SOURIS – petite chatte brun foncé.
      APPRENTI : NUAGE D'ÉPINES

      CŒUR DE FEU – mâle au beau pelage roux.
      APPRENTI : NUAGE DE NEIGE

      PLUME GRISE – chat gris plutôt massif à poil long.
      APPRENTI : NUAGE DE FOUGÈRE

      PELAGE DE POUSSIÈRE – mâle au pelage moucheté brun foncé.

      TEMPÊTE DE SABLE – chatte roux pâle.

APPRENTIS (âgés d'au moins six lunes, initiés pour devenir des guerriers)

NUAGE AGILE – chat noir et blanc.

NUAGE DE FOUGÈRE – mâle brun doré.

NUAGE DE NEIGE – chat blanc à poil long, anciennement Petit Nuage, fils de Princesse, neveu de Cœur de Feu.

NUAGE BLANC – chatte blanche au pelage constellé de taches rousses.

NUAGE D'ÉPINES – matou tacheté au poil brun doré.

REINES (femelles pleines ou en train d'allaiter)

PELAGE DE GIVRE – chatte à la belle robe blanche et aux yeux bleus.

PLUME BLANCHE – jolie chatte mouchetée.

BOUTON-D'OR – femelle roux pâle.

PERCE-NEIGE – chatte crème mouchetée, qui est l'aînée des reines.

ANCIENS (guerriers et reines âgés)

DEMI-QUEUE – grand chat brun tacheté auquel il manque la moitié de la queue.

PETITE OREILLE – chat gris aux oreilles minuscules, doyen du Clan.

POMME DE PIN – petit mâle noir et blanc.

UN-ŒIL – chatte gris perle, presque sourde et aveugle, doyenne du Clan.

PLUME CENDRÉE – femelle écaille, autrefois très jolie.

PLUME BRISÉE – chat moucheté brun foncé au poil long, aveugle, ancien chef du Clan de l'Ombre.

CLAN DE L'OMBRE

CHEF	**ÉTOILE NOIRE** – vieux chat noir.
LIEUTENANT	**ŒIL DE FAUCON** – chat gris efflanqué.
GUÉRISSEUR	**RHUME DES FOINS** – mâle gris et blanc de petite taille.
GUERRIERS	**PETITE QUEUE** – chat brun tacheté. **APPRENTI : NUAGE BRUN** **GOUTTE DE PLUIE** – matou gris moucheté. **APPRENTI : NUAGE DE CHÊNE** **PETIT ORAGE** – chat très menu.
REINES	**ORAGE DU MATIN** – petite chatte tigrée. **FLEUR DE JAIS** – femelle noire. **FLEUR DE PAVOT** – chatte tachetée brun clair haute sur pattes.
ANCIEN	**PELAGE CENDRÉ** – chat gris famélique.

CLAN DU VENT

CHEF	**ÉTOILE FILANTE** – mâle noir et blanc à la queue très longue.
LIEUTENANT	**PATTE FOLLE** – chat noir à la patte tordue.
GUÉRISSEUR	**ÉCORCE DE CHÊNE** – chat brun à la queue très courte.
GUERRIERS	**GRIFFE DE PIERRE** – mâle brun foncé au pelage pommelé. **APPRENTI : NUAGE NOIR** **OREILLE BALAFRÉE** – chat moucheté. **APPRENTI : NUAGE VIF** **MOUSTACHE** – jeune mâle brun tacheté. **APPRENTI : NUAGE ROUX**

REINES   **PATTE CENDRÉE** – chatte grise.

BELLE-DE-JOUR – femelle écaille.

ANCIEN   **AILE DE CORBEAU** – chat noir au museau gris.

CLAN DE LA RIVIÈRE

CHEF   **ÉTOILE BALAFRÉE** – grand chat beige tigré à la mâchoire tordue.

LIEUTENANT   **TACHES DE LÉOPARD** – chatte au poil doré tacheté de noir.

GUÉRISSEUR   **PATTE DE PIERRE** – chat brun clair à poil long.

GUERRIERS   **GRIFFE NOIRE** – mâle au pelage charbonneux.
APPRENTI : GROS NUAGE

PELAGE DE SILEX – chat gris aux oreilles couturées de cicatrices.
APPRENTI : NUAGE D'OMBRE

VENTRE AFFAMÉ – chat brun foncé.
APPRENTI : NUAGE D'ARGENT

RIVIÈRE D'ARGENT – jolie chatte pommelée gris argent.

REINES   **PATTE DE BRUME** – chatte gris-bleu foncé.

REINE-DES-PRÉS – chatte blanc-crème.

ANCIENNE   **LAC DE GIVRE** – femelle écaille.

DIVERS

GERBOISE – mâle noir et blanc qui vit près d'une ferme, de l'autre côté de la forêt.

PATTE NOIRE – grand chat blanc aux longues pattes noir de jais, ancien lieutenant du Clan de l'Ombre.

FLÈCHE GRISE – mâle gris pommelé, ancien guerrier du Clan de l'Ombre.

PRINCESSE – chatte domestique brun clair au poitrail et aux pattes blancs.

NUAGE DE JAIS – petit chat noir, autrefois maigrelet, avec une tache blanche sur la poitrine et le bout de la queue, ancien apprenti du Clan du Tonnerre.

FICELLE – gros chaton noir et blanc qui habite une maison à la lisière du bois.

Hautes Pierres

Ferme de
Gerboise

Camp
du Vent

Quatre Chênes

Chutes

Arbre
aux Chouettes

Rivière

Rochers
du Soleil

Camp
de la Rivière

Charnier

Camp
de l'Ombre

Chemin du Tonnerre

Camp
du Tonnerre   Grand Sycomore
                    Rochers
Combe   aux Serpents
sablonneuse

Grands
Pins

Cabane à
couper le bois   Ville des Bipèdes

Clan
du Tonnerre

Clan
de la Rivière

Clan
de l'Ombre

Clan
du Vent

Clan
des Étoiles

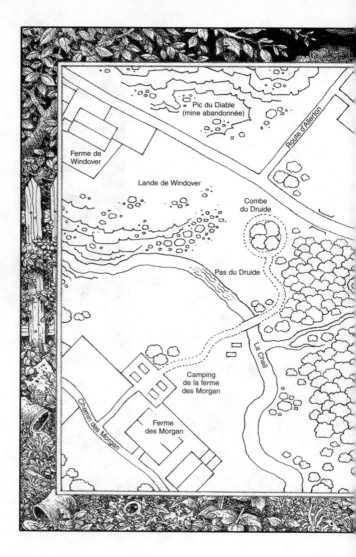

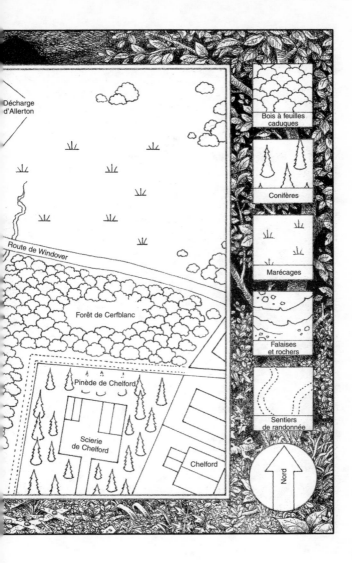

Décharge
d'Allerton

Route de Windover

Forêt de Cerfblanc

Pinède de Chelford

Scierie
de Chelford

Chelford

Bois à feuilles
caduques

Conifères

Marécages

Falaises
et rochers

Sentiers
de randonnée

Nord

PROLOGUE [1]

✤

Un froid mordant enveloppait la lande, les bois et les champs. Le paysage recouvert d'un manteau blanc scintillait à peine sous la nouvelle lune. Rien ne venait rompre le silence de la forêt, excepté le crissement des roseaux séchés dans la brise et la neige qui glissait parfois des branches. Même le murmure de la rivière s'était tu, étouffé par la glace qui s'étendait d'une rive à l'autre.

Il y eut un mouvement sur la berge. Un énorme matou émergea des roseaux, la fourrure hérissée pour mieux résister au froid. Il se secouait, irrité, cherchant à se débarrasser de la neige collée à ses pattes.

Devant lui se traînaient deux petits. Trempés jusqu'au ventre, ils peinaient dans la poudreuse avec des cris de détresse. Sitôt qu'ils faisaient mine de s'arrêter, le mâle les encourageait du bout du museau.

Les trois animaux longèrent la rivière jusqu'à son point le plus large : face à eux, une petite île se dressait près de la rive. Alentour, les tiges desséchées d'un épais rideau de roseaux perçaient la glace. Quelques saules chétifs aux branches enneigées masquaient le centre de l'île.

---

1. Plusieurs dizaines de lunes auparavant...

« Nous y sommes presque, annonça le guerrier d'un ton rassurant. Par ici. »

Il s'engagea sur la glace, se coula entre les roseaux et bondit sur la terre ferme. Le plus grand des deux chatons le suivit, mais l'autre glissa sur la surface gelée où il resta prostré en jetant des miaulements à fendre le cœur. Après un instant d'hésitation, le grand félin le rejoignit d'un bond et le poussa de la patte pour l'aider à se relever. Peine perdue : la bête était trop épuisée pour bouger. Maladroit, le chasseur tenta de la réconforter à coups de langue avant de l'attraper par la peau du cou pour la porter sur l'île.

Derrière les saules s'étendait une clairière plantée de buissons. Sur le sol tapissé de neige se mêlaient les empreintes de nombreux chats. L'endroit semblait désert, pourtant des yeux brillaient dans l'ombre. Ils regardèrent le mâle se diriger vers le plus gros fourré et s'y s'engouffrer.

Dans la chaleur de la pouponnière, l'air froid du dehors laissait place à une bonne odeur de lait. Une chatte écaille couchée sur un lit de bruyère moelleuse allaitait une boule de poils rayés de brun-gris. Quand le matou vint déposer près d'elle le jeune qu'il portait, elle releva la tête. Le deuxième petit les rejoignit à l'intérieur et entreprit aussitôt de se hisser sur la litière.

« Cœur de Chêne ? s'inquiéta la reine. Qui m'as-tu amené ?

— Deux chatons, Lac de Givre. Accepterais-tu de les élever ? Ils ont besoin d'une mère.

— Mais... rétorqua-t-elle d'un air horrifié. D'où viennent-ils ? Ils ne sont pas du Clan de la Rivière. Où les as-tu trouvés ?

— Dans la forêt, répondit le matou, le regard

fuyant. Ils ont eu de la chance de ne pas tomber d'abord sur un renard.

— Dans la forêt ? s'étonna-t-elle, incrédule. Je ne suis pas née de la dernière pluie, Cœur de Chêne. Qui abandonnerait des nouveau-nés dans les bois, et par ce temps ? »

Il détourna la tête.

« Un chat errant ou un Bipède. Comment le saurais-je ? Je ne pouvais quand même pas les laisser là ! »

Le plus fragile était couché sur le flanc, immobile. Sa poitrine se soulevait à peine.

« Je t'en prie, Lac de Givre... La plupart de tes petits sont morts, et c'est ce qui arrivera à ces deux-là si tu ne les aides pas. »

La chatte posa sur les deux intrus des yeux débordant de chagrin. La gueule grande ouverte, ils jetaient des cris pitoyables.

« J'ai beaucoup de lait, murmura-t-elle comme pour elle-même. Je vais m'occuper d'eux, bien sûr. »

Cœur de Chêne ne put retenir un soupir de soulagement. L'un après l'autre, il prit les jeunes dans sa gueule et les déposa près de Lac de Givre. Ils se mirent à téter, avides, dès que la reine les poussa contre son ventre, à côté de son propre fils.

« Je ne comprends toujours pas, reprit-elle une fois ses protégés bien installés. Pourquoi deux chatons se retrouveraient-ils seuls dans la forêt au beau milieu de la saison des neiges ? Leur mère doit être folle d'inquiétude. »

Le matou brun se mit à tâter le duvet de mousse du bout de la patte.

« Je ne les ai pas enlevés, si c'est ce que tu te demandes. »

Après l'avoir fixé un long moment, Lac de Givre finit par marmonner :

« Non, je ne crois pas que tu les aies enlevés. Mais tu ne me dis pas toute la vérité...

— Je t'ai dit ce que tu avais besoin de savoir.

— C'est faux ! rétorqua la reine, les yeux brillant de colère. Tu penses à leur mère ? Je sais ce que c'est que perdre ses petits, Cœur de Chêne. Je ne souhaite cette épreuve à personne. »

Le guerrier la foudroya du regard. Un grondement réprobateur monta de sa gorge.

« Leur mère est sans doute un chat errant. On ne peut pas la rechercher par ce temps.

— Mais enfin...

— S'il te plaît, contente-toi de t'occuper d'eux ! » coupa-t-il.

Il se releva d'un bond et se dirigea vers l'entrée.

« Je t'apporterai du gibier », lança-t-il par-dessus son épaule avant de disparaître.

Après son départ, Lac de Givre se pencha sur les nouveaux venus, qu'elle se mit à lécher pour les réchauffer. La neige, en fondant, avait presque effacé toute odeur de leur fourrure, mais elle discernait encore les parfums de la forêt, feuilles mortes et terre gelée. Une autre trace, aussi, encore plus ténue...

Elle interrompit soudain leur toilette. Était-ce son imagination ? La gueule entrouverte, elle flaira encore les chatons et se redressa aussitôt, les yeux écarquillés.

Un instant, elle fixa sans ciller les ombres noires qui l'entouraient. Elle ne s'était pas trompée ! Sur le pelage des orphelins, dont Cœur de Chêne refusait d'expliquer l'origine, elle avait perçu l'odeur d'un Clan ennemi.

CHAPITRE PREMIER

❧

LE MUSEAU FOUETTÉ PAR LA NEIGE et le vent glacé, Cœur de Feu peinait sur la pente du ravin qui menait au camp du Tonnerre. À sa gueule pendait une souris. Les flocons tombaient si dru qu'il distinguait à peine les rochers sous ses pattes.

Il salivait, les narines titillées par l'odeur de sa proie. Le gibier se faisait si rare à la saison des neiges qu'il n'avait pas mangé depuis la veille. Mais en dépit de la faim qui lui tordait l'estomac, il se refusait à enfreindre le code du guerrier : « *Le Clan passe avant tout le reste.* »

À peine trois jours plus tôt, lui et les siens livraient bataille sur les hauts plateaux. Ils avaient dû porter secours au Clan du Vent, attaqué par les deux autres tribus de la forêt. Là-haut sur la lande, de nombreux félins avaient été blessés au combat – raison de plus, pour les chasseurs restés indemnes, de leur ramener autant de gibier que possible. Ses pensées lui arrachèrent un soupir.

Dans le tunnel qui marquait l'entrée du camp, la neige accumulée sur les tiges d'ajoncs lui dégringola sur la tête. Agacé, il secoua les oreilles. Malgré les épineux qui la protégeaient du vent, la clairière était déserte. Par ce temps, les félins préféraient rester dans leurs tanières, à l'abri du froid. Des souches d'arbres et les branches d'un tronc abattu dépassaient des congères. Une seule série d'empreintes courait de la tanière des novices jusqu'au massif de ronces qui servait de pouponnière aux nouveau-nés. Cœur de Feu la contempla avec nostalgie : il n'avait plus d'apprentie depuis le terrible accident de Nuage Cendré près du Chemin du Tonnerre.

Le chat roux pénétra au cœur du camp afin de déposer sa souris sur le tas de gibier, près du buisson où dormaient les chasseurs. Les réserves s'amenuisaient. Les rares proies débusquées n'avaient plus que la peau sur les os : une seule suffisait à peine à nourrir un combattant affamé. On ne trouverait plus que des souris faméliques jusqu'au retour de la saison des feuilles nouvelles, encore éloigné de plusieurs lunes.

Il tournait les talons, prêt à repartir à la chasse, quand un miaulement s'éleva derrière lui. Il fit aussitôt volte-face. Griffe de Tigre, le lieutenant du Clan, sortait du gîte des guerriers.

« Cœur de Feu ! »

Le félin roux s'avança vers son aîné, la tête inclinée avec déférence. Pourtant, le regard noir du vétéran réveilla sa méfiance sur-le-champ. Griffe de Tigre était un combattant accompli, puissant et respecté, mais le jeune félin savait quelle noirceur abritait son cœur.

« Inutile de repartir à la chasse ce soir, annonça le grand mâle. Étoile Bleue vous a choisis, Plume Grise et toi, pour l'escorter à l'Assemblée. »

Les oreilles de Cœur de Feu tressaillirent : quel honneur d'accompagner le chef de la tribu à la réunion des quatre Clans[1] !

« Dépêche-toi de manger un morceau, ajouta leur lieutenant. Nous partons au lever de la lune. »

Le chat brun fit quelques pas en direction du Promontoire, où se trouvait le repaire d'Étoile Bleue, puis il s'arrêta soudain pour lancer au jeune guerrier :

« Et une fois là-bas, n'oublie pas à quelle tribu tu appartiens... »

Cœur de Feu sentit sa fourrure se hérisser sous l'effet de la colère.

« Qu'est-ce que ça veut dire ? feula-t-il sans se démonter. Tu insinues que j'oserais trahir mon propre Clan ? »

Il se força à rester impassible lorsque Griffe de Tigre vint se planter devant lui, menaçant.

« Je t'ai vu lors de la dernière bataille, fulmina son aîné, les oreilles couchées en arrière. Je t'ai vu laisser s'échapper cette guerrière du Clan de la Rivière. »

Cœur de Feu grimaça : le vétéran avait raison. Pendant la bataille du camp du Vent, le chat roux avait laissé une ennemie prendre la fuite sans une égratignure. Mais ce n'était ni par lâcheté ni par manque de loyauté. Il s'était retrouvé face à face avec Rivière d'Argent, l'amour secret de son meilleur ami, Plume Grise. Comment aurait-il pu la blesser ?

---

1. À chaque pleine lune, une Assemblée rassemble les quatre Clans, le temps d'une trêve. Elle se tient aux Quatre Chênes.

Incapable de dénoncer son camarade, Cœur de Feu s'efforçait néanmoins de le dissuader de fréquenter Rivière d'Argent : leur liaison, condamnée par le code du guerrier, les mettait en grand danger – sans compter qu'elle était la fille d'Étoile Balafrée, le chef du Clan de la Rivière...

Par ailleurs, Griffe de Tigre semblait bien mal placé pour l'accuser de trahison. Le jour du combat, le grand matou l'avait laissé lutter seul contre un chasseur redoutable, sans intervenir. Pire : il aurait autrefois assassiné Plume Rousse, l'ancien lieutenant de la tribu, et même comploté contre leur chef en personne.

« Si tu me soupçonnes d'être un traître, pourquoi ne pas en avertir Étoile Bleue ? » le nargua le rouquin d'un air de défi.

Son adversaire retroussa les babines et se plaqua au sol en grondant, toutes griffes dehors.

« Inutile, répliqua-t-il. Je peux me charger seul d'un simple chat domestique. »

Il fixait sur son cadet un regard où Cœur de Feu décela avec surprise des traces de peur et de méfiance. *Il se demande ce que je sais exactement*, comprit soudain le jeune chasseur.

Nuage de Jais, l'ancien apprenti de Griffe de Tigre, avait assisté au meurtre de Plume Rousse. Menacé de mort par son mentor, il avait dû partir rejoindre Gerboise, un solitaire installé près d'une ferme, de l'autre côté du territoire du Vent. Cœur de Feu avait tenté de confier les révélations de Nuage de Jais à Étoile Bleue, mais celle-ci refusait de croire à la culpabilité de son lieutenant. Depuis, le chat roux se sentait désarmé, et son impuissance à agir lui était insupportable.

Sans ajouter un mot, Griffe de Tigre lui tourna le dos et s'éloigna à grands pas. À l'entrée du repaire des guerriers, les feuilles s'agitèrent ; Plume Grise passa la tête au-dehors.

« Qu'est-ce qui te prend de chercher des noises à Griffe de Tigre ? s'exclama-t-il. Il va te mettre en pièces !

— Je ne laisserai personne me traiter de traître », s'indigna son ami.

Gêné, le matou cendré entreprit de se lécher le poitrail.

« Je suis désolé, murmura-t-il. Je sais que c'est à cause de Rivière d'Argent et moi que...

— Ce n'est pas vrai, et tu le sais, l'interrompit Cœur de Feu. C'est Griffe de Tigre, le problème, pas toi. Viens, allons manger ! »

Plume Grise sortit du taillis et trotta jusqu'au tas de gibier. Son compagnon secoua son pelage constellé de flocons avant de le suivre, de se choisir un campagnol et de le rapporter dans la tanière des chasseurs. Les deux chats se couchèrent côte à côte au pied du mur extérieur.

Hormis Tornade Blanche et deux ou trois autres vétérans qui dormaient roulés en boule au centre du buisson, l'endroit était désert. La chaleur de leurs corps réchauffait le fourré, et la neige avait à peine pénétré la voûte des branches.

Cœur de Feu attaqua son repas. Il avait si faim que la viande, pourtant dure et filandreuse, lui sembla délicieuse. S'il termina le rongeur en trois coups de dents, c'était tout de même mieux que rien : cette maigre nourriture lui permettrait de tenir sur le chemin de l'Assemblée.

Une fois sa proie avalée, chacun se mit à lécher la fourrure de l'autre. Quel soulagement pour le félin roux de pouvoir de nouveau faire sa toilette en compagnie de son vieux camarade ! Il avait longtemps craint que l'amour de Plume Grise pour Rivière d'Argent ne détruise leur amitié. La liaison interdite de son ami l'inquiétait encore, mais depuis la bataille des hauts plateaux, ils étaient redevenus aussi proches qu'avant. Comment affronter la saison des neiges et, surtout, l'hostilité grandissante de Griffe de Tigre sans le soutien de leur confiance mutuelle ?

« Je me demande quelles seront les nouvelles, ce soir, souffla-t-il à l'oreille de Plume Grise. J'espère bien que le Clan de la Rivière et celui de l'Ombre ont retenu la leçon ! Pourvu qu'Étoile Filante et les siens ne soient plus jamais chassés chez eux. »

Son ami se dandina d'une patte sur l'autre, mal à l'aise.

« L'ennemi en voulait plus à leur gibier qu'à leur territoire, fit-il remarquer. Le Clan de la Rivière meurt de faim depuis que ces Bipèdes se sont installés sur leurs terres.

— Je sais. »

Cœur de Feu lui donna un coup de langue sur l'oreille pour le réconforter : il comprenait que son compagnon veuille défendre la tribu de Rivière d'Argent.

« Mais voler aux autres leurs terrains de chasse ne résout rien. »

Plume Grise acquiesça dans un murmure avant de s'enfermer dans le silence. Le chat roux remâchait ses préoccupations. La pénurie de proies allait poser un grave problème aux quatre tribus au moins jusqu'à la fin de la saison froide.

Presque endormi par les coups de langue réguliers de son camarade, Cœur de Feu sursauta quand il entendit remuer les branches à l'entrée de la tanière. Griffe de Tigre entra, accompagné d'Éclair Noir et de Longue Plume. Les trois félins ignorèrent l'ancien chat domestique et se blottirent tous ensemble au centre du buisson. Cœur de Feu les épia du coin de l'œil, irrité de ne pas pouvoir suivre leur conversation. Il était tentant d'imaginer qu'ils complotaient contre lui. Il se raidit soudain.

« Qu'y a-t-il ? » lui demanda son ami.

Le chat roux s'étira afin de détendre ses muscles et coula un regard vers le petit groupe avant de répondre à voix basse :

« Je ne leur fais pas confiance.

— Et moi non plus, chuchota Plume Grise avec un frisson. Si Griffe de Tigre découvrait que je fréquente Rivière d'Argent... »

Le rouquin se pressa contre son camarade pour le réconforter, l'oreille aux aguets. Il crut entendre le vétéran prononcer son nom. Il s'apprêtait à se rapprocher un peu quand il attira l'attention de Longue Plume.

« Qu'est-ce que tu regardes, chat domestique ? On n'a pas besoin de traîtres comme vous, ici ! » grommela le guerrier avant de leur tourner le dos, plein de mépris.

« C'en est trop ! souffla Cœur de Feu, furieux, à

son compagnon. Griffe de Tigre répand des rumeurs sur moi.

— Que peux-tu y faire ? »

Plume Grise semblait résigné à subir les affronts de leur lieutenant.

« Je vais retourner voir Nuage de Jais. Il se rappellera peut-être autre chose sur la bataille, un détail qui pourrait convaincre Étoile Bleue.

— Il habite près de la ferme des Bipèdes, maintenant. Il faudra que tu traverses tout le territoire du Clan du Vent. Comment expliquer une aussi longue absence ? Ça ne ferait qu'appuyer les mensonges de Griffe de Tigre. »

Cœur de Feu était prêt à courir ce risque. Il n'avait jamais demandé à Nuage de Jais les détails de la mort de Plume Rousse lors de la bataille contre le Clan de la Rivière, des lunes auparavant. À l'époque, il semblait plus important d'arracher l'apprenti des griffes de son mentor.

À présent, il lui fallait découvrir ce que son ami avait vraiment vu : Nuage de Jais saurait sûrement prouver quel danger Griffe de Tigre représentait pour la tribu.

« J'irai ce soir, murmura le chat roux. Je m'éclipserai après l'Assemblée. Si je ramène du gibier, je pourrai toujours prétexter que j'étais à la chasse. »

Son camarade lui donna un coup de langue affectueux sur l'oreille.

« Tu risques gros, soupira-t-il. Pour ma part, je n'ai rien de bon à attendre de Griffe de Tigre. Si tu tiens à y aller, alors je viens avec toi. »

Cœur de Feu et Plume Grise en tête, les chats du Clan du Tonnerre, se mirent en chemin. La neige avait cessé de tomber et les nuages s'éloignaient à l'horizon. Le sol tapissé de blanc brillait sous la lumière de la pleine lune ; le givre scintillait sur chaque branche et chaque pierre.

Un vent contraire soulevait la poudreuse et apportait l'odeur de nombreux félins. Cœur de Feu bouillait d'impatience. Les territoires des tribus se touchaient aux Quatre Chênes : les Clans se réunissaient sous ces arbres majestueux, plantés au centre d'un vallon escarpé.

Le jeune matou se plaça derrière leur meneuse, qui s'était déjà plaquée contre le sol pour ramper jusqu'au sommet du coteau et jeter un œil sur l'Assemblée. Les contours déchiquetés d'un gros rocher dressé au milieu de la clairière, entre les quatre chênes, se découpaient en noir sur la neige. En attendant le signal d'Étoile Bleue, Cœur de Feu épia les tribus qui se saluaient. Impossible de ne pas remarquer les échines hérissées des chasseurs du Clan du Vent quand ils croisaient ceux du Clan de l'Ombre ou de la Rivière. Aucun d'entre eux n'avait oublié les récents combats : sans la trêve de l'Assemblée, ils se seraient jetés les uns sur les autres.

Le guerrier roux reconnut Étoile Filante, le chef du Clan du Vent, assis près du Grand Rocher à côté de son lieutenant, Patte Folle. Non loin de là, la lune allumait des reflets dans les yeux brillants de Rhume des Foins et de Patte de Pierre, les guérisseurs des Clans de l'Ombre et de la Rivière, couchés côte à côte.

Sur la crête, Plume Grise semblait nerveux. Il balayait du regard la clairière avec inquiétude. Cœur de Feu vit Rivière d'Argent sortir de la nuit, son beau pelage gris pommelé luisant dans la lumière argentée.

« Si tu lui parles, surveille tes arrières, conseilla-t-il à son ami.

— Ne t'inquiète pas », le rassura Plume Grise, tendu.

Ils attendaient toujours le signal d'Étoile Bleue pour descendre la pente. Tornade Blanche vint se coucher près d'elle dans la neige.

« Vas-tu annoncer aux autres tribus que nous donnons asile à Plume Brisée ? » murmura le noble guerrier.

Le chat roux retint son souffle : Plume Brisée était le nouveau nom d'Étoile Brisée, jadis chef du Clan de l'Ombre. Ce scélérat avait assassiné son propre père, Étoile Grise, et enlevé plusieurs petits du Clan du Tonnerre. En représailles, Cœur de Feu et les siens avaient aidé sa tribu à le bannir. Peu de temps après, l'ancien tyran avait attaqué leur camp à la tête de sa bande de proscrits. Au cours de la bataille, Croc Jaune, la guérisseuse du Clan du Tonnerre, lui avait crevé les yeux : désormais aveugle, Plume Brisée était leur prisonnier. Il avait été déchu de son rang de chef, reçu du Clan des Étoiles, et placé sous bonne garde, au lieu d'être exécuté ou abandonné dans la forêt, comme les autres tribus pouvaient s'y attendre. Elles n'accueilleraient donc pas la nouvelle avec beaucoup d'enthousiasme.

Étoile Bleue ne quittait pas des yeux les félins rassemblés dans la clairière.

« Je ne dirai rien, répondit-elle à Tornade Blanche. C'est notre affaire, pas la leur. Plume Brisée est sous notre responsabilité, désormais.

— De bien sages paroles... grommela Griffe de Tigre, assis près d'eux. À moins que nous ayons honte de ce que nous avons fait ?

— Le Clan n'a pas à rougir de sa clémence, rétorqua la chatte, très calme. Mais pourquoi aller au-devant des ennuis ? »

Sans laisser à son lieutenant le temps de protester, elle se leva d'un bond et s'adressa à sa tribu tout entière :

« Écoutez-moi ! Personne ne devra parler de l'attaque des chats errants ni mentionner le nom de Plume Brisée. Ces sujets ne concernent que nous. »

Étoile Bleue attendit que le petit groupe acquiesce, puis agita la queue pour donner aux siens le signal de rejoindre les autres félins. Elle dévala la pente couverte de buissons ; derrière elle, les grosses pattes de Griffe de Tigre soulevaient des tourbillons de neige.

Cœur de Feu les suivit au galop. En émergeant des fourrés à l'orée de la clairière, il vit que le vétéran l'observait d'un air soupçonneux.

« Plume Grise ! souffla le jeune chasseur par-dessus son épaule. Évite de t'approcher de Rivière d'Argent ce soir. Griffe de Tigre est déjà... »

Trop tard ! Son camarade avait filé ; il disparaissait déjà derrière le Grand Rocher. Peu après, Rivière d'Argent évita une bande de matous du Clan de l'Ombre avant de contourner le Rocher à son tour.

Le chat roux soupira. Il jeta un coup d'œil à leur lieutenant : avait-il remarqué leur manège ? Mais le grand guerrier avait rejoint Moustache, un des combattants du Clan du Vent. Cœur de Feu se détendit un peu.

Alors qu'il faisait les cent pas dans la clairière, il se retrouva près d'un groupe d'anciens. Il ne reconnut personne excepté Pomme de Pin, allongé sous les feuilles luisantes d'un buisson de houx, là où la couche de neige se faisait plus fine. Sans cesser de guetter le retour de Plume Grise, il s'arrêta pour écouter leur conversation.

Un vieux mâle noir au museau argenté et aux flancs couturés de cicatrices avait pris la parole. De sa fourrure pelée montait l'odeur du Clan du Vent.

« Je me rappelle une saison des neiges pire que celle-ci ! La rivière était restée gelée plus de trois lunes.

— Tu as raison, Aile de Corbeau, confirma une reine au pelage tacheté. Les proies étaient encore plus rares, même pour le Clan de la Rivière. »

Comment ces deux doyens, dont les tribus viennent à peine de s'affronter, peuvent-ils deviser si calmement ? s'étonna Cœur de Feu. Il songea ensuite que ces anciens avaient dû voir plus d'une bataille dans leur vie. Le chat noir lui lança un regard en coin avant d'ajouter :

« Les jeunes d'aujourd'hui ne savent pas ce que c'est que de souffrir. »

Le félin roux se dandina d'une patte sur l'autre parmi les feuilles mortes et s'efforça de prendre un air respectueux. Pomme de Pin, étendu près de lui, lui donna un coup de queue amical.

« C'est sans doute cette saison-là que notre chef a perdu ses petits », lui glissa le vieux matou, pensif.

Cœur de Feu dressa l'oreille. Plume Cendrée avait un jour mentionné la portée d'Étoile Bleue, née juste avant sa nomination au poste de lieutenant. Mais il ignorait combien de nouveau-nés elle avait perdus ou à quel âge ils étaient morts.

« Tu te rappelles, le dégel cette année-là ? s'exclama Aile de Corbeau, les yeux dans le vague. La crue de la rivière atteignait presque le niveau des terriers des blaireaux. »

Pomme de Pin frissonna.

« Je m'en souviens très bien. On ne pouvait plus traverser le torrent pour venir aux Assemblées.

— Il y a eu des noyades, ajouta la chatte du Clan de la Rivière d'une voix pleine de tristesse.

— Parmi les proies aussi, renchérit le mâle au poil noir. Nous avons failli mourir de faim.

— Pourvu que nous soyons épargnés, cette année ! pria Pomme de Pin avec ferveur.

— Les jeunes ne tiendraient jamais le coup, grommela Aile de Corbeau. Nous étions plus solides, à l'époque. »

Le rouquin ne put s'empêcher de protester :

« Nos guerriers sont coriaces...

— On t'a demandé ton avis ? maugréa le vieux grincheux. Tu n'es encore qu'un chaton !

— Mais nous... »

Cœur de Feu s'interrompit : un miaulement aigu s'élevait et les félins se turent. Il vit quatre chats au sommet du Grand Rocher, simples silhouettes dans le clair de lune.

« Chut ! souffla Pomme de Pin. La réunion va commencer. »

Il agita les oreilles et glissa un conseil à son cadet :

« Ne fais pas attention à Aile de Corbeau. Il adore râler. »

Le chat roux remercia l'ancien et s'allongea confortablement pour écouter les débats.

Étoile Filante, du Clan du Vent, commença par annoncer que les siens se remettaient bien de la bataille contre les Clans de la Rivière et de l'Ombre.

« Un de nos anciens est mort, mais tous nos guerriers s'en sortiront... prêts à se battre si nécessaire », conclut-il d'un air entendu.

Étoile Noire coucha les oreilles en arrière, les yeux plissés, tandis qu'un grondement menaçant montait de la gorge d'Étoile Balafrée.

L'échine de Cœur de Feu se hérissa. Si leurs chefs se sautaient à la gorge, la foule les imiterait. Une telle catastrophe s'était-elle déjà produite au cours d'une Assemblée ? Même Étoile Noire, le nouveau meneur du Clan de l'Ombre, n'aurait pas l'audace de risquer la colère de leurs ancêtres en brisant la trêve sacrée !

Il épiait les chats furieux, empli d'appréhension, quand Étoile Bleue fit un pas en avant.

« C'est une bonne nouvelle, Étoile Filante ! enchaîna-t-elle, habile. Nous devrions tous nous en réjouir. »

Elle posa tour à tour sur chacun de ses pairs des prunelles étincelantes : Étoile Noire se détourna tandis qu'Étoile Balafrée baissait la tête, une expression indéchiffrable sur le visage.

Sous le joug cruel d'Étoile Brisée, le Clan de l'Ombre s'était emparé des hauts plateaux, terrains de chasse du Clan du Vent. Le Clan de la Rivière en avait profité pour se servir en gibier sur la lande désertée. Mais après le bannissement d'Étoile Brisée, Étoile Bleue avait convaincu les autres chefs de faire revenir les exilés : la présence de quatre tribus était indispensable à l'équilibre de la forêt. Après un long et pénible voyage, Cœur de Feu et Plume Grise avaient ramené les membres du Clan du Vent sur leur territoire reconquis.

Et voilà qu'ils comptaient de nouveau traverser la lande pour aller trouver Nuage de Jais ! Le rouquin s'agita, mal à l'aise. Tout cela ne lui disait rien qui vaille. *Au moins, puisque le Clan du Vent est notre allié, on ne risque pas de se faire attaquer en route*, songea-t-il.

« Les chats du Clan du Tonnerre se remettent eux aussi très bien, continua Étoile Bleue. Depuis la dernière Assemblée, deux de nos apprentis sont devenus des guerriers. Il s'agit de Pelage de Poussière et de Tempête de Sable. »

Des félicitations s'élevèrent de la foule au pied du Grand Rocher, lancées, pour la plupart, par des félins des Clans du Tonnerre et du Vent. Cœur de Feu vit Tempête de Sable se rengorger.

La réunion se poursuivit dans une ambiance plus sereine. Personne n'évoquait plus les violations de territoire constatées par tous les Clans pendant plusieurs lunes. Les coupables – la bande de chats errants de Plume Brisée – avaient fui après leur assaut raté contre le camp du Tonnerre. Par chance, la nouvelle était restée secrète : personne ne se douterait que la tribu hébergeait à présent leur meneur, Plume Brisée.

Comme l'Assemblée tirait à sa fin, Cœur de Feu se mit à la recherche de Plume Grise. S'ils voulaient s'éclipser discrètement, il leur fallait partir très tôt, tant que leurs compagnons se trouvaient dans la clairière.

Son regard croisa celui de Nuage Agile, l'élève de Longue Plume, assis au milieu d'un groupe d'apprentis du Clan de l'Ombre. Le chaton baissa aussitôt les yeux d'un air coupable. Un autre jour, Cœur de Feu s'en serait inquiété, mais il ne pensait qu'à une chose : retrouver Plume Grise au plus vite. Son ami se dirigeait justement vers lui. Aucune trace de Rivière d'Argent dans les environs.

« Ah ! Te voilà ! » s'écria le matou cendré, les yeux brillants.

Il semblait ravi de sa soirée, même s'il n'avait à l'évidence pas beaucoup profité des discussions.

« Prêt ? lui demanda Cœur de Feu.

— En route pour la ferme ! »

Inquiet, le chat roux vérifia qu'on ne les écoutait pas.

« Moins fort ! souffla-t-il.

— Allons-y, murmura Plume Grise. Ça ne me dit pas grand-chose, mais si c'est la seule façon de nous débarrasser de Griffe de Tigre... À moins que tu n'aies une meilleure idée ? »

Son camarade secoua la tête.

« Il n'y a pas d'autre solution. »

Dans la confusion des adieux, personne ne vit filer les deux guerriers. Ils atteignaient les premiers contreforts des hauts plateaux quand un miaulement retentit derrière eux. C'était Tempête de Sable.

« Hé ! Cœur de Feu ! Où courez-vous ? »

Le chasseur se creusa la tête.

« Euh... On ne va pas rentrer tout de suite, improvisa-t-il à la hâte. Griffe de Pierre, du Clan du Vent, nous a parlé d'un terrier de jeunes lapins juste à la frontière de notre territoire. On aimerait ramener un peu de gibier. »

Pour éviter que Tempête de Sable ne leur propose de les accompagner, il s'empressa d'ajouter :

« Ça t'ennuierait de le dire à Étoile Bleue, si elle demande où nous sommes ? »

La chatte bâilla, découvrant une rangée de petites dents pointues.

« D'accord, rétorqua-t-elle. Je penserai à vous, bien au chaud sur ma litière ! »

Elle s'éloigna après les avoir salués, au plus grand soulagement de Cœur de Feu, qui détestait mentir à la jeune guerrière.

« Allons-y avant que quelqu'un d'autre nous voie », lança-t-il à son ami.

Les deux chats grimpèrent la pente sous le couvert des buissons. Au sommet, ils s'arrêtèrent un instant afin de s'assurer de n'avoir pas été suivis. Ils franchirent ensuite la crête pour filer vers la lande et, au-delà, la ferme des Bipèdes.

Il n'y a pas d'autre solution, se répéta Cœur de Feu en chemin. Il fallait découvrir la vérité. Pas seulement pour Plume Rousse et Nuage de Jais, mais pour le bien du Clan tout entier. Il fallait arrêter Griffe de Tigre... avant qu'il ait une chance de tuer à nouveau.

CHAPITRE 2

♣

Méfiant, Cœur de Feu flairait la neige du chemin couverte de marques de pas. La lumière brillait aux fenêtres du nid des Bipèdes et, non loin de là, un chien s'était mis à aboyer. Selon Gerboise, cette famille n'attachait jamais ses bêtes la nuit. Pourvu qu'ils puissent trouver Nuage de Jais avant d'être repérés !

À sa suite, Plume Grise se glissa à travers la clôture et le rejoignit. Un vent glacé plaquait sa fourrure cendrée contre son corps.

« Tu sens quelque chose ? » souffla-t-il.

Cœur de Feu flaira les alentours ; presque aussitôt, il discerna l'odeur qu'il cherchait, ténue mais familière. *Nuage de Jais !*

« Par là », déclara-t-il.

Il rampa le long d'un sentier – les gravillons lui écorchaient les coussinets. Il suivit la piste avec précaution jusqu'à une ouverture pratiquée dans le bois pourri de la porte d'une grange.

Il huma le parfum du foin et les effluves récents, bien nets, de plusieurs félins.

« Nuage de Jais ? » murmura-t-il.

Pas de réponse.

« Nuage de Jais ? » répéta-t-il, plus fort.

Un miaulement de surprise retentit dans la pièce sombre.

« Cœur de Feu, c'est toi ?

— Nuage de Jais ! »

Il s'engouffra par le trou, ravi d'échapper aux bourrasques de vent glacé. Assailli par les parfums de la grange, il se mit à saliver : une odeur de souris lui chatouillait les narines. Plongé dans la pénombre, l'endroit n'était éclairé que par un quartier de lune qu'on apercevait à travers une lucarne. Lorsque ses yeux se furent accommodés à la semi-obscurité, le guerrier vit un autre félin debout à quelques pas de lui.

Le poil brillant, son vieil ami semblait encore mieux nourri que lors de leur dernière rencontre. Cœur de Feu devait sembler bien maigre et mal en point, en comparaison.

Nuage de Jais ronronna de joie et vint le saluer, museau à museau.

« Bienvenue ! s'écria-t-il. Je suis content de te voir.

— Tu nous manques souvent ! répliqua Plume Grise qui entrait à son tour.

— Vous avez pu ramener le Clan du Vent à leur camp sans encombre ? » s'inquiéta le matou noir.

« Oui, mais c'est une longue histoire, répondit Cœur de Feu. Nous ne pouvons pas... »

Une autre voix les interrompit :

« Eh bien ! Que se passe-t-il, ici ? »

Cœur de Feu fit volte-face, les oreilles couchées en arrière, prêt à se battre en cas de menace. Il reconnut alors Gerboise, le solitaire au pelage noir et blanc qui avait recueilli leur vieil ami, et se calma aussitôt.

« Bonsoir, Gerboise ! Nous avons besoin de parler à Nuage de Jais.

— Je vois ça. Votre mission doit être importante pour que vous traversiez les hauts plateaux par ce temps.

— Oui, très importante, confirma le guerrier, l'angoisse au ventre. Nous n'avons pas de temps à perdre.

— Je vous laisse, déclara Gerboise. N'hésitez pas à profiter du terrain de chasse. Nous ne manquons pas de souris, ici. »

Il les salua et se glissa sous la porte.

« Chasser ? C'est vrai ? » s'étonna Plume Grise.

Cœur de Feu sentait la faim lui tordre l'estomac.

« Bien sûr, confirma leur ami. Écoutez, pourquoi ne pas commencer par manger ? Ensuite, vous me raconterez pourquoi vous êtes là. »

« Je suis certain que Griffe de Tigre a tué Plume Rousse, affirma Nuage de Jais. J'étais là, et je l'ai vu faire. »

Les trois félins étaient couchés dans le grenier à foin des Bipèdes. La chasse avait été expédiée. Comparée à la forêt enneigée, où dénicher du gibier représentait un défi permanent, la grange était un vrai paradis. Bien au chaud, l'estomac plein, Cœur de Feu aurait voulu dormir roulé en boule dans la paille odorante, mais il leur fallait parler à Nuage de Jais sur-le-champ s'ils voulaient être rentrés avant que leur absence ne soit remarquée.

« Dis-nous tout ce dont tu te souviens », lui demanda-t-il d'un air encourageant.

L'ancien apprenti fixa l'obscurité, le regard grave, et s'efforça de se rappeler la bataille des Rochers du Soleil. Son assurance le quitta soudain. En plongeant dans ses souvenirs, le chat noir retrouvait ses peurs d'autrefois et le poids de son secret.

« J'avais été blessé à l'épaule et Plume Rousse – notre lieutenant à l'époque, comme vous le savez – m'a ordonné de me cacher dans une faille entre deux rochers pour m'enfuir à la première occasion, commença-t-il. J'allais filer quand j'ai vu Plume Rousse attaquer un chat du Clan de la Rivière. Je crois que c'était un guerrier gris, Pelage de Silex. Plume Rousse l'avait couché sur le côté et s'apprêtait à lui donner un bon coup de dent.

— Mais... l'encouragea Plume Grise.

— Cœur de Chêne a surgi sans prévenir, expliqua Nuage de Jais d'une voix tremblante. Il a attrapé Plume Rousse par la peau du coup et l'a forcé à lâcher Pelage de Silex, qui s'est enfui. »

Inconsciemment, le matou noir se recroquevillait sur lui-même, comme terrifié par quelque chose.

« Et ensuite ? s'enquit Cœur de Feu avec douceur.

— Plume Rousse était furieux. Il a demandé au lieutenant du Clan de la Rivière si ses chasseurs étaient incapables de se défendre seuls. Quelle bravoure il avait ! Cœur de Chêne, qui faisait au moins le double de sa taille, a répondu quelque chose d'étrange : "Aucun membre du Clan du Tonnerre ne doit jamais faire de mal à ce guerrier."

— Quoi ? s'exclama Plume Grise, les yeux étrécis. Ça ne rime à rien. Tu es sûr que tu l'as bien entendu ?

— Sûr et certain.

— Nos tribus s'affrontent sans cesse, objecta Cœur de Feu. Qu'est-ce que Pelage de Silex a de si spécial ? »

Le félin noir détourna la tête, embarrassé par cet interrogatoire.

« Je ne sais pas...

— Comment a réagi Plume Rousse ? » demanda le chat cendré.

Nuage de Jais dressa les oreilles, les yeux écarquillés.

« Il s'est jeté sur Cœur de Chêne. Il l'a précipité à terre, sous une saillie rocheuse. Je... Je ne pouvais pas les voir, mais je les entendais grogner. Il y a eu une sorte de grondement et la paroi s'est écroulée sur eux ! »

Il fit une pause, frissonnant.

« Continue, je t'en prie », souffla Cœur de Feu.

Même s'il répugnait à voir souffrir son ami, il leur fallait connaître la vérité.

« J'ai entendu Cœur de Chêne pousser un cri. Sa queue... sa queue émergeait des éboulis. » Nuage de Jais ferma les yeux un moment, comme pour chasser une affreuse vision. « À cet instant précis, Griffe de Tigre a surgi derrière moi. Il m'a sommé de rentrer au camp. J'ai obéi, mais j'ai vite réalisé que j'ignorais si Plume Rousse avait survécu à l'éboulement. En revenant sur mes pas, j'ai croisé les guerriers du Clan de la Rivière qui s'enfuyaient. Quand je suis arrivé aux Rochers du Soleil, Plume Rousse se redressait, couvert de poussière. Malgré sa queue raide et ses poils hérissés, il n'avait pas une égratignure. Griffe de Tigre l'attendait dans la pénombre.

— Et c'est là que... » suggéra Plume Grise.

Emporté par ses souvenirs, Nuage de Jais pétrissait la terre battue sous ses pattes, toutes griffes sorties.

« Oui. Ce traître s'est jeté sur lui et l'a plaqué au sol. Plume Rousse s'est débattu en vain. » Il fixa le sol, la gorge serrée. « Griffe de Tigre l'a mordu à la gorge, et c'était fini. »

Il posa la tête sur ses pattes. Le chat roux vint se presser contre son flanc.

« Ainsi, Cœur de Chêne est mort dans un éboulement, murmura-t-il. C'était un accident. Personne ne l'a tué.

— Ça ne suffit pas à prouver que Griffe de Tigre a tué Plume Rousse, fit observer le félin cendré. Je ne vois pas en quoi tout ça pourrait nous aider. »

Un instant, Cœur de Feu fixa son ami, découragé. Soudain, il écarquilla les yeux et se redressa, les pattes tremblantes.

« Si, au contraire. Si l'éboulement s'est bien produit, nous avons la preuve que Griffe de Tigre mentait : Cœur de Chêne n'a pas assassiné Plume Rousse, et n'a pas été tué en représailles par notre lieutenant.

— Un instant, le coupa Plume Grise. Nuage de Jais, à l'Assemblée, tu as laissé entendre que Plume Rousse avait tué Cœur de Chêne.

— Ah bon ? Ce n'était pas intentionnel. Je viens de vous raconter les choses telles qu'elles se sont passées, je vous le promets.

— Voilà pourquoi Étoile Bleue ne voulait rien

46

entendre, continua Cœur de Feu, fébrile. Elle refusait de croire Plume Rousse capable de tuer un autre lieutenant. Or ce n'est pas le cas ! Elle va devoir nous écouter, maintenant ! »

Abasourdi, il aurait voulu poser d'autres questions à Nuage de Jais, mais son ami, l'air égaré, suintait la peur. Raconter son histoire l'avait ramené à ses plus douloureux souvenirs du Clan du Tonnerre.

« Veux-tu préciser autre chose ? » demanda-t-il au solitaire d'une voix douce.

Celui-ci lui fit signe que non.

« C'était vital pour la tribu, reprit Cœur de Feu. À présent, nous avons une chance de convaincre Étoile Bleue que Griffe de Tigre est dangereux.

— Si elle accepte de nous écouter, rappela Plume Grise. Dommage que tu lui aies raconté la première version de Nuage de Jais. Maintenant qu'il est revenu dessus, elle ne saura plus quoi croire. »

Le chat noir se tassait à vue d'œil.

« Non, ce n'est pas sa faute ! protesta Cœur de Feu. C'est nous qui l'avions mal compris. Je me débrouillerai pour convaincre notre chef ! Au moins, maintenant, nous connaissons la vérité. »

Nuage de Jais semblait bouleversé. Cœur de Feu s'approcha pour lui ronronner des encouragements. Quand les trois animaux eurent fait leur toilette, le rouquin se leva.

« Il est l'heure de partir.

— Faites très attention à vous, conseilla leur ami. Et prenez garde à Griffe de Tigre.

— Ne t'inquiète pas. Grâce à ton témoignage, on va pouvoir s'occuper de lui. »

Plume Grise sur ses talons, il se glissa sous la porte et s'aventura dehors.

« Quel temps ! grommela le matou cendré tandis qu'ils se dirigeaient vers la clôture de la ferme. On aurait dû rapporter deux ou trois de ces souris au Clan.

— C'est ça ! rétorqua son camarade. Pour que Griffe de Tigre nous demande où on a trouvé de si gros rongeurs en cette saison. »

La lune était sur le point de se coucher ; bientôt le ciel commencerait à pâlir. Le froid, plus éprouvant après la tiédeur de la grange, ne tarda pas à pénétrer la fourrure de Cœur de Feu. Ses pattes étaient raides de fatigue. La nuit avait été longue, et il leur fallait encore traverser le territoire du Clan du Vent avant de pouvoir enfin se reposer. Le félin roux ressassait les confidences de Nuage de Jais. Il était certain que son ami disait la vérité. De là à convaincre la tribu tout entière... Étoile Bleue avait déjà refusé de croire la première version de l'histoire du solitaire. Et, sans preuves pour étayer les révélations de Nuage de Jais, il semblait suicidaire de se risquer à accuser Griffe de Tigre une deuxième fois...

« Les chats du Clan de la Rivière sauraient, eux ! » s'exclama-t-il soudain.

Il s'arrêta sous un affleurement rocheux où la neige se faisait moins épaisse.

« Hein ? s'enquit Plume Grise lorsqu'il l'eut rejoint à l'abri. Sauraient quoi ?

— Comment est mort Cœur de Chêne. Ils ont dû voir son corps. Ils doivent pouvoir nous dire s'il a perdu la vie dans un éboulement ou si un autre guerrier lui a donné le coup de grâce.

— Oui, les marques sur son corps le prouve-raient !

— Et ils savent peut-être ce que voulait dire leur lieutenant quand il a déclaré qu'aucun chat de notre tribu ne devait attaquer Pelage de Silex. Il faut qu'on parle à un combattant du Clan de la Rivière qui a pris part à la bataille, peut-être même Pelage de Silex en personne.

— Mais tu ne peux pas débarquer au milieu de leur camp pour le leur demander, protesta Plume Grise. Pense à la tension qui régnait à l'Assemblée – la bataille est encore trop fraîche dans les mémoires.

— Je connais au moins un membre du Clan de la Rivière qui accepterait, murmura Cœur de Feu.

— Rivière d'Argent ? Oui, je pourrais le lui demander. Peut-on rentrer au camp, maintenant, avant que mes pattes soient complètement gelées ? »

Épuisés, les deux compagnons se remirent en route d'un pas lourd. Ils étaient presque arrivés aux Quatre Chênes quand ils virent trois félins à flanc de colline. Des mâles du Clan du Vent, à en croire leur odeur apportée par la brise. Inquiet de devoir expliquer leur présence en territoire étranger, Cœur de Feu chercha des yeux une cachette, mais le tapis immaculé de la neige s'étendait à perte de vue : ni rochers ni buissons dans les parages. La patrouille les aperçut et changea de direction pour venir à leur rencontre.

Le félin roux reconnut la démarche inégale du lieutenant de la tribu, Patte Folle, accompagné d'Oreille Balafrée, un mentor au poil tacheté, et de son apprenti, Nuage Vif.

« Bonjour, Cœur de Feu, lança le vétéran d'un air étonné. Tu es bien loin de chez toi.

— Euh... Oui, admit le jeune guerrier, qui s'inclina avec respect. Nous avons... suivi la trace du Clan de l'Ombre, qui nous a menés ici.

— Ils sont revenus sur notre territoire ? s'indigna Patte Folle, l'échine hérissée.

— C'était une vieille odeur, se hâta de préciser Plume Grise. Rien d'inquiétant. Pardon d'avoir pénétré sur votre territoire.

— Vous êtes les bienvenus, le rassura Oreille Balafrée. La dernière fois, les autres tribus nous auraient anéantis sans votre intervention. Maintenant, nous sommes sûrs qu'elles garderont leurs distances. Elles savent que nous pouvons compter sur l'aide de votre Clan. »

Les louanges du chasseur mirent Cœur de Feu mal à l'aise. Malgré leur amitié, il regrettait que ces alliés les aient surpris sur les hauts plateaux.

« Il faut qu'on y aille, marmonna-t-il. Tout a l'air tranquille, ici.

— Que le Clan des Étoiles guide vos pas ! » lança le lieutenant, reconnaissant.

Les autres membres de la patrouille souhaitèrent bonne chasse aux deux guerriers avant de s'éloigner.

« Quelle malchance ! maugréa Cœur de Feu quand les deux camarades entamèrent la descente.

— Pourquoi ? Ils ne nous en voulaient pas d'avoir violé leurs frontières. Nous sommes amis, maintenant.

— Sers-toi de ta tête, Plume Grise ! Et si, à la prochaine Assemblée, Patte Folle raconte à Étoile

Bleue qu'il nous a vus ? Elle va se demander ce qu'on faisait là ! »

Le matou cendré stoppa net.

« Crotte de souris ! s'exclama-t-il. Je n'avais pas pensé à ça. Notre chef ne tolérera pas qu'on fausse compagnie au Clan pour enquêter sur Griffe de Tigre. »

La même inquiétude se reflétait dans leurs yeux. Cœur de Feu agita la queue comme pour balayer le problème.

« Espérons qu'on pourra régler la question avant la pleine lune. Allez viens, il faut qu'on essaie d'attraper quelques proies. »

Cette fois, il repartit au trot. Bientôt les deux chats filaient comme le vent. Quand ils contournèrent les Quatre Chênes et rejoignirent leur propre territoire par la crête du vallon, Cœur de Feu se détendit un peu. Il fit halte le temps de humer l'air dans l'espoir de discerner une odeur de gibier. Parti renifler les racines d'un arbre, Plume Grise revint l'air déçu.

« Rien, grommela-t-il. Pas le moindre mulot, pas le bout du museau d'un seul !

— Nous n'avons pas le temps de continuer à chercher ! »

Au-dessus des arbres, le ciel pâlissait déjà. Le temps leur manquait : leur absence risquait d'être découverte à chaque instant.

L'aube pointait quand ils atteignirent le ravin. Les pattes ankylosées par la fatigue, les muscles raidis par le froid, Cœur de Feu s'engagea le premier entre les rochers qui menaient à l'entrée. Ravi d'être enfin de retour, il se précipita dans la pénombre du tunnel d'ajoncs. Lorsqu'il en ressortit, il s'arrêta si brusquement que Plume Grise le percuta de plein fouet.

« Avance ! » l'exhorta son ami à mi-voix.

Le chat roux ne répondit pas. Assis à quelques pas de lui, au beau milieu de la clairière, se trouvait Griffe de Tigre. La joie luisait dans ses prunelles.

« Vous allez m'expliquer où vous étiez, jeta le vétéran. Pourquoi avez-vous mis si longtemps à rentrer de l'Assemblée ? »

CHAPITRE 3

♣

« **A**LORS ? » DEMANDA GRIFFE DE TIGRE.

Cœur de Feu ne se laissa pas démonter.

« Nous sommes partis chasser, répondit-il. Le Clan a besoin de gibier.

— Mais nous n'avons rien trouvé, ajouta Plume Grise, qui vint se planter à côté de son camarade.

— Les proies sont restées bien à l'abri dans leurs tanières ? » les railla le vétéran.

Il s'approcha à un souffle du museau du chat roux, le flaira et répéta l'opération avec son compagnon.

« Comment se fait-il que vous sentiez la souris ? »

Les deux complices sursautèrent. Leur repas dans la grange semblait remonter à des jours, et ils avaient oublié que l'odeur des rongeurs s'attachait encore à leur fourrure. Incapable de trouver une réponse, Plume Grise ouvrait de grands yeux angoissés.

« Je vais en parler à Étoile Bleue, menaça Griffe de Tigre. Suivez-moi. »

Les deux chasseurs ne pouvaient que s'exécuter. Leur aîné les mena à travers la clairière vers la tanière de leur chef, au pied du Promontoire. Der-

53

rière le rideau de lichen qui en fermait l'entrée, Cœur de Feu aperçut la chatte roulée en boule, sans doute assoupie. Néanmoins, elle se redressa aussitôt qu'ils franchirent le seuil.

« Qu'y a-t-il, Griffe de Tigre ? s'enquit-elle d'un air étonné.

— Ces deux braves guerriers sont sortis chasser, lui annonça son lieutenant d'une voix pleine de mépris. Ils se sont régalés... mais ils n'ont rien rapporté. »

Étoile Bleue dévisagea les coupables.

« Est-ce vrai ?

— On n'était pas de corvée de chasse », bredouilla Plume Grise.

C'est la vérité, songea Cœur de Feu. Au sens strict, ils n'avaient pas enfreint le code du guerrier en revenant bredouilles. Il savait bien, cependant, que c'était une piètre excuse.

« Nous avons mangé notre première proie pour nous donner des forces, précisa-t-il. Ensuite, on n'a rien trouvé. On s'est donné du mal, sans succès. »

Griffe de Tigre poussa un grognement écœuré – il ne croyait pas un mot de leur histoire.

« Pourtant, alors que le gibier est si rare, chacun devrait penser à la tribu avant de penser à lui, et partager ce qu'il trouve, déclara la reine. Vous me décevez beaucoup. »

Cœur de Feu aurait voulu disparaître sous terre. Étoile Bleue l'avait fait admettre au sein du Clan quand il n'était qu'un chat domestique, et il brûlait de lui montrer qu'il méritait sa confiance. S'il avait été seul avec elle, il lui aurait peut-être révélé les vraies raisons de leur retour tardif. Mais en présence du vétéran, c'était impossible.

D'ailleurs, il n'était pas prêt à raconter à leur chef la bataille des Rochers du Soleil. Il voulait d'abord en discuter avec quelques membres du Clan de la Rivière, afin de vérifier les causes exactes de la mort de Cœur de Chêne.

« Je suis désolé, bafouilla-t-il.

— Ce n'est pas ça qui va nous sauver de la famine ! rétorqua-t-elle. Vous devez comprendre que les besoins de la tribu passent en premier, surtout à la saison des neiges. Jusqu'à demain à l'aube, vous chasserez pour le Clan, non pour vous-mêmes. Quand tout le monde sera rassasié, vous pourrez vous restaurer, pas avant. » Elle se radoucit un peu. « Vous avez l'air épuisé. Allez vous reposer. Mais je veux vous voir en chasse avant le milieu du jour.

— À tes ordres, Étoile Bleue », répondit Cœur de Feu.

Il s'inclina et sortit du repaire. Plume Grise le suivit, mort de peur et de honte.

« J'ai cru que notre compte était bon ! » geignit-il avant de se diriger vers le gîte des guerriers.

Griffe de Tigre surgit derrière eux.

« Vous avez eu de la chance ! gronda-t-il. Si ç'avait été moi le chef, vous ne vous en seriez pas tirés à si bon compte. »

Le félin roux sentit son échine se hérisser. Il allait montrer les crocs, quand son vieil ami lui murmura une mise en garde. Il ravala une réplique cinglante et tourna le dos à son adversaire.

« Je préfère ça, chat domestique ! ricana le vétéran. File dans ta tanière. Étoile Bleue te fait peut-être confiance, mais pas moi. Je t'ai vu à la bataille du Clan du Vent, n'oublie pas. »

Il les dépassa en quelques bonds et s'engouffra le premier dans l'antre des chasseurs.

Plume Grise poussa un profond soupir de soulagement.

« Tu es soit complètement fou, soit très courageux ! déclara-t-il, solennel. Je t'en supplie, ne provoque plus Griffe de Tigre.

— C'est lui qui a commencé ! »

Ils se glissèrent entre les branches de la tanière ; leur lieutenant s'était choisi une litière près du centre. Sans prêter attention à eux, il tourna deux ou trois fois sur lui-même avant de se pelotonner pour dormir.

Cœur de Feu rejoignit sa place habituelle. Près de lui, Tempête de Sable et Pelage de Poussière étaient étendus côte à côte.

« Griffe de Tigre te cherche depuis notre retour de l'Assemblée, lui chuchota la chatte. Quand je lui ai transmis ton message, il ne m'a pas crue. Pourquoi en a-t-il après toi ? »

Malgré son épuisement, le jeune guerrier était touché par cette marque d'amitié, mais il ne put retenir un bâillement.

« Désolé. Il faut que je dorme un peu. On en parle plus tard ? »

Sans s'offusquer, elle se leva et s'approcha. Lorsqu'il s'installa sur la mousse qui tapissait le sol du gîte, elle se coucha contre lui.

Pelage de Poussière ouvrit un œil. Furieux, il poussa un grognement rauque et s'empressa de leur tourner le dos.

Cœur de Feu était trop fatigué pour s'inquiéter de ces manifestations de jalousie. Le sommeil le gagnait déjà. Il s'endormit en quelques instants, la douce fourrure de Tempête de Sable contre son flanc.

Cœur de Feu s'engagea sur la piste. Plein d'énergie, il entrouvrit la gueule pour mieux repérer l'odeur de sa proie. Il savait qu'il rêvait, mais son estomac en gargouillait d'avance.

Au-dessus de lui se balançaient des fougères. Une lumière nacrée coulait à flots, comme un jour de pleine lune au printemps. Chaque feuille, chaque brin d'herbe luisait et les silhouettes pâles des primevères, dont tout un parterre bordait le sentier, semblaient illuminées de l'intérieur. Autour de lui, il sentait vibrer la tiédeur humide de la saison des feuilles nouvelles. Le camp recouvert de neige semblait appartenir à une autre vie.

Le chemin commençait à grimper quand un autre félin jaillit des fourrés devant lui. Le rouquin s'arrêta net, le cœur battant : c'était Petite Feuille[1] ! La chatte écaille-de-tortue s'avança pour lui toucher le museau.

Il frotta sa tête contre celle de la reine en ronronnant. Ce n'était pas la première fois que l'esprit de l'ancienne guérisseuse venait visiter en rêve le jeune guerrier, à qui elle manquait toujours.

Elle recula d'un pas.

---

1. À l'arrivée de Cœur de Feu dans la tribu, Petite Feuille était la guérisseuse du Clan du Tonnerre. Elle fut assassinée de sang-froid par un chasseur du Clan de l'Ombre.

« Viens. Je veux te montrer quelque chose. »

Elle s'éloigna à pas de velours, se retournant de temps en temps pour s'assurer qu'il la suivait.

Il la rattrapa en hâte, les yeux fixés sur les reflets irisés de son pelage. Ils ne tardèrent pas à parvenir au sommet de la colline. Petite Feuille quitta les fougères et le mena sur une corniche herbue.

« Regarde », dit-elle.

Cœur de Feu cligna des yeux. À la place des arbres et des champs, un immense lac scintillant s'étendait à perte de vue. Aveuglé par son éclat, il ferma les paupières. D'où venait toute cette eau ? Était-il encore sur le territoire de l'un des Clans ? Impossible à savoir : la lumière argentée faussait ses repères habituels.

L'odeur réconfortante de Petite Feuille flottait autour de lui. Sa voix lui murmura à l'oreille :

« Souviens-toi : l'eau peut éteindre le feu. »

Surpris, il rouvrit les yeux. Le vent glacé qui ridait la surface du lac ébouriffait sa fourrure. La guérisseuse n'était plus là. La lumière déclina et l'herbe disparut sous ses pattes. En un clin d'œil, il se trouva plongé dans le froid et les ténèbres.

« Cœur de Feu ! Cœur de Feu ! »

Il s'efforça d'ignorer l'importun qui le poussait du museau. Il entendit Plume Grise répéter son nom et finit par ouvrir les yeux : son ami se penchait sur lui d'un air soucieux.

« Réveille-toi, le soleil est haut. »

Avec un bâillement en forme de grognement, le chat roux sortit de sa litière et s'assit. Une lueur pâle s'insinuait entre les branches de leur tanière.

Au centre de l'abri, Éclair Noir et Fleur de Saule dormaient encore, mais Tempête de Sable et Pelage de Poussière étaient déjà partis.

« Tu marmonnais dans ton sommeil, lui apprit Plume Grise. Tu es sûr que ça va ?

— Quoi ? »

Encore hébété, Cœur de Feu s'étira longuement, creusa les reins, arrondit l'échine. Certains réveils étaient parfois plus difficiles que d'autres... Oui, Petite Feuille était morte. Il ne lui parlerait plus que dans ses rêves.

« Dépêche-toi, insista son camarade. Il faut sortir chasser.

— Oui, tu as raison.

— Je t'attends à l'entrée du camp. »

Plume Grise lui donna un dernier coup de museau avant de bondir hors du gîte. Cœur de Feu se lécha une patte, qu'il se passa sur le nez. Les idées plus claires, il se rappela soudain l'étrange remarque de la guérisseuse : « *L'eau peut éteindre le feu.* » Qu'essayait-elle de lui dire ? Il repensa à la première prophétie de Petite Feuille : « *Seul le feu sauvera notre Clan.* » Une fois dehors, il frissonna. Mais le froid n'y était pour rien. Pas de doute : les ennuis s'amoncelaient comme autant de nuages noirs à l'horizon. Si l'eau qui s'annonçait éteignait le feu, alors par quoi la tribu serait-elle sauvée ? Ces paroles signifiaient-elles donc que le Clan était condamné ?

CHAPITRE 4

❧

Cœur de Feu gravit la pente du ravin en quelques bonds. La neige crissait sous ses pattes. Le soleil brillait dans un ciel bleu clair, et malgré la pâleur de ses rayons, le chat roux fut revigoré : la saison des feuilles nouvelles ne saurait plus tarder.

Plume Grise le talonnait. Il s'écria :

« L'éclaircie fera peut-être sortir le gibier !

— Pas s'il t'entend arriver, gros ballot ! » le taquina Tempête de Sable avant de le dépasser au trot.

Nuage de Fougère, l'apprenti du matou cendré, s'empressa de protester :

« Plume Grise est la discrétion même ! »

Son mentor, lui, se contenta de pousser un grognement amusé. Cœur de Feu sentait une énergie nouvelle lui couler dans les veines. Même s'il s'agissait d'une punition, personne ne leur avait interdit d'aller chasser en groupe, et la compagnie de ses amis lui réchauffait le cœur.

La déception mêlée de peine d'Étoile Bleue quand elle avait appris leur faute l'obsédait. Il comptait se faire pardonner en ramenant autant de proies que possible. La tribu en avait bien besoin. Dès la mi-journée, les réserves de gibier épuisées, la plupart des félins étaient contraints de partir à la chasse. Cœur de Feu avait croisé Griffe de Tigre dans le ravin, de retour au camp avec la patrouille du matin. À sa gueule pendait un écureuil dont la queue traînait dans la neige. Les yeux du vétéran jetaient des éclairs, mais il n'avait pas lâché sa proie pour lui adresser la parole.

Au sommet de la pente, Tempête de Sable prit la tête tandis que Plume Grise expliquait à Nuage de Fougère comment chercher des souris entre les racines des arbres. Le cœur du chat roux se serra : Nuage Cendré, son apprentie, aurait dû être avec eux si son accident sur le Chemin du Tonnerre ne l'avait pas laissée boiteuse. Depuis, elle ne quittait plus la tanière de Croc Jaune, la guérisseuse de la tribu.

Pour se changer les idées, il se mit en chasse, le nez au vent. Une légère brise soulevait la neige et lui apporta une odeur familière. Un lapin !

La petite bête à fourrure brune reniflait le pied d'un bouquet de fougères, où quelques brins d'herbe verte pointaient à travers la neige. Il se tapit et s'approcha à pas furtifs. Au dernier moment, le rongeur le sentit arriver et bondit en avant. Trop tard ! Sans lui laisser le temps de pousser un seul cri, Cœur de Feu sauta et lui brisa la nuque d'un coup de dent.

Triomphant, il retourna au camp en traînant le lapin derrière lui. Aussitôt entré dans la clairière, il vit, soulagé, que la patrouille du matin avait bien regarni le tas de gibier. Étoile Bleue se tenait près de la réserve.

« Bravo, Cœur de Feu ! lui lança-t-elle. Peux-tu apporter ta proie à Croc Jaune dans son antre ? »

Rasséréné par l'encouragement de leur chef, il traversa la clairière avec son fardeau. Un tunnel de fougères sèches menait au rocher fendu où la guérisseuse du Clan avait installé son gîte, un peu à l'écart.

À l'autre bout du passage, le guerrier aperçut Croc Jaune, couchée à l'entrée de son repaire, les pattes ramenées sous elle. Nuage Cendré était assise en face d'elle, sa fourrure grise gonflée pour se protéger du froid, ses prunelles bleues fixées sur sa compagne.

« Bon. Maintenant, les coussinets d'Un-Œil sont craquelés à cause du froid, disait la vieille reine de sa voie éraillée. Que peut-on faire pour elle ?

— Feuilles de souci en cas d'infection, répondit aussitôt sa cadette. Onguent de mille-feuille pour adoucir et faire cicatriser la peau. Graines de pavot contre la douleur.

— Parfait ! »

Nuage Cendré se redressa de toute sa taille, les yeux brillant de fierté. Croc Jaune était avare de compliments.

« Bien, tu peux lui apporter les feuilles et l'onguent, ajouta la guérisseuse. Elle n'aura besoin de pavot que si ses plaies s'aggravent. »

La jeune chatte se releva ; elle s'approchait de la tanière quand elle vit Cœur de Feu près du tunnel. Avec un miaulement ravi, elle se précipita vers lui, la démarche encore gauche.

Le cœur de son ancien mentor se serra. Avant d'être renversée par un monstre sur le Chemin du

Tonnerre, son apprentie était une véritable boule d'énergie. À présent, elle ne pourrait plus jamais courir, ni devenir une guerrière à part entière.

Heureusement, l'accident ne l'avait pas privée de sa vivacité. Espiègle, elle s'écria :

« Du gibier ! C'est pour nous ? Génial !

— Il était temps, grommela Croc Jaune, toujours assise devant son gîte. Ce lapin tombe à pic ! Depuis le lever du soleil, la moitié du camp a défilé ici pour se plaindre d'une douleur ou d'une autre. »

Il alla déposer l'animal aux pieds de la vieille chatte, qui le tâta du bout de la patte.

« On dirait que celui-là a un peu de chair sur les os, pour une fois, reconnut-elle à contrecœur. Nuage Cendré, apporte les feuilles de souci et la mille-feuille à Un-Œil, et reviens aussitôt. Si tu te dépêches, je te laisserai peut-être un peu de lapin. »

La petite s'esclaffa et caressa l'épaule de son aînée du bout de la queue en entrant dans le repaire.

« Comment va-t-elle ? souffla Cœur de Feu. Elle retrouve ses marques ?

— Elle va bien, jeta Croc Jaune, excédée. Cesse de t'inquiéter pour elle. »

Il aurait bien voulu en être capable. Il se sentait en partie responsable de l'infirmité de son apprentie : le jour de l'accident, il aurait dû l'empê-cher de se rendre seule dans un endroit aussi dan-gereux.

Cœur de Feu étouffa un soupir avant de faire ses adieux à Croc Jaune pour repartir à la chasse. Sa détermination à révéler la culpabilité de Griffe de Tigre s'était encore renforcée : pour Plume Rousse, assassiné, pour Nuage de Jais, banni du Clan, pour

Nuage Cendré, infirme à vie. Et pour les autres chats de la tribu, vivants ou à naître, menacés par la soif de pouvoir de ce traître.

Le félin roux avait décidé de rencontrer Rivière d'Argent sans tarder afin de s'assurer des causes exactes de la mort de Cœur de Chêne. Le lendemain de leur journée de chasse, il avait gagné la lisière de la forêt, d'où il contemplait à présent le torrent gelé. Le vent secouait les roseaux séchés qui dépassaient des congères.

Près de lui, Plume Grise flairait la brise, aux aguets.

« Je sens des chasseurs du Clan de la Rivière, chuchota-t-il. Mais l'odeur n'est pas récente, je pense qu'on peut traverser sans crainte. »

Cœur de Feu était plus inquiet à l'idée de croiser ses propres congénères que de rencontrer une patrouille adverse. Griffe de Tigre le soupçonnait déjà de trahison. Si le vétéran découvrait ce qu'ils s'apprêtaient à faire, ils étaient perdus.

« Très bien, répondit-il. Allons-y. »

D'un pas assuré, son ami s'engagea le premier sur la glace. *Il traverse le torrent en secret depuis des lunes pour aller voir Rivière d'Argent*, se rappela Cœur de Feu, le premier étonnement passé. Le rouquin, qui redoutait de voir la glace craquer sous son poids, suivit son camarade à pas feutrés. Là, en aval des Rochers du Soleil, le cours d'eau servait de frontière entre les deux Clans. La fourrure hérissée, le jeune guerrier ne cessait de se retourner, craignant d'être épié.

Une fois de l'autre côté, ils se glissèrent à l'abri d'un bouquet de joncs et humèrent l'air, toujours à l'affût de l'ennemi. La peur de Plume Grise était palpable : chacun de ses muscles semblait tendu à craquer. Il risqua un coup d'œil à travers la forêt de tiges.

« On est fous, murmura-t-il. Tu m'as fait promettre de ne plus rencontrer Rivière d'Argent qu'aux Quatre Chênes, et pourtant nous revoilà en plein territoire adverse !

— Je sais. Mais il n'y a pas d'autre solution. Il faut qu'on leur parle et, à part elle, qui accepterait de nous aider ? »

Le félin roux était aussi terrifié que son compagnon. Si, autour d'eux, se trouvaient de nombreuses preuves du passage du Clan de la Rivière, aucune d'entre elles n'était récente. La forêt lui semblait aussi inconnue et effrayante que la première fois où il y avait pénétré quand il était chat domestique.

Sous le couvert des roseaux, les deux bêtes se dirigèrent vers l'amont. Cœur de Feu s'efforçait de progresser d'un pas léger, plaqué au sol, comme s'il était en chasse. Son manteau couleur de feu se détachait sur la neige immaculée. Comme l'odeur de l'ennemi se faisait plus forte, il devina qu'ils approchaient du camp.

« C'est encore loin ? souffla-t-il.

— Non. Tu vois cette île, là-bas ? »

Ils étaient arrivés à un endroit où la rivière s'éloignait du territoire du Clan du Tonnerre et s'élargissait. Une petite île entourée de roseaux se dressait devant eux. Des saules poussaient sur ses berges, leurs branches les plus basses piégées par la glace.

« Une île ? Et si la rivière dégèle, que font-ils ? Ils la traversent à la nage ?

— D'après Rivière d'Argent, l'eau n'est pas très profonde, ici, lui expliqua Plume Grise. Mais je ne suis jamais entré dans le camp moi-même. »

Près d'eux, le sol montait en pente douce. Au sommet, ajonc et aubépine poussaient en épais fourrés, agrémentés çà et là d'un buisson de houx aux feuilles vertes et luisantes. Entre les roseaux où ils se cachaient et les taillis de la crête, le sol nu ne fournissait aucun abri.

Le nez au vent, le chat cendré regarda soudain autour de lui avec méfiance. Sans prévenir, il quitta les roseaux et gravit la pente à vive allure.

Cœur de Feu le suivit à la hâte en pataugeant dans la neige. Il finit par atteindre le rempart des broussailles et s'arrêta, hors d'haleine. Il dressa l'oreille : le silence régnait sur l'île. Il s'affala sur les feuilles mortes avec un soupir de soulagement.

« D'ici, on peut voir l'entrée du camp, lui apprit Plume Grise. C'est là que j'attendais Rivière d'Argent. »

Le rouquin priait pour qu'elle se montre sans tarder. À chaque instant qui passait, le risque qu'ils soient découverts augmentait. Il rampa sur le côté afin d'avoir une meilleure vue : à travers le rideau d'arbustes, il distinguait à peine les silhouettes des félins du camp. Absorbé par ce spectacle, il ne vit pas tout de suite que le danger était plus près : une reine passait à quelques pas de leur cachette. Un petit écureuil dans la gueule, elle fixait le sol gelé.

Il se figea, prêt à bondir si elle les repérait. Heureusement pour eux, l'odeur de sa proie devait masquer la leur. Il s'aperçut soudain qu'un groupe de quatre bêtes était sorti du camp. Parmi eux, Taches de Léopard, le lieutenant ennemi : une chatte très hostile au Clan du Tonnerre depuis qu'elle avait surpris Cœur de Feu et Plume Grise sur son territoire. Ce jour-là, l'un de ses chasseurs était mort au combat, et elle avait la rancune tenace. Si elle les trouvait terrés là, elle ne leur laisserait pas la moindre chance.

Au lieu de se diriger vers eux, la patrouille entreprit de traverser le cours d'eau gelé en direction des Rochers du Soleil. Soulagé, le jeune guerrier devina qu'ils partaient surveiller la frontière.

Une silhouette familière finit par apparaître.

« Rivière d'Argent ! » chuchota Plume Grise.

Cœur de Feu regarda sa silhouette gracieuse avancer sur la glace. Avec ses traits délicats, sa fourrure épaisse et lustrée, elle était ravissante. Pas étonnant que son ami soit fou d'elle.

Le matou cendré se redressait, prêt à l'appeler de nouveau, quand deux autres félins se glissèrent dehors pour la rejoindre. À son corps élancé perché sur de longues pattes, ils reconnurent Griffe Noire, un combattant au poil charbonneux rencontré à l'Assemblée. Un jeune le suivait – son apprenti sans doute.

« Ils partent chasser », murmura Plume Grise.

Les trois animaux s'engagèrent sur la pente. Cœur de Feu poussa un grognement où la peur le disputait à l'impatience. Il avait espéré pouvoir parler à Rivière d'Argent seul à seul. Comment la séparer de ses compagnons ? Et si son escorte décelait leur présence ? Eux n'avaient pas de gibier à la gueule pour brouiller les odeurs...

Griffe Noire allait en tête, le novice sur les talons. La chatte les suivait à quelques pas. Lorsque le petit groupe passa devant les buissons, elle se figea, aux aguets, comme si elle discernait une senteur familière, mais inattendue. Plume Grise poussa alors un petit cri aigu ; les oreilles de la reine se dressèrent.

« Rivière d'Argent ! » souffla-t-il.

Quand elle agita la queue, ils poussèrent un soupir de soulagement. Elle avait entendu.

« Griffe Noire ! lança-t-elle. J'ai entendu une souris dans les buissons. Ne m'attends pas. »

Le mentor acquiesça avant de s'éloigner. Un instant plus tard, la reine se glissait à travers les branches jusqu'à la cachette des deux amis. Elle se frotta contre le flanc de Plume Grise en ronronnant ; les deux amoureux se touchèrent le museau, éperdus de joie.

« Je pensais que tu ne voulais plus me rencontrer qu'aux Quatre Chênes, s'étonna-t-elle. Que fais-tu là ?

— Cœur de Feu voulait te parler. Il a une question à te poser. »

Le chat roux revoyait Rivière d'Argent pour la première fois depuis la bataille où il l'avait laissée s'échapper. Elle aussi devait s'en souvenir, car elle s'inclina avec grâce, sans lui manifester la moindre hostilité, contrairement à autrefois.

« Qu'y a-t-il ?

— Que sais-tu de la bataille des Rochers du Soleil où Cœur de Chêne a perdu la vie ? commença-t-il sans préambule. Tu y étais ?

— Non, répondit-elle, pensive. C'est très important ?

— Oui. Pourrais-tu demander des détails à un des combattants ? Je dois...

— Je vais même faire mieux que ça, l'interrompit-elle. Je vais t'amener Patte de Brume. »

Les deux chats échangèrent un regard. Était-ce vraiment une bonne idée ?

« Ne t'inquiète pas, le rassura-t-elle, comme si elle devinait ses craintes. Elle sait que je fréquente Plume Grise. Elle n'aime pas ça, mais elle ne me dénoncera jamais. Elle viendra si je le lui demande. »

Après un instant d'hésitation, il acquiesça.

« D'accord. Merci. »

Rivière d'Argent fit aussitôt demi-tour, s'engouffra dans les buissons et dévala la pente enneigée.

« Elle est incroyable, non ? » murmura le chat cendré.

Sans répondre, Cœur de Feu se prépara à une longue attente. Le temps passait, sa nervosité augmentait. S'ils restaient en territoire ennemi plus longtemps, on ne pouvait manquer de les découvrir. Et là...

« Écoute, si Rivière d'Argent ne peut... »

À ce moment, la jeune reine ressortit du camp, son amie derrière elle. Elles grimpèrent la côte au pas de course avant de se faufiler dans les fourrés. Svelte, sa compagne avait le poil gris, une robe épaisse et les yeux très bleus. Le rouquin songea qu'il avait déjà dû la voir aux Assemblées, car elle lui rappelait quelqu'un.

Quand elle aperçut les deux mâles, la nouvelle

venue s'arrêta net. L'échine hérissée, elle coucha les oreilles en arrière.

« Patte de Brume ! murmura Rivière d'Argent. Ce sont...

— Des chats du Clan du Tonnerre ! grinça-t-elle. Que font-ils sur notre territoire ?

— S'il te plaît... » la supplia sa camarade, qui tenta en vain de la pousser vers les intrus.

L'hostilité de la chatte intimidait Cœur de Feu. Comment avait-il pu s'imaginer qu'un membre du Clan de la Rivière accepterait de l'aider ?

« Passe encore pour celui-là, déclara Patte de Brume, les yeux fixés sur Plume Grise. Mais si tu fais venir tout le Clan du Tonnerre ici...

— Ne dis pas de bêtises !

— Calme-toi, Patte de Brume, s'empressa de chuchoter le félin roux. Nous ne sommes là ni pour chasser ni pour vous espionner. Nous voulons parler à un chat qui aurait participé à la bataille des Rochers du Soleil.

— Pourquoi ?

— C'est... difficile à expliquer. Mais le Clan de la Rivière ne risque rien. Je le jure sur ma vie. »

La reine sembla se détendre un peu, fit quelques pas hésitants, et finit par s'asseoir à côté d'eux.

Le chat cendré se leva.

« Bon, Rivière d'Argent et moi, on va vous laisser discuter. »

Avant que Cœur de Feu puisse protester, les deux félins s'étaient coulés dans les broussailles. Juste avant de disparaître, Plume Grise se retourna.

« Au fait, avant de rentrer, roule-toi dans de la

71

tourbe pour couvrir l'odeur du Clan de la Rivière. Le mieux, c'est la crotte de renard.

— Attends ! »

Trop tard : ils avaient disparu.

« Ne t'inquiète pas, lui lança Patte de Brume, les yeux pétillant de malice. Je ne vais pas te manger. Tu es Cœur de Feu, non ? Je t'ai vu aux Assemblées. Il paraît que tu étais un chat domestique, avant. »

Elle parlait d'un ton mesuré, l'air méfiant.

« C'est vrai, avoua-t-il, le cœur lourd, toujours aussi peiné par le mépris des chats sauvages pour son passé. Mais je suis un guerrier, désormais. »

La chatte se lécha une patte qu'elle se passa lentement sur l'oreille, sans le quitter des yeux.

« Bon, finit-elle par jeter. J'ai participé à cette bataille. Que veux-tu savoir ? »

Il réfléchit un instant à la meilleure manière de procéder. Il n'aurait pas d'autre chance de découvrir la vérité.

« Dépêche-toi, grommela Patte de Brume. J'ai laissé mes petits seuls pour venir te parler.

— Ce ne sera pas long. Connais-tu les causes de la mort de Cœur de Chêne ?

— Cœur de Chêne ? » Elle baissa les yeux, respira à fond et releva la tête. « C'était mon père, tu le savais ?

— Non. Je suis désolé. Même si je ne l'ai jamais rencontré, on dit que c'était un grand guerrier.

— Le plus grand et le plus brave. Il n'aurait jamais dû mourir, ce jour-là. C'était un accident. »

Le cœur du félin se mit à cogner dans sa poitrine. Voilà ce qu'il était venu découvrir !

« Tu en es certaine ? Personne ne l'a tué ?

— Il a été blessé dans la bataille, rien de grave. Ensuite, on a retrouvé son corps sous un éboulement. D'après notre guérisseur, c'est ce qui l'a achevé.

— Alors personne n'est responsable... marmonna Cœur de Feu. Nuage de Jais n'avait pas menti.

— Comment ? »

La reine au poil gris-bleu rabattit ses moustaches contre ses joues.

« Rien ! se hâta-t-il de répondre. Rien d'important. Merci, Patte de Brume. C'est exactement ce que je voulais savoir.

— Si tu n'as pas d'autre...

— Attends ! Une dernière question. Au cours de la bataille, Cœur de Chêne aurait déclaré qu'aucun chat du Clan du Tonnerre ne devait jamais faire de mal à Pelage de Silex. Sais-tu ce qu'il entendait par là ? »

Elle resta silencieuse un instant, les yeux perdus dans le vague. Elle finit par secouer la tête comme pour s'éclaircir les idées.

« Pelage de Silex est mon frère.

— Alors Cœur de Chêne était son père ! Voilà pourquoi il voulait le protéger de nous...

— Non ! » s'insurgea-t-elle. Ses yeux lançaient des éclairs. « Cœur de Chêne n'a jamais essayé de nous protéger plus que les autres. Il voulait faire de nous des guerriers dignes de notre Clan.

— Alors pourquoi...

— Je ne sais pas. »

Elle semblait sincèrement déconcertée. Cœur de Feu ravala sa déception. Au moins, il savait comment Cœur de Chêne était mort. Il ne pouvait cependant s'empêcher de penser que les paroles du vétéran avaient leur importance.

« Ma mère, Lac de Givre, le saurait peut-être... » reprit Patte de Brume.

Surpris, le rouquin se tourna vers elle, les oreilles pointées en avant.

« Si quelqu'un sait quelque chose, c'est elle, continua la chatte.

— Tu pourrais le lui demander ?

— Peut-être... » En dépit de sa méfiance, elle semblait aussi curieuse que lui de connaître le sens des paroles de Cœur de Chêne. « Mais il vaudrait sans doute mieux que tu lui parles toi-même. »

Il resta d'abord interdit devant cette suggestion. L'hostilité de la reine semblait s'être évaporée.

« Je peux ? Maintenant ?

— Non. Tu ne dois pas rester plus longtemps, c'est trop risqué. La patrouille de Taches de Léopard ne va pas tarder à rentrer. Et puis, Lac de Givre est vieille à présent, elle ne quitte presque plus le camp. Elle ne sortira que si je parviens à l'en persuader. Ne t'inquiète pas, j'y arriverai. »

Il s'inclina à contrecœur. Malgré sa hâte de rencontrer l'ancienne, il n'ignorait pas que Patte de Brume avait raison.

« Comment saurai-je où et quand la retrouver ?

— Rivière d'Argent me servira de messagère. Vat'en, à présent. Si notre lieutenant te trouve ici, je ne pourrai rien pour toi. »

Cœur de Feu acquiesça. Reconnaissant, il aurait aimé lui toucher le museau en guise d'adieu, mais il craignit un coup de griffes en représailles. Même si elle se montrait cordiale, elle n'était pas près d'oublier qu'ils appartenaient à deux tribus rivales.

« Merci, Patte de Brume. Je m'en souviendrai. Si je peux un jour te rendre...

— File ! » s'écria-t-elle.

Il se dirigeait vers une trouée dans les broussailles quand il l'entendit ajouter, espiègle : « Et n'oublie pas la crotte de renard ! »

CHAPITRE 5

« JE SUIS TOMBÉ BIEN BAS ! » marmonna Cœur de
Feu.

Il s'engagea dans le tunnel d'ajoncs qui menait
au camp du Tonnerre. Il avait trouvé un peu de
crotte de renard fraîche dans les bois et s'était roulé
dedans. Personne ne pourrait jamais deviner qu'il
revenait d'un territoire ennemi. Mais le laisse-
rait-on entrer dans la tanière des guerriers ? C'était
une autre histoire. Il était tout de même parvenu à
attraper un écureuil sur le chemin du retour afin
d'éviter de rentrer bredouille.

Lorsqu'il déboucha dans la clairière, il vit Étoile
Bleue perchée sur le Promontoire. Elle venait sans
doute d'appeler au rassemblement, car les autres
félins sortaient de leurs gîtes pour se réunir autour
du rocher.

Il posa sa proie sur le tas de gibier avant de les
rejoindre. De l'autre côté du camp, Plume Blanche
et sa portée se coulaient hors de la pouponnière. Il
reconnut sans mal Petit Nuage, le fils de sa sœur
Princesse, à sa fourrure blanche resplendissante.
Toujours installée à la ville, la mère du chaton
n'avait pas l'intention de renoncer aux conforts de

la vie domestique. Captivée par les histoires de Cœur de Feu sur la vie sauvage, elle lui avait toutefois confié son premier-né.

Jusque-là, les membres de la tribu peinaient à admettre la présence d'un autre chat domestique parmi eux, même si Plume Blanche le traitait comme un de ses propres petits. Son oncle savait d'expérience qu'il faudrait des trésors de détermination à Petit Nuage pour parvenir à se faire accepter.

En s'approchant, le guerrier entendit le jeune animal se plaindre :

« Moi aussi, je veux devenir novice ! Je suis presque aussi grand que le fils de Pelage de Givre ! »

Bonne nouvelle ! Étoile Bleue était sans doute sur le point de nommer apprentis les deux derniers petits de la jolie reine aux yeux bleus. Les deux premiers, Nuage de Fougère et Nuage Cendré, avaient été baptisés quelques lunes plus tôt ; les cadets devaient attendre leur tour avec impatience. Quelle chance d'être rentré à temps pour la cérémonie !

« Chut ! » souffla Plume Blanche, qui entreprit de réunir ses rejetons autour d'elle et de leur trouver une place pour s'asseoir. « C'est impossible, tu n'as pas encore six lunes.

— Mais je ne veux pas attendre ! »

Cœur de Feu laissa la mère tenter d'expliquer les coutumes du Clan à l'impatient et alla s'installer au premier rang, près de Tempête de Sable.

La chatte sursauta.

« Quelle infection ! D'où viens-tu ? On dirait un renard mort depuis des lunes !

— Désolé. C'est un accident. »

Cette odeur l'incommodait autant qu'un autre, et il détestait devoir mentir à son amie.

« En tout cas, ne t'approche pas de moi avant de t'être débarbouillé ! »

Elle fit un pas en arrière, les yeux rieurs.

« Et n'entre pas dans la tanière sans avoir fait ta toilette », grommela une voix familière. Griffe de Tigre se tenait derrière eux. « Pas question que je dorme dans cette puanteur ! »

Cœur de Feu se fit tout petit tandis que leur lieutenant s'éloignait. Étoile Bleue s'éclaircit la voix.

« Nous sommes réunis ici aujourd'hui pour baptiser deux nouveaux apprentis. »

Elle contempla Pelage de Givre, assise sous le Promontoire, la queue enroulée autour de ses pattes de devant. Les deux chatons se tenaient de part et d'autre de leur mère ; le plus gros, aussi roux que son frère Nuage de Fougère, se leva aussitôt d'un bond.

« Oui, avancez-vous, mes petits », ajouta la vieille reine.

Le mâle se précipita jusqu'au pied du rocher. Sa sœur le suivit plus lentement. Blanche comme Pelage de Givre, elle avait en plus des taches rousses sur l'échine et la queue.

Cœur de Feu ferma les yeux un instant. Peu de temps auparavant, on lui avait confié l'initiation de Nuage Cendré. Il aurait voulu former l'un de ces deux novices, mais il savait qu'Étoile Bleue prévenait les heureux élus à l'avance.

Après son échec avec la jeune infirme, peut-être ne lui confierait-on plus jamais personne, songea-t-il, glacé d'effroi.

« Poil de Souris ! Tu m'as dit que tu étais prête à prendre un apprenti. Tu seras le mentor de Nuage d'Épines. »

Une reine au pelage brun, petite et trapue, s'avança vers l'animal, qui trottina à sa rencontre.

« Poil de Souris, tu t'es montrée une guerrière courageuse et intelligente. Sache transmettre ta bravoure et ta sagesse à ton nouvel élève. »

La chatte semblait aussi fière que son novice. Ils se touchèrent le bout du museau et se retirèrent à l'orée de la clairière. Nuage d'Épines semblait déjà assaillir son aînée de questions.

La femelle blanche et rousse, toujours debout sous le Promontoire, n'avait pas quitté Étoile Bleue des yeux. La fébrilité faisait trembler ses moustaches.

« Tornade Blanche ! clama leur chef. Tu es prêt à prendre un nouvel apprenti maintenant que Tempête de Sable a été nommée guerrière. Tu seras le mentor de Nuage Blanc. »

Le grand matou blanc, jusque-là étendu au premier rang, se leva et s'approcha de la petite. Elle l'attendait sans bouger, l'air ravi.

« Tornade Blanche, tu es un chasseur doué et très expérimenté. Je sais que tu sauras transmettre ce que tu as appris à cette jeune novice.

— Avec plaisir, déclara le vétéran. Félicitations, Nuage Blanc. »

Il se pencha pour lui effleurer le museau avant de l'escorter à la lisière de la foule.

Les félins commencèrent à se rassembler autour des deux héros du jour, impatients de les complimenter et de les appeler par leur nouveau nom.

Cœur de Feu allait faire de même quand il aperçut Plume Grise au dernier rang, près du tunnel. Le chat cendré avait dû rentrer sans se faire voir pendant la cérémonie. Il s'approcha pour chuchoter :

« Tout est arrangé. S'il fait beau demain, Rivière d'Argent et Patte de Brume vont essayer de persuader Lac de Givre d'aller se promener. Elles nous retrouveront à midi.

— Où ? » s'enquit le rouquin, réticent à l'idée de s'aventurer en territoire ennemi deux jours d'affilée : il n'était guère prudent de laisser de si nombreuses traces.

« Il y a une clairière tranquille juste de l'autre côté de la frontière, pas loin du pont des Bipèdes. Rivière d'Argent et moi, c'est là qu'on se voyait, avant... »

Plume Grise avait donc tenu sa promesse de ne rencontrer l'élue de son cœur qu'aux Quatre Chênes.

« Merci », marmonna Cœur de Feu, qui s'approcha du tas de gibier pour se choisir une pièce de viande, soudain fiévreux à la perspective de découvrir la clef de l'énigme.

« On y est », chuchota Plume Grise.

Les deux amis ne se trouvaient qu'à quelques pas de la frontière. Le sol formait une profonde cuvette, entourée de buissons épineux. La neige s'y était accumulée, et un minuscule ruisseau avait creusé son chemin entre deux rochers. À la saison des feuilles nouvelles, l'endroit devait être charmant et bien caché.

Ils se glissèrent sous l'un des fourrés et se préparèrent une douillette litière de feuilles mortes pour attendre les trois chattes. En chemin, Cœur de Feu avait attrapé une souris qu'il destinait à Lac de Givre. Il la déposa à l'endroit le plus sec, sans penser à son propre estomac, et se coucha à côté, roulé en boule. Il laissa voguer sa pensée.

Un pâle soleil faisait scintiller la neige autour de leur cachette. À midi passé, le jeune chasseur commençait à perdre espoir quand il discerna une odeur familière et entendit une voix chevrotante s'élever dans l'air sec.

« C'est bien trop loin pour ma vieille carcasse. Je vais mourir de froid.

— Ne dis pas de bêtise, c'est une belle journée, intervint Rivière d'Argent. Un peu d'exercice te fera du bien. »

Un grognement méprisant lui répondit. Trois reines entrèrent alors dans leur champ de vision ; elles descendaient la pente vers eux. Rivière d'Argent et Patte de Brume escortaient une ancienne qu'ils n'avaient jamais vue, une chatte efflanquée à la fourrure pelée ; son museau couturé de cicatrices était blanchi par l'âge.

À mi-chemin du fond de la cuvette, elle tomba en arrêt, le nez au vent.

« Il y a des chats du Clan du Tonnerre ici ! » s'étrangla-t-elle.

Ses deux cadettes semblaient soucieuses de sa réaction.

« Oui, je sais, répliqua Patte de Brume d'un ton apaisant. Tout va bien.

— Comment ça, "tout va bien"? cracha-t-elle, soupçonneuse. Que font-ils ici?

— Ils veulent juste te parler. Fais-moi confiance. »

L'espace d'un instant, Cœur de Feu craignit que la doyenne ne tourne les talons en hurlant pour donner l'alerte mais, à son grand soulagement, la curiosité de Lac de Givre l'emporta. Elle suivit sa fille dans la poudreuse, le nez froncé de dégoût.

« Plume Grise? » appela doucement Rivière d'Argent, toujours prudente.

Le félin cendré sortit la tête des fourrés.

« On est là. »

Les trois chattes se glissèrent à l'abri. L'ancienne se raidit en se retrouvant face à face avec les deux intrus.

« Voici Cœur de Feu et Plume Grise, annonça Rivière d'Argent. Ils...

— Deux, pas moins! la coupa la vieille reine. Vous avez intérêt à me fournir une bonne explication.

— Calme-toi, insista Patte de Brume. Ils ne sont pas méchants. Laisse-les au moins te parler. »

Les regards se tournèrent vers Cœur de Feu.

« Nous voulions t'entretenir au sujet de... déclarat-il, fébrile, avant de pousser le rongeur vers elle. Je... je t'ai apporté du gibier. »

Lac de Givre aperçut la bête.

« Au moins, tu as des manières! » Elle se coucha et planta des dents gâtées par l'âge dans sa proie. « Un peu filandreux, mais je m'en contenterai. »

Le chasseur choisit ses mots avec soin.

« Je voudrais te poser quelques questions sur une

phrase que Cœur de Chêne a prononcée avant de mourir. »

Les oreilles de la doyenne tressaillirent.

« À la bataille des Rochers du Soleil, il aurait déclaré qu'aucun chat du Clan du Tonnerre ne devait jamais faire de mal à Pelage de Silex. Sais-tu ce que cela signifie ? »

Lac de Givre ne répondit pas avant d'avoir avalé la dernière bouchée de souris et passé une langue rose sur son museau pelé. Alors, elle se redressa. La queue enroulée autour des pattes, elle observa son interlocuteur un long moment, d'un air songeur.

« Je pense que vous devriez rentrer, finit-elle par lancer aux deux chattes. Allez, filez ! Toi aussi, jeta-t-elle à Plume Grise. Je vais parler seule à seul avec Cœur de Feu. À part lui, personne n'a besoin de savoir. »

Le jeune guerrier ravala ses protestations. S'il insistait pour que son camarade reste, l'ancienne risquait de refuser de parler. Le matou cendré semblait aussi déconcerté que lui. Que pouvait bien vouloir cacher Lac de Givre à sa propre tribu ? Un frisson secoua Cœur de Feu. Son instinct lui soufflait qu'un terrible secret était en jeu. Pourtant, s'il concernait le Clan de la Rivière, comment pouvait-il aussi regarder celui du Tonnerre ?

Les deux reines semblaient tout aussi désorientées ; elles quittèrent cependant les taillis sans protester.

« Nous t'attendrons près du pont des Bipèdes, précisa Rivière d'Argent.

— Inutile, rétorqua leur aînée, irritée. Je suis

84

vieille, mais pas impotente. Je suis capable de retrouver mon chemin seule. »

Les chattes remontèrent la pente, Plume Grise sur les talons. Lac de Givre resta assise en silence jusqu'à ce que leurs odeurs commencent à s'estomper.

« Bien, fit-elle ensuite. Patte de Brume t'a dit que je suis sa mère et celle de Pelage de Silex ?

— Oui. »

Peu à peu, la nervosité de Cœur de Feu laissait place à un profond respect pour l'ancienne, dont il devinait la grande sagesse sous des dehors bourrus.

« Eh bien, c'est faux », bougonna-t-elle.

Sans lui laisser le temps de répondre, elle poursuivit :

« Je les ai élevés, pas mis au monde. Quand Cœur de Chêne me les a amenés, au milieu de la saison des neiges, ils avaient à peine quelques jours.

— Où les a-t-il trouvés ? » s'exclama le rouquin.

Les yeux de la doyenne s'étrécirent.

« À l'entendre ? Abandonnés dans les bois par des chats errants ou des Bipèdes. Par chance, je ne suis pas stupide, et j'ai toujours eu le nez fin. Dans leur fourrure, j'ai senti l'odeur de la forêt, bien sûr, mais aussi une autre, plus ténue. Celle du Clan du Tonnerre. »

CHAPITRE 6

« **C**OMMENT ? S'ÉTOUFFA CŒUR DE FEU. Tu dis que Patte de Brume et Pelage de Silex venaient du Clan du Tonnerre ?

— Oui, rétorqua Lac de Givre. C'est exactement cela. »

Le chasseur était abasourdi.

« Alors, Cœur de Chêne les aurait enlevés ? »

L'échine aussitôt hérissée, la doyenne lui montra les crocs et feula :

« Cœur de Chêne était un noble guerrier. Il n'aurait jamais fait une chose pareille !

— Je... Je suis désolé, bredouilla le rouquin, qui se recroquevilla sur lui-même, alarmé. Je ne voulais pas... Cette histoire est si extraordinaire ! »

Lac de Givre grimaça, les oreilles rabattues, avant de se détendre peu à peu. Cœur de Feu n'en revenait pas. Si le coupable n'était pas Cœur de Chêne, peut-être des chats errants avaient-ils enlevé les nouveau-nés... Mais dans quel but ? Et pourquoi les avoir abandonnés si vite, alors que l'odeur de leur Clan était encore sur leur pelage ?

« S'ils... S'ils étaient des nôtres, pourquoi les avoir élevés ? » bafouilla-t-il.

Quelle tribu aurait accepté de prendre en charge des chatons ennemis, alors que le gibier se faisait si rare ?

Elle plissa le museau.

« Parce que Cœur de Chêne me l'avait demandé. Il n'était pas encore lieutenant, à l'époque, mais un jeune guerrier plein d'avenir. Je venais d'avoir des petits, tous morts de froid, sauf un. J'avais plus de lait que nécessaire, et les pauvres bouts de chou n'auraient pas survécu si je ne m'étais pas occupée d'eux. L'odeur de leur Clan n'a pas tardé à disparaître. Malgré ses mensonges, je respectais trop Cœur de Chêne pour le presser de questions. Grâce à nous, ils ont retrouvé la santé, et maintenant ce sont de bons chasseurs, qui font honneur à leur tribu.

— Patte de Brume et Pelage de Silex le savent-ils ?

— Écoute-moi bien, grinça-t-elle d'une voix rauque. Ils ne savent rien, et si tu le leur révèles, je t'arracherai le foie pour le donner aux corbeaux. »

Elle se pencha en avant, les babines retroussées. En dépit du grand âge de son adversaire, Cœur de Feu ne put réprimer un mouvement de recul.

« Ils ont toujours cru que j'étais leur véritable mère, ajouta-t-elle. Je trouve même qu'ils me ressemblent un peu. »

Ces paroles éveillèrent chez lui un faible écho. Il sentait que leur importance lui échappait.

« Ils sont restés loyaux au Clan de la Rivière, insista Lac de Givre. Je ne veux pas les voir écartelés entre deux tribus. J'ai entendu les rumeurs, Cœur de Feu, je sais que tu étais chat domestique, autrefois. Tu devrais savoir mieux que quiconque qu'il est difficile de vivre entre deux mondes. »

Le félin roux acquiesça : il n'amènerait jamais personne à endurer l'épreuve qu'il avait subie.

« Par le Clan des Étoiles, je te promets de ne jamais rien leur dévoiler », déclara-t-il, solennel.

Rassurée, l'ancienne s'étira, les pattes avant tendues devant elle, le dos cambré.

« Je te crois, soupira-t-elle. Je ne sais pas si mon explication te sera utile. Mais voilà pourquoi Cœur de Chêne refusait qu'aucun des tiens s'en prenne à Patte de Brume ou à Pelage de Silex. Même s'il prétendait ignorer leurs origines, il avait dû déceler l'odeur de ton Clan dans leur fourrure. Il a simplement préféré fermer les yeux.

— Merci beaucoup, conclut Cœur de Feu avec respect. Je ne sais pas si cette information me servira, mais je crois que c'est très important pour nos deux tribus.

— Peut-être bien, marmonna-t-elle, le visage tendu. Maintenant que je t'ai tout dit, tu dois partir.

— Tu as raison. Je file... » Il se retourna une dernière fois avant de se faufiler hors des buissons. « Merci. »

Sur le chemin du camp, Cœur de Feu s'efforça de mettre de l'ordre dans ses pensées. Le sang des siens coulait dans les veines de Patte de Brume et Pelage de Silex ! Inconscients de leur double héritage, ils étaient entièrement dévoués au Clan de la Rivière. *La voix du sang et la loyauté au Clan ne vont pas toujours de pair*, songea le félin. Ses propres origines de chat domestique ne nuisaient pas à son engagement envers la tribu.

À présent que les causes de la mort de Cœur de Chêne étaient confirmées, Étoile Bleue accepterait peut-être d'entendre la vérité. Autant lui rapporter aussi les autres révélations de Lac de Givre, décida le chat roux. Si deux petits avaient été enlevés autrefois, leur chef le saurait.

Dès son arrivée, il se dirigea droit vers le Promontoire. Du repaire d'Étoile Bleue, des éclats de voix lui parvinrent ; l'odeur de Griffe de Tigre flottait dans l'air. Il eut à peine le temps de se cacher que le vétéran écartait le rideau de lichen placé à l'entrée.

« Je vais essayer d'envoyer une patrouille de chasse près des Rochers aux Serpents, disait leur lieutenant. Personne n'y a cherché de gibier depuis plusieurs jours. »

La chatte sortit à son tour.

« Bonne idée. Nos réserves sont toujours au plus bas. Pourvu que le Clan des Étoiles nous envoie vite le redoux. »

Le matou brun poussa un grognement et fila vers la tanière des guerriers sans remarquer Cœur de Feu tapi contre la paroi du Promontoire.

Le jeune chasseur s'approcha du gîte, où leur chef s'apprêtait à rentrer.

« Étoile Bleue ! Puis-je te parler ?

— Entre. »

Il la suivit à l'intérieur. Le rideau de mousse qui empêchait l'éclat aveuglant de la neige d'envahir la caverne retomba derrière lui. La reine s'assit en face de lui.

« Qu'y a-t-il ? »

Il respira à fond.

« Tu te rappelles que, selon Nuage de Jais, Plume Rousse a tué Cœur de Chêne à la bataille des Rochers du Soleil ? »

Elle se raidit.

« Arrête un peu, Cœur de Feu. Je t'ai déjà dit que j'avais mes raisons de croire le contraire.

— Je le sais, murmura-t-il, plein de respect. Mais j'ai découvert autre chose. »

Elle attendit sans un mot. Impossible de deviner ce qu'elle pensait. Il était trop tard pour reculer.

« Personne n'a tué Cœur de Chêne : ni Plume Rousse ni Griffe de Tigre. Il est mort dans un éboulement. »

Elle plissa le museau.

« Comment le sais-tu ?

— Je... Je suis retourné voir Nuage de Jais, se lança-t-il. Après la dernière Assemblée. »

À sa grande surprise, elle accepta cette nouvelle sans broncher.

« Voilà pourquoi tu as mis tant de temps à rentrer.

— Il fallait que je découvre la vérité, s'empressa-t-il d'expliquer. Et j'ai...

— Un instant. Nuage de Jais a commencé par te raconter que Plume Rousse avait tué Cœur de Chêne. Il a changé son histoire ?

— Non, pas du tout. C'est moi qui l'avais mal compris. Plume Rousse est en partie responsable de la mort de Cœur de Chêne, parce qu'il l'a poussé sous le rocher qui a fini par s'écrouler. Mais il n'avait pas l'intention de le tuer. Je sais que c'est ce qui te faisait douter... Tu ne le croyais pas capable de tuer de sang-froid. D'ailleurs...

— D'ailleurs ? répéta-t-elle, toujours très calme.

— J'ai traversé le torrent pour interroger une chatte du Clan de la Rivière, reconnut-il. Juste histoire d'être sûr. Selon elle, Cœur de Chêne est bien mort écrasé par un rocher. »

Il baissa les yeux. Après ce qu'il venait d'avouer, il s'attendait à une véritable explosion de colère de la part d'Étoile Bleue. Pourtant, quand il releva la tête, il ne lut que de l'intérêt dans son regard. Elle lui fit signe de poursuivre.

« Donc, Griffe de Tigre ment. Il n'a jamais tué Cœur de Chêne pour venger Plume Rousse. C'est l'éboulement qui s'en est chargé. Alors... peut-être ment-il aussi sur la cause de la mort de Plume Rousse... »

La chatte grise semblait troublée. Dans l'obscurité de la grotte, ses yeux bleus se réduisirent à deux fentes. Elle poussa un profond soupir.

« Griffe de Tigre est un bon lieutenant, et ce sont des accusations graves.

— Je sais. Mais si elles sont justifiées, imagine un peu quel danger il représente... »

Elle courba l'échine. Son silence dura si longtemps que Cœur de Feu se demanda s'il devait la laisser seule. Comme elle ne lui avait pas donné congé, il reprit la parole :

« Ce n'est pas tout. J'ai appris des choses étranges sur deux des guerriers du Clan de la Rivière. »

Elle pointa les oreilles en avant. Un instant encore, il hésita à répéter les racontars d'une doyenne acariâtre. Il finit par puiser dans sa curiosité naturelle le courage de continuer.

« D'après Nuage de Jais, Cœur de Chêne a déclaré à la bataille des Rochers du Soleil qu'aucun chat du Clan du Tonnerre ne devait jamais faire de mal à un guerrier appelé Pelage de Silex. J'ai... J'en ai parlé à une des doyennes du Clan de la Rivière. Elle m'a dit que Cœur de Chêne lui avait un jour amené deux chatons, Patte de Brume et Pelage de Silex. Il faisait froid. Sans aide, ils seraient morts... elle a accepté de les allaiter. À l'odeur, elle a compris qu'ils venaient du Clan du Tonnerre. Est-ce possible ? Certains de nos petits ont-ils été enlevés, à l'époque ? »

Comme elle restait immobile, il crut d'abord qu'elle ne l'avait pas entendu. Elle se releva et s'approcha à un souffle du museau de Cœur de Feu.

« Et tu as écouté ces sornettes ? rugit-elle.

— J'ai cru que...

— J'attendais mieux de toi ! feula-t-elle, l'échine hérissée. T'aventurer en territoire ennemi ? Écouter les commérages d'une chatte du Clan de la Rivière ? Tu ferais mieux de réfléchir à ta conduite avant de venir me raconter des calomnies sur notre lieutenant. » Elle le fixa un long moment. « Peut-être Griffe de Tigre a-t-il raison de douter de ta loyauté.

— Je... Je suis désolé, balbutia-t-il. J'ai cru Lac de Givre. »

Elle soupira. Soudain froide et inaccessible, elle semblait avoir perdu tout intérêt pour l'affaire.

« Va-t'en ! Trouve-toi une occupation utile, digne d'un guerrier. Et ne me reparle plus jamais – j'ai bien dit *jamais* – de cette histoire. Compris ?

— À tes ordres. » Il commença à reculer. « Et Griffe de Tigre ? Il...

— Va-t'en ! » cracha-t-elle.

Il trébucha dans la poussière dans sa hâte de lui obéir. Une fois dehors, il traversa la clairière à toute vitesse pour mettre le plus d'espace possible entre son chef et lui. Il ne comprenait plus rien. Très calme au début de la conversation, elle avait vu rouge à la première mention des chatons enlevés.

Le sang du chat roux se glaça soudain dans ses veines. Si elle exigeait de savoir comment il avait réussi à contacter Lac de Givre... elle risquait de démasquer Plume Grise et Rivière d'Argent ! Quant à Griffe de Tigre... Un court instant, Cœur de Feu avait cru pouvoir convaincre Étoile Bleue du machiavélisme de leur lieutenant.

Nom d'un chien ! pensa-t-il. *Jamais plus elle ne voudra m'écouter. J'ai tout gâché !*

CHAPITRE 7

❦

ENCORE SOUS LE CHOC, Cœur de Feu hésitait à retourner au gîte des guerriers. Il ne voulait pas croiser Griffe de Tigre, et n'était pas d'humeur à faire sa toilette avec ses amis.

Presque sans s'en rendre compte, il se dirigea vers l'antre de Croc Jaune. Nuage Cendré, qui sortait en trombe du tunnel, faillit lui rentrer dedans. Déséquilibré, il glissa et fut couvert de neige quand elle patina dans la poudreuse pour s'arrêter.

« Désolée, je ne t'avais pas vu », haleta-t-elle.

Il s'ébroua, ravi de leur rencontre.

« Tu es pressée ?

— Je vais chercher des herbes pour Croc Jaune. Il y a tellement de malades, avec ce temps, que ses réserves diminuent. Il faut que j'en trouve le plus possible avant la nuit.

— Je viens t'aider », proposa-t-il.

Leur chef lui avait ordonné de se rendre utile, et même Griffe de Tigre ne pourrait pas lui reprocher d'aller ramasser des plantes pour leur guérisseuse.

« Volontiers ! » s'écria Nuage Cendré, aux anges.

Côte à côte, ils se dirigèrent vers la sortie du camp. Cœur de Feu dut ralentir l'allure pour rester à la hauteur de la chatte qui, par chance, ne sembla pas remarquer sa feinte.

Juste avant d'atteindre le tunnel d'ajoncs, il entendit les voix perçantes de plusieurs nouveaunés. Un groupe de petits avait encerclé Plume Brisée, dont la litière se trouvait derrière un tronc abattu accolé à la tanière des anciens.

Depuis qu'Étoile Bleue avait offert asile à l'infirme, il vivait seul dans son abri sous la surveillance d'un guerrier. Peu de félins passaient par là, et les chatons n'avaient pas de raisons de s'approcher de lui.

La voix de Petit Nuage s'éleva, moqueuse :

« Personne ne veut de toi, sale traître ! »

Horrifié, Cœur de Feu le vit donner un coup de patte à Plume Brisé, et reculer hors de portée de la bête. Un de ses camarades l'imita aussitôt en hurlant :

« Tu m'attraperas pas ! »

Éclair Noir, dont c'était le tour de garde, ne faisait aucun effort pour chasser les garnements. Étendu à quelques pas de là, il suivait la scène d'un air amusé.

Agacé, le matou aveugle tournait la tête de droite et de gauche, incapable de répliquer. Sa fourrure tachetée de brun paraissait terne et pelée. Depuis sa dernière défaite, de nouvelles cicatrices couturaient son large museau. Il n'avait plus rien du chef sanguinaire d'autrefois.

Le jeune chasseur échangea un regard inquiet avec Nuage Cendré. Beaucoup pensaient que Plume Brisée méritait de souffrir, mais le vieux chasseur semblait si vulnérable... Comment ne pas avoir pitié de lui ? La colère s'empara du chat roux.

« Attends-moi ici », lança-t-il à la jeune reine avant de se précipiter vers l'orée de la clairière.

Petit Nuage s'était jeté sur la queue du doyen, qu'il mordit à pleines dents. Sa victime recula d'un pas chancelant et tenta de lui donner un coup de patte.

Éclair Noir se releva d'un bond.

« Si tu touches ce chaton, sale traître, tu vas le regretter ! » glapit-il.

Muet de rage, Cœur de Feu bondit vers son neveu, l'attrapa par la peau du cou et le força à lâcher prise.

« Arrête ! Tu me fais mal ! » brailla l'animal.

Son oncle le laissa tomber dans la neige, retroussa les babines et poussa un grondement de fureur.

« Rentrez ! ordonna-t-il aux autres. Retournez à la pouponnière. Tout de suite ! »

Les chenapans le fixèrent, épouvantés, avant de se disperser.

« Quant à toi... » grinça-t-il.

Terrifié, Petit Nuage s'aplatit au sol.

La sentinelle vint s'interposer :

« Laisse-le tranquille ! Il n'a rien fait de mal.

— Occupe-toi de tes affaires ! »

Éclair Noir retourna se planter près de son prisonnier. En passant à la hauteur du rouquin, il en profita pour lui donner un bon coup d'épaule.

« Sale chat domestique ! » grommela-t-il.

Cœur de Feu se figea. Il aurait voulu sauter sur l'insolent et lui faire ravaler son insulte, mais il se força à rester calme. L'heure n'était pas aux querelles intestines.

D'ailleurs, il lui restait encore à s'occuper de son neveu.

« "Chat domestique" ! Tu as entendu ça ? fulmina-t-il.

— Et alors ? rétorqua le chaton d'un air de défi. C'est quoi, un chat domestique ? »

La gorge du félin roux se serra. Petit Nuage ignorait encore le mépris que ses origines inspiraient à la tribu. Le matou choisit ses mots avec soin.

« Ce sont des chats qui vivent avec les Bipèdes. Certains prétendent qu'ils font de mauvais guerriers. Ils pensent que, moi, je suis un mauvais guerrier, parce que, comme toi, je suis né en ville. »

Le vaurien ouvrait de grands yeux.

« Quoi ? Je suis né ici, moi ! »

Cœur de Feu le dévisagea. Il repensa à la joie de Princesse, sûre qu'une vie merveilleuse attendait son premier-né.

« Non. Tu es le fils de ma sœur, Princesse. Elle vit chez les Bipèdes. Elle t'a confié à la tribu tout jeune, pour que tu puisses devenir un chasseur. »

Petit Nuage resta un moment immobile.

« Pourquoi ne m'as-tu rien dit ?

— Je suis désolé. Je... Je pensais que tu étais au courant, que Plume Blanche te l'avait dit. »

Le chaton recula de quelques pas. Il commençait à comprendre.

« C'est pour ça que les autres me détestent, piaula-t-il. Ils croient que je suis un bon à rien parce que je ne suis pas né dans ce trou à rats ! C'est idiot ! »

Cœur de Feu soupira.

« En effet, mais c'est comme ça. Je suis bien placé pour le savoir. Écoute. Certains guerriers, comme Éclair Noir, pensent qu'être un chat domestique, c'est un défaut. Alors nous, on doit faire deux fois plus d'efforts pour leur montrer notre valeur. »

Son neveu se redressa.

« Je m'en fiche ! clama-t-il. Je vais devenir le meilleur combattant de la tribu. J'affronterai ceux qui diront le contraire. Je serai le plus brave, je tuerai tous les traîtres ! »

Le félin fut soulagé de voir que la combativité de Petit Nuage atténuait le choc de la nouvelle. En revanche, le chaton ne semblait pas saisir le sens du code du guerrier.

« Être un bon chasseur, ça ne veut pas dire tuer. Un vrai guerrier – le meilleur – n'est ni cruel ni méchant. Il n'attaque pas un ennemi sans défense. Quel honneur y aurait-il à cela ? »

Petit Nuage se recroquevilla, le regard fuyant. Son oncle espérait s'être fait comprendre. Il chercha des yeux Nuage Cendré ; elle examinait la queue de Plume Brisée.

« Tu n'as rien », annonça-t-elle à son patient.

Immobile, l'ancien fixait ses pattes sans un mot. À contrecœur, le chasseur s'approcha et l'aida à se relever.

« Viens. Je vais te ramener à ton gîte. »

Le vieux félin se laissa guider en silence jusqu'au creux tapissé de feuilles aménagé sous les branches mortes. Éclair Noir les regarda passer avec mépris.

« Bien, allons-y, Nuage Cendré ! lança alors Cœur de Feu. Au travail !

— Où allez-vous ? s'enquit Petit Nuage qui se précipita vers eux, son énergie retrouvée. Je peux venir avec vous ? »

Le guerrier hésita.

« Oh, laisse-le venir ! s'écria son amie. S'il fait des bêtises, c'est parce qu'il s'ennuie. Son aide sera précieuse. »

Les yeux brillants, le chaton se mit à ronronner – tintamarre énorme pour une si petite bête ! Le chat roux fronça le museau, mais céda :

« D'accord. Attention : à la première sottise, tu rentres à la pouponnière, compris ? »

Nuage Cendré les mena clopin-clopant jusqu'à la combe où s'entraînaient les novices. Déjà sur son déclin, le soleil dessinait de longues ombres bleues sur la neige. Intenable, Petit Nuage allait fouiller chaque trou et poursuivait des proies imaginaires.

« Comment peux-tu trouver ces herbes sous une telle couche de neige ? s'étonna Cœur de Feu. Tout doit être gelé !

— Il reste les baies. Croc Jaune m'a demandé du genièvre, contre le rhume ou les maux de ventre, et du genêt, pour soigner plaies et fractures avec des cataplasmes. Ah ! Et de l'écorce d'aulne contre les rages de dents. »

Le petit débola aussitôt et s'arrêta près d'eux, en dérapage... mal contrôlé.

« Des baies ! s'égosilla-t-il. Je vais t'en trouver des tas ! »

Il détala vers des buissons épais, à mi-pente. Amusée, la chatte agita la queue.

« Quel enthousiasme ! gloussa-t-elle. Une fois apprenti, il progressera vite. »

100

Son compagnon poussa un vague grognement. Même si l'énergie de son neveu lui rappelait Nuage Cendré à ses débuts, elle, en revanche, ne se serait jamais permis de narguer un infirme sans défense.

« S'il devient mon élève, il aura intérêt à m'écouter, marmonna-t-il.

— Ah oui ? le taquina-t-elle, les yeux rieurs. C'est vrai que tu es tellement intimidant : il va trembler comme une feuille ! »

Devant son air espiègle, Cœur de Feu se sentit revivre. Comme toujours, la présence de la jeune reine lui faisait le plus grand bien. Il était temps de se mettre au travail.

Le chaton était presque arrivé au fond de la combe.

« Nuage Cendré ! piaula-t-il. J'ai trouvé des baies, viens voir ! »

Le guerrier tendit le cou : Petit Nuage était couché sous un buisson aux feuilles sombres poussé entre deux rochers. L'arbuste était constellé de fruits rouges. Les deux chats s'approchèrent.

« Elles ont l'air délicieuses ! » se pourlécha Petit Nuage.

Il ouvrit grand les mâchoires pour en prendre une grosse bouchée. La chatte poussa un cri. Elle se rua en avant, aussi vite que sa patte blessée le lui permettait.

« Non, Petit Nuage ! » hurla-t-elle.

Elle lui fonça dessus avec une telle violence qu'elle le renversa. La force du choc arracha au chaton un cri de douleur. Cœur de Feu les rejoignit, fou d'inquiétude, mais Nuage Cendré se redressait déjà.

« Tu les as touchées ? demanda-t-elle, hors d'haleine.

— N... Non, bafouilla le petit, décontenancé. Je voulais juste...

— Regarde ! »

Elle le força à se tourner vers l'arbrisseau. Jamais elle n'avait employé un ton aussi féroce.

« Regarde sans toucher, reprit-elle. C'est un jeune if. Ses fruits sont si vénéneux qu'on les appelle des baies empoisonnées. Une seule suffirait à te tuer. »

Le chaton ouvrit de grands yeux. Muet de peur, il semblait horrifié. Un peu apaisée, la chatte lui donna quelques bons coups de langue sur la tête.

« Ça va, tu n'as rien. Mais regarde-les bien pour éviter de refaire la même erreur. Et ne mange jamais – jamais, tu m'entends – une plante si tu ne sais pas de quoi il s'agit.

— D'accord, promit-il.

— Bien. Continue tes recherches, et appelle-moi dès que tu trouves quelque chose. »

Elle le poussa du museau pour l'encourager à se relever. Petit Nuage lui jeta plusieurs coups d'œil par-dessus son épaule avant de s'éloigner. Cœur de Feu ne l'avait jamais vu si ébranlé. Le choc avait été rude.

« Heureusement que tu étais là, Nuage Cendré, déclara-t-il, dépassé par les événements. Croc Jaune t'a beaucoup appris !

— C'est un bon professeur », répondit-elle.

Elle s'ébroua et se remit en route. Le guerrier lui emboîta le pas, attentif à mesurer son allure.

Cette fois, elle remarqua son manège.

« Tu sais, ma jambe ne guérira plus, murmura-t-elle. Même si je n'ai pas envie de quitter la tanière de Croc Jaune, je ne peux pas y rester pour toujours. » Elle se tourna vers lui. Toute espièglerie avait quitté son regard ; à la place, il ne lut que douleur et incertitude. « Je ne sais pas quoi faire. »

Il tendit le cou et lui lécha l'oreille pour la réconforter.

« Étoile Bleue saura te conseiller.

— Peut-être. » Elle secoua la tête. « Petite déjà, je voulais être comme elle. Elle est si noble, elle a voué sa vie à la tribu. Mais en quoi puis-je être utile, maintenant, Cœur de Feu ?

— Je l'ignore », avoua-t-il.

La vie d'un membre du Clan était tracée d'avance : les chatons devenaient apprentis, puis guerriers, avec une pause pour certaines reines, le temps d'élever leurs petits. L'âge venant, ils rejoignaient les rangs des anciens. Alors, qu'advenait-il d'un félin trop estropié pour partir en patrouille, chasser ou se battre ? Même les mères devaient pouvoir nourrir et défendre leur portée avant de redevenir des guerrières.

Courageuse et intelligente, Nuage Cendré était douée, avant son accident, d'une énergie inépuisable, d'un dévouement absolu à la tribu. Tous ces talents seraient-ils gaspillés ? *C'est la faute de Griffe de Tigre*, pensa-t-il, morose. *C'est lui qui l'a rendue infirme.*

« Tu devrais aller voir Étoile Bleue, suggéra-t-il. Lui demander ce qu'elle en pense.

— On verra.

— Nuage Cendré ! braillà leur compagnon. Viens voir ce que j'ai trouvé !

— J'arrive ! lança-t-elle. Qu'a-t-il découvert ce coup-ci ? Un champignon vénéneux ? » glissa-t-elle à Cœur de Feu, sa bonne humeur retrouvée.

Il la regarda s'éloigner. De tout son cœur il espérait qu'Étoile Bleue, si sage et attentionnée envers les siens, soit capable de redonner un sens à la vie de son amie ! Son ancienne apprentie avait raison : c'était un grand chef, impartial et avisé.

Sa réaction aux révélations de Lac de Givre était d'autant plus étonnante. Pourquoi cette colère soudaine, qui l'avait même empêchée de se pencher sur la trahison de Griffe de Tigre ?

Il rejoignit les autres avec un soupir. Le mystère qui entourait Patte de Brume et Pelage de Silex semblait si profond qu'il craignait bien d'être incapable de l'éclaircir...

CHAPITRE 8

❧

COUCHÉ DANS LA POUPONNIÈRE, Cœur de Feu observait le repas d'une portée – des nouveau-nés qui incarnaient l'avenir de la tribu.

Pourtant, un doute trottait dans son esprit. Il n'y avait pas eu de naissances récentes, au camp. D'où venaient ces petits ? Il leva les yeux vers leur mère et sursauta : une masse grise indistincte remplaçait son visage.

Il jeta un cri étranglé. Sous ses yeux, la silhouette argentée de la reine commença à se fondre dans la pénombre. Les chatons commencèrent à gigoter en poussant des piaulements angoissés. Une brise glacée emporta avec elle les odeurs familières de la pouponnière. Cœur de Feu se leva d'un bond pour tenter de suivre à leurs plaintes les animaux sans défense, perdus dans l'obscurité.

« Je ne vous vois plus ! gémit-il. Où êtes-vous ? »

Une lueur dorée l'enveloppa soudain. Devant lui, les orphelins à l'abri entre ses pattes, était assise une autre chatte : Petite Feuille.

Sans lui laisser le temps de parler, elle lui lança un regard de bonté infinie avant de disparaître. Il se réveilla empêtré dans la mousse de sa litière.

« Tu ne pourrais pas faire un peu moins de bruit ? maugréa Pelage de Poussière. Personne n'a pu fermer l'œil, ici ! »

Le coupable se redressa.

« Désolé », marmonna-t-il.

Malgré lui, il jeta un coup d'œil vers le centre du repaire, où dormait Griffe de Tigre. Leur lieutenant tolérait mal le sommeil parfois agité et bruyant de Cœur de Feu. Heureusement, le vétéran n'était pas là. Le soleil déjà haut dardait ses rayons entre les branches de la tanière. Il se hâta de faire sa toilette.

Des petits apeurés... une mère disparue... Était-ce une prophétie ? Dans ce cas, quel sens lui attribuer ? Pour le moment, il n'y avait pas de nouveau-nés au sein du Clan. Peut-être s'agissait-il de Patte de Brume et Pelage de Silex ? Leur vraie mère avait peut-être disparu...

Pelage de Poussière s'ébroua, excédé, avant de sortir du gîte. Cœur de Feu resta seul avec Longue Plume et Vif-Argent, endormis à leur place habituelle.

La litière de Plume Grise était froide, comme s'il avait filé dès l'aube. *Il est encore parti voir Rivière d'Argent*, devina son ami, inquiet. Il passa la tête par l'entrée : le camp couvert de neige scintillait au soleil. Toujours aucun signe de dégel.

Tempête de Sable était étendue devant une proie, non loin du carré d'orties.

« Bonjour ! le salua-t-elle d'un air joyeux. Si tu veux manger, tu devrais te dépêcher tant qu'il reste du gibier. »

Il se rendit compte que la faim lui tordait l'estomac. Son dernier repas semblait remonter à des lunes. Il s'approcha de la réserve : la chatte avait dit vrai. Il ne restait plus que quelques pièces de viande. Il se choisit un sansonnet qu'il alla déposer près de Tempête de Sable.

« Il va falloir sortir chasser aujourd'hui, fit-il remarquer entre deux bouchées.

— Tornade Blanche et Poil de Souris sont déjà dans la forêt avec leurs nouveaux apprentis. Nuage Blanc et Nuage d'Épines trépignaient d'impatience ! »

Peut-être Plume Grise est-il de sortie avec son élève, lui aussi ? espéra Cœur de Feu. Mais un instant plus tard, Nuage de Fougère sortit seul de l'antre des novices. Le chat brun doré vint les rejoindre.

« Vous avez vu mon mentor ?

— Non, désolé, répondit le rouquin. À mon réveil, il était déjà parti.

— Il n'est jamais là, se lamenta le chaton. Si ça continue, Nuage Agile sera guerrier avant moi. Nuage Blanc et Nuage d'Épines aussi !

— Sottises ! Tu te débrouilles très bien. Viens chasser avec moi, si tu veux. »

L'obsession de Plume Grise pour Rivière d'Argent dépassait les bornes ! Personne n'avait le droit de traiter ainsi son apprenti.

« Merci », murmura le novice, l'air un peu rassuré.

Son repas terminé, Tempête de Sable se léchait les babines.

« Je vous accompagne ! » proposa-t-elle.

Elle prit aussitôt la tête du petit groupe. Une fois à la combe sablonneuse, Cœur de Feu déclara :

« Bon ! Quels sont les meilleurs endroits pour débusquer du gibier ?

— Les racines des arbres ! répondit Nuage de Fougère, qui désigna un chêne du bout de la queue. C'est là que les souris et les écureuils viennent chercher des graines et des noisettes.

— Bien. On va voir si tu as raison. »

Ils contournaient le vallon quand ils tombèrent sur Plume Blanche qui surveillait les ébats de ses petits dans la neige.

« Ils ont besoin de se dégourdir les pattes, soupira-t-elle. Ils en ont assez d'être enfermés. »

Petit Nuage était assis sous l'if avec deux de ses frères et sœurs adoptifs ; il leur expliquait que ses baies étaient mortelles. Amusé par le sérieux du chaton, son oncle le salua d'un regard pétillant.

Au pied des arbres dressés sur la crête de la combe, la neige semblait moins épaisse ; par endroits, la terre était même visible. Cœur de Feu distingua soudain la course rapide d'un petit animal. Une odeur de gibier lui titilla les narines. Il se plaqua au sol et s'approcha à pas légers pour ne pas inquiéter sa proie. Le dos tourné, inconsciente du danger, la souris grignotait une graine. Quand il fut à bonne distance, le félin sauta sur le rongeur, qu'il ramena à ses compagnons d'un air triomphant.

« Bravo ! » s'écria Tempête de Sable.

Afin de ne pas s'encombrer, il enterra sa prise. Il reviendrait la chercher plus tard.

« À ton tour, Nuage de Fougère », annonça-t-il.

L'apprenti se mit en chasse, l'œil aux aguets. Presque en même temps que son mentor du jour, il vit un merle picorer au pied d'un buisson de houx.

Il s'en approcha à pas feutrés et se ramassa sur lui-même. Mais il hésita trop longtemps avant de sauter sur sa cible. Alertée par l'odeur, elle allait s'envoler quand le novice, d'un grand bond, parvint à la rattraper.

Une patte posée sur l'oiseau, il se tourna vers Cœur de Feu.

« J'ai trop attendu, non ?

— C'est sans importance : tu as réussi, c'est ce qui compte.

— Au retour, tu n'auras qu'à l'apporter aux anciens », ajouta Tempête de Sable.

Nuage de Fougère sembla ravi.

« Oui, je... »

Il fut interrompu par un gémissement suraigu. Le cri de terreur montait du fond de la combe. Cœur de Feu dressa l'oreille.

« On dirait un des petits ! »

Ses deux compagnons sur les talons, il se précipita vers l'origine du bruit. Il s'arrêta sur la crête et balaya du regard le vallon.

« Oh non ! » s'étrangla Tempête de Sable.

Juste au-dessous d'eux se tenait un gros animal noir et blanc. L'odeur du blaireau prit le chat roux à la gorge. C'était la première fois qu'il en voyait un d'aussi près. L'animal tendait une large patte aux griffes acérées vers une faille où était tapi Petit Nuage.

« Au secours, Cœur de Feu ! » gémit son neveu.

Le guerrier sentit tous ses poils se hérisser. Il se jeta dans la combe, pattes écartées. Les deux autres félins le suivirent sans hésiter. Lorsqu'il laboura le flanc du blaireau de ses griffes, l'énorme bête fit volte-face en rugissant, les mâchoires grandes ouvertes. Elle était rapide : elle aurait même pu l'attraper si Nuage de Fougère n'avait pas surgi de nulle part pour lui lacérer le museau.

Le blaireau tourna la tête vers Tempête de Sable, qui avait planté ses crocs dans une de ses pattes arrière. Il rua pour se débarrasser de son assaillante, qu'il envoya rouler dans la poudreuse.

Cœur de Feu s'attaqua aussitôt au flanc du prédateur. Des gouttes de sang écarlate éclaboussèrent la neige. L'animal grondait toujours, mais il commençait à reculer. Quand la guerrière se releva et s'avança, menaçante, il fit demi-tour et fila sur la pente du ravin.

Le chasseur se tourna vers Petit Nuage.

« Tu es blessé ? »

Agité de tremblements incontrôlables, le chaton sortit de sa cachette.

« N... Non.

— Que s'est-il passé ? Où est Plume Blanche ? s'étonna son oncle, soulagé.

— Je ne sais pas. On était en train de jouer et d'un seul coup les autres ont disparu. Je ne savais pas où aller, et c'est là que le blaireau... »

Il se recroquevilla sur lui-même avec un miaulement pitoyable. Son oncle allait lui donner un coup de langue réconfortant quand il entendit Tempête de Sable s'exclamer :

« Cœur de Feu ! Regarde ! »

Une patte arrière ensanglantée, Nuage de Fougère était couché sur le flanc. Il faisait mine de se relever.

« Ce n'est rien, grommela-t-il.

— Ne bouge pas », lui ordonna la chatte.

En hâte, le rouquin vint examiner la blessure. À son grand soulagement, la longue estafilade s'avéra peu profonde ; le saignement avait presque cessé.

« Tu as eu de la chance, le Clan des Étoiles soit loué ! déclara-t-il. Et tu m'as épargné une vilaine morsure. Tu t'es montré très brave, Nuage de Fougère.

— Pas vraiment, répondit le novice d'une voix tremblante, touché par le compliment. Je n'ai pas eu le temps de réfléchir.

— Un guerrier n'aurait pas fait mieux, renchérit Tempête de Sable. Mais que fabrique un blaireau dehors en plein jour ? Ils chassent toujours la nuit.

— Il devait avoir faim, comme nous, supposa Cœur de Feu. Ou alors il n'aurait pas attaqué un animal de la taille de Petit Nuage. » Avec douceur, il poussa le chaton à se lever. « Allez, viens, on rentre. »

Son amie aida l'apprenti à se redresser et le soutint pendant quelques pas. Le chasseur suivit avec son neveu, qui se pressait contre lui.

Ils approchaient du camp quand Plume Blanche sortit du ravin à toute allure. Elle hurlait le nom de Petit Nuage. D'autres la suivaient à la hâte, attirés par ses cris désespérés : Vif-Argent, Pelage de Poussière et... misère ! Griffe de Tigre.

La mère se rua sur son petit qu'elle se mit à lécher, folle d'inquiétude.

« Où étais-tu ? le gronda-t-elle. Je t'ai cherché partout ! Comment as-tu pu me fausser compagnie ?

— Je n'ai pas fait exprès !

— Que se passe-t-il, ici ? » s'enquit Griffe de Tigre.

Il se fraya un chemin dans le groupe. Cœur de Feu lui expliqua la situation tandis que la reine donnait de grands coups de langue au chaton.

« Nous avons chassé le blaireau, conclut le jeune guerrier. Nuage de Fougère s'est montré très brave. »

Le vétéran le fixait d'un air menaçant, mais le chat roux tint bon. Cette fois, il n'avait pas de raison de se sentir coupable.

« Tu ferais mieux d'aller voir Croc Jaune, qu'elle examine ta patte, jeta leur lieutenant au blessé. Quant à toi... lança-t-il à Petit Nuage, comment as-tu osé t'exposer à un tel danger ? Tu crois que nos combattants n'ont rien d'autre à faire que de te sauver ? »

L'intéressé coucha les oreilles en arrière.

« Je suis désolé, Griffe de Tigre. Je ne voulais pas...

— Tu es censé rester près de ta mère, non ?

— Il est encore jeune », s'interposa Plume Blanche, les yeux pleins de douceur.

Le grand matou poussa un grognement, les babines retroussées.

« Il nous a causé plus d'ennuis que tous les petits réunis ! Il est temps qu'il retienne la leçon. Je vais lui apprendre, moi. »

Cœur de Feu ouvrit la bouche pour défendre son neveu, qui pour une fois n'avait rien fait de mal. Sa grosse frayeur semblait une punition bien suffisante.

Cependant le vétéran continuait :

« Tu vas aller t'occuper des anciens. Nettoie leur litière sale et trouve-leur de la mousse propre.

Apporte-leur à manger et débarrasse-les de leurs tiques.

— De leurs tiques ? s'écria le chaton, que la colère mêlée de peur rendait intrépide. Ah non ! Ils ne peuvent pas s'en charger eux-mêmes ?

— Non, pas à leur âge, rétorqua leur lieutenant, l'œil sévère. Il faut que tu comprennes un peu mieux nos coutumes, si tu veux un jour devenir apprenti. File. Et ne t'arrête que lorsque je te le dirai. »

Frémissant de rage, Petit Nuage finit par détaler vers le tunnel. Plume Blanche poussa un cri désolé et le suivit.

« J'ai toujours dit qu'accueillir des chats domestiques au sein du Clan était une erreur », glissa Griffe de Tigre à Pelage de Poussière.

Il semblait défier Cœur de Feu.

« Viens, Nuage de Fougère », maugréa le jeune chasseur, qui préféra ravaler sa colère. *À quoi bon se disputer avec ce traître ?* « Allons voir Croc Jaune.

— Je retourne à la combe chercher notre gibier, proposa Tempête de Sable, déjà engagée sur la pente. On ne va pas le laisser au blaireau, quand même ! »

Le félin roux la remercia, puis partit dans la direction opposée, avec Nuage de Fougère. Épuisé, l'apprenti boitait bas.

Ils eurent la surprise de croiser Plume Brisée et Croc Jaune à l'entrée du tunnel d'ajoncs, suivis de près par deux gardes, Éclair Noir et Longue Plume.

« On ne devrait pas le laisser sortir, bougonna ce dernier. Et s'il s'enfuyait ?

— Lui, s'enfuir ? répéta la guérisseuse. Quand

les merles auront des dents, oui ! Il ne peut plus courir, imbécile ! »

Elle épousseta la neige accumulée sur un rocher plat avant d'y installer l'infirme. Aussitôt, il leva ses yeux aveugles vers le soleil et huma l'air.

« C'est une belle journée », murmura la chatte, allongée près de lui. Jamais Cœur de Feu ne l'avait entendue parler avec tant de douceur. « Bientôt la neige va fondre et la saison des feuilles vertes reviendra. Le gibier sera bien dodu. Tu verras, ta santé s'améliorera. »

Croc Jaune était la mère de Plume Brisée. À part Cœur de Feu, tous l'ignoraient, jusqu'à l'intéressé. Le vieux félin ne se donna d'ailleurs même pas la peine de répondre à la reine, dont les yeux se mouillèrent de chagrin. Elle, qui ne serait jamais à ses yeux qu'une quelconque chatte ennemie, aimait toujours profondément son fils.

« Je vais devoir en parler à Griffe de Tigre, protestait Éclair Noir, qui faisait les cent pas au pied du rocher plat. Il n'a pas autorisé le prisonnier à quitter le camp. »

Cœur de Feu vint se planter devant le garde.

« Aux dernières nouvelles, notre chef s'appelait toujours Étoile Bleue ! gronda-t-il. Qui crois-tu qu'elle va écouter : toi ou notre guérisseuse ? »

La sentinelle lui montra les dents et fit le gros dos. Nuage de Fougère cracha d'un air menaçant. Le chat roux se préparait à se défendre, quand Croc Jaune intervint, furieuse.

« Attendez un peu ! Qu'est-il arrivé à cet apprenti ?

— Il a été griffé par un blaireau. »

Soucieuse, elle descendit de son perchoir pour examiner la patte de Nuage de Fougère, dont elle renifla la coupure sur toute sa longueur.

« Tu y survivras, grommela-t-elle. Va retrouver Nuage Cendré dans ma tanière, elle te donnera des herbes à appliquer sur la plaie.

— Merci, Croc Jaune », grimaça le blessé avant de s'éloigner clopin-clopant.

À l'entrée du tunnel, Cœur de Feu se retourna. La vieille reine était de nouveau juchée sur le rocher à côté de Plume Brisée, dont elle léchait la fourrure. Elle accompagnait ses soins des mots rassurants qu'une mère murmure à ses chatons.

L'infirme, lui, restait sans réaction : jamais il n'accepterait de lui rendre la politesse.

Le cœur lourd, le guerrier rentra au camp. *Les liens entre une mère et son fils sont parmi les plus forts qui soient*, songea Cœur de Feu.

Il s'arrêta, soudain ramené au mystère qui l'occupait. Pourquoi la mère de Patte de Brume et Pelage de Silex ne les avait-elle pas cherchés ? Pourquoi le Clan du Tonnerre n'avait-il rien tenté pour les retrouver ?

CHAPITRE 9

❧

Une fois dans la tanière de Croc Jaune, Cœur de Feu raconta l'incident à Nuage Cendré pendant qu'elle soignait la blessure du novice.

« Mieux vaut que tu passes la nuit ici, conseilla-t-elle à son patient. Mais je suis sûre que ta cuisse sera guérie dans un jour ou deux. »

Malgré sa propre infirmité, elle parlait d'une voix gaie, sans une trace d'amertume.

« Ah, au fait ! Petit Nuage vient de passer. Comme il m'a dit qu'il devait ôter leurs tiques aux doyens, je lui ai donné de la bile de souris.

— À quoi ça sert ? demanda Nuage de Fougère.

— Quelques gouttes, et les tiques lâchent prise, expliqua-t-elle, espiègle. Il faut juste éviter de se lécher les pattes, après. Ce liquide a un goût affreux. »

Cœur de Feu fit la grimace.

« Eh bien ! Le petit va s'amuser, gloussa-t-il. Mais la punition de Griffe de Tigre n'est pas justifiée, cette fois ! »

La chatte grimaça.

« Notre cher lieutenant ne tolère pas la contradiction.

— Tu ne crois pas si bien dire... Je vais quand même aller m'assurer que Petit Nuage s'en sort. »

Une terrible puanteur enveloppait le gîte des anciens, où Petite Oreille était étendu sur le flanc. Le chaton examinait son pelage. Il appliqua un peu du liquide sur l'intérieur de la cuisse du matou, qui tressaillit.

« Attention, gamin ! Rentre tes griffes.

— Tu te fais des idées, marmonna le petit, le nez froncé de dégoût. Ça y est, c'est fini. »

Plume Cendrée, qui le regardait faire avec intérêt, se tourna vers Cœur de Feu.

« Ton neveu s'est bien débrouillé, déclara-t-elle d'une voix éraillée. Non merci, je n'ai pas de tiques, lança-t-elle au petit qui s'approchait, armé de sa mousse imbibée de bile. Et si j'étais toi, je ne réveillerais pas Un-Œil. Elle risque de ne pas trop apprécier. »

Pelotonnée contre le tronc abattu, la vieille chatte semblait plongée dans un profond sommeil. Petit Nuage jeta un coup d'œil alentour. Aucun autre doyen ne se trouvait dans les parages.

« Je peux y aller, alors ? demanda-t-il.

— Tu te chargeras d'Un-Œil plus tard, décréta son oncle. D'ici là, tu ferais mieux de changer les litières. Viens, je vais t'aider.

— Assure-toi de ramener de la mousse bien sèche ! » glapit Petite Oreille.

Ensemble, les deux félins récurèrent la tanière et sortirent les ordures du camp en plusieurs voyages. Cœur de Feu montra au chaton comment nettoyer ses pattes pleines de bile en les frottant dans la neige.

« Bien ! Allons chercher de la mousse propre. Suis-moi, je connais le bon endroit.

— Je suis fatigué. J'en ai assez...

— Tu n'as pas le choix. Courage, ça pourrait être pire. Je t'ai déjà raconté que, lorsque j'étais apprenti, j'ai dû m'occuper de Croc Jaune tout seul ?

— Quoi ! s'exclama Petit Nuage, les yeux écarquillés. Oh là là ! Je parie qu'elle passait son temps à râler. Elle te donnait des coups de griffes ?

— Non, mais elle avait la langue bien acérée ! C'est pire, crois-moi ! »

Le petit s'esclaffa. Il cessa de se plaindre, et une fois devant le carré de mousse, s'attela au travail avec ardeur. Son oncle lui montra comment la secouer pour la débarrasser du plus gros de l'humidité.

Ils rentraient au camp, très chargés, quand Cœur de Feu aperçut un félin sortir en douce du tunnel d'ajoncs et gravir la pente du ravin à la hâte. Il reconnut le corps épais et la fourrure zébrée de brun de Griffe de Tigre.

Le chat roux plissa les yeux, saisi d'un mauvais pressentiment. Avant de s'aventurer à découvert, leur lieutenant avait épié les alentours. Qu'avait-il à cacher ?

« Petit Nuage ! s'écria-t-il après avoir déposé son fardeau par terre. Continue sans moi. J'ai quelque chose à faire. »

Il grimpa la pente à la hâte. Le vétéran avait disparu, mais son odeur et ses empreintes étaient faciles à suivre. Cœur de Feu prit soin de rester à distance pour éviter d'être repéré.

La piste traversait les Grands Pins et longeait la cabane à couper le bois. Il comprit soudain que Griffe de Tigre se dirigeait vers la ville. Son cœur se serra. Ce traître était-il parti chercher Princesse ? Avait-il décidé de s'en prendre à la mère de Petit Nuage pour punir le chaton turbulent ? Même sans savoir où elle vivait exactement, leur lieutenant pourrait sans doute la retrouver à l'odeur. Silencieux comme une ombre, Cœur de Feu progressait en chasseur, ventre au sol. Il traversait un bouquet d'ajoncs quand un mouvement attira son attention. Une souris trottinait sous un fourré.

Il avait beau manquer de temps, la tentation était trop forte. D'instinct, il s'approcha à pas furtifs, se ramassa sur lui-même, et bondit. Il l'attrapa du premier coup et prit le temps de l'enterrer dans la neige avant de reprendre son chemin d'un pas vif. Les machinations du vétéran l'inquiétaient.

Il contourna une souche d'arbre et faillit heurter Griffe de Tigre en personne, qui rentrait au camp.

Le lieutenant se cabra, surpris.

« Que fais-tu là, pauvre idiot ? » feula-t-il.

Il n'a pas eu le temps de faire de mal à Princesse, songea son cadet, soulagé. Mais l'animal le fixait d'un air méfiant. Le sang de Cœur de Feu se glaça dans ses veines. *Il ne faut pas qu'il se rende compte que je le suivais !*

« Je... Je suis sorti montrer à Petit Nuage la réserve de mousse, balbutia-t-il. Et puis, tant que j'y étais, je suis allé chasser.

— Ah oui ? Où sont tes proies ?

— Enterrées. Là-bas », montra-t-il du bout de la queue.

Les yeux de Griffe de Tigre s'étrécirent.

« Montre-moi ça. »

Furieux de ces soupçons, mais soulagé d'avoir un alibi, Cœur de Feu rebroussa chemin et alla déterrer sa souris.

« Satisfait ? »

Le vétéran plissa le museau. Le félin roux devinait ses pensées : son aîné mourait d'envie de l'accuser de quelque chose.

Le lieutenant finit par pousser un grognement.

« Très bien. Continue. »

Il ramassa lui-même le rongeur et s'éloigna en direction du camp.

Aussitôt, Cœur de Feu reprit la piste où il l'avait laissée. Il pouvait au moins découvrir où le traître s'était rendu. De temps à autre, il s'assurait de ne pas être suivi : Griffe de Tigre était bien capable de le filer à son tour !

Les traces s'arrêtaient près des premières clôtures de jardin. Il fit les cent pas sous les arbres, les yeux fixés au sol. D'innombrables empreintes s'enchevêtraient dans la neige – impossible de s'y retrouver. Mille odeurs inconnues chatouillaient ses narines. Plusieurs chats étaient passés là, peu de temps auparavant.

Il fronça le nez, écœuré. Une puanteur de charogne et de poubelle se mêlait aux traces. À part Griffe de Tigre, il ne parvenait à identifier aucun de ces animaux. Absorbé dans ses réflexions, il entreprit de se lécher le poitrail. Comment savoir si Griffe de Tigre avait rencontré ces intrus, ou juste croisé leur piste ? Il s'apprêtait à rentrer au camp quand un miaulement s'éleva derrière lui.

« Cœur de Feu ! Cœur de Feu ! »

Il se leva d'un bond, fit volte-face. Assise sur la barrière qui fermait un des jardins se trouvait sa sœur, Princesse. Ravi, il se précipita vers la clôture et se percha à côté d'elle.

Elle se mit à ronronner et se frotta contre son flanc avant de s'écarter de lui pour le regarder.

« Tu es si maigre ! s'écria-t-elle. Tu manges à ta faim, au moins ?

— Le Clan entier souffre. Le gibier est rare, en cette saison.

— Il y a un bol de croquettes chez moi. Viens, si tu veux. »

Un instant, il fut tenté. L'idée de cette nourriture facile le fit saliver. Par chance, le bon sens l'emporta. Son odeur le trahirait aussitôt ; d'ailleurs, le code du guerrier lui interdisait de manger quand le reste du Clan mourait de faim.

« Merci, Princesse, mais je ne peux pas.

— J'espère que Petit Nuage ne manque de rien ! Je te guette depuis des jours pour avoir de ses nouvelles.

— Il va bien. Il sera bientôt apprenti. »

Les yeux de sa sœur brillèrent. Cœur de Feu hésita, mal à l'aise : la chatte était très fière de son premier-né. Si elle apprenait qu'il avait du mal à s'intégrer au Clan, elle serait accablée.

« Il est courageux, fort et intelligent... »

Mais aussi insolent, fouineur et trop gâté, ajouta-t-il en son for intérieur. Heureusement, le chaton se ferait vite aux coutumes de la tribu.

« Je suis certain qu'il deviendra un excellent guerrier », conclut-il.

Elle lui toucha le nez.

« Bien sûr, puisque tu es là pour le guider. »

Les oreilles du matou tressaillirent. Princesse le croyait enchanté par sa vie de chasseur. Elle ne savait rien des difficultés qu'il rencontrait au sein du Clan, ou des cas de conscience que lui posaient les complots de Griffe de Tigre.

« Il faut que j'y aille, annonça-t-il. Je reviendrai vite te voir. Et à la saison des feuilles nouvelles, je t'amènerai Petit Nuage. »

À la perspective de revoir son fils, elle recommença à ronronner bruyamment.

Il lui donna un coup de langue affectueux, sauta de la barrière et rebroussa chemin, l'œil aux aguets : il avait intérêt à ramener une belle prise au camp en guise d'alibi. Au fil de sa marche, il remarqua un son inconnu. Il dut faire halte et se concentrer dessus avant de pouvoir l'identifier. Quelque part, chantonnaient des gouttes d'eau. Devant lui, un reflet argenté scintilla au bout d'une brindille. La gouttelette enfla avant d'aller creuser un trou minuscule dans la neige.

Cœur de Feu releva la tête. Le murmure de l'eau babillait autour de lui et une brise tiède ébouriffait son pelage. Transporté de joie, il comprit que la saison des neiges se terminait. Bientôt lui succéderait celle des feuilles nouvelles, avec son abondance de gibier. Le dégel avait commencé !

CHAPITRE 10

❧

DE RETOUR AU CAMP, Cœur de Feu vit Étoile Bleue sortir de la pouponnière. Il déposa son campagnol dans la réserve et s'approcha d'elle.

« Oui, qu'y a-t-il ? » s'enquit leur chef.

Sa voix calme manquait de chaleur : Cœur de Feu comprit qu'elle ne lui avait pas pardonné ses questions sur les chatons disparus.

Il s'inclina avec respect.

« Je chassais près de la ville et...

— Pourquoi là-bas ? l'interrompit-elle. Parfois, je trouve que tu passes un peu trop de temps près de la ville, Cœur de Feu.

— Je... Je pensais qu'il pourrait y avoir du gibier dans les parages, bafouilla-t-il. Bref, là-bas, j'ai flairé la trace de chats inconnus. »

Leur meneuse dressa aussitôt l'oreille, attentive.

« Combien ? De quelle tribu s'agit-il ?

— Je ne sais pas trop, cinq ou six au moins. Mais je n'ai pas reconnu l'odeur d'un des quatre Clans. » Il fronça le nez. « Ce n'étaient pas non plus des chats domestiques : ils puaient la charogne. »

Elle s'absorba un instant dans ses pensées. Au grand soulagement du matou, son hostilité semblait s'être évaporée.

« La piste était fraîche ?

— Très récente, oui. Mais je n'ai vu personne. »

Excepté Griffe de Tigre, songea-t-il. Il garda pour lui cette information.

« Des chats errants venus de la ville, peut-être ? hasarda leur chef. Merci, Cœur de Feu. Je vais demander aux patrouilles de garder l'œil ouvert dans ce secteur. Je ne pense pas qu'ils représentent une menace, mais on n'est jamais trop prudent. »

Deux jours plus tard, la neige avait presque entièrement fondu. Le jeune chasseur rentrait au camp, un mulot dans la gueule. Le soleil brillait dans un ciel azur, les bourgeons grossissaient et une armée de minuscules feuilles vert tendre commençait à couvrir les arbres. Plus important encore, les proies sortaient enfin de leurs cachettes. Le tas de gibier grossissait à vue d'œil : pour la première fois depuis des lunes, le Clan mangeait à sa faim.

Lorsque le guerrier fit son entrée dans la clairière, les reines débarrassaient la pouponnière de sa litière souillée. Après avoir déposé sa prise dans la réserve, il alla leur prêter main-forte, ravi de voir que Petit Nuage participait au nettoyage.

« Je vais montrer aux autres petits où trouver de la mousse ! déclara fièrement le chaton.

— Bonne idée ! l'encouragea Cœur de Feu. Mais méfie-toi des blaireaux, d'accord ? »

Relevé de ses fonctions auprès des anciens par Griffe de Tigre, son neveu avait pourtant continué de les aider. Peut-être commençait-il à comprendre le sens du mot « loyauté ».

À ce moment précis, Bouton-d'Or sortit de la pouponnière ; elle poussait devant elle une boule de litière sale. À son ventre rond, il comprit qu'elle n'était plus loin de son terme.

« Bonjour, Cœur de Feu ! C'est agréable de revoir le soleil ! »

Il lui donna un coup de langue amical sur l'épaule.

« La saison des feuilles nouvelles ne va plus tarder. Juste à temps pour l'arrivée de tes petits. Si tu...

— Cœur de Feu ! l'interrompit Griffe de Tigre, qui s'était approché sans bruit. Si tu n'as rien de mieux à faire, j'ai du travail pour toi. »

Le chat roux ravala une réplique cinglante. Il venait de passer la matinée entière à chasser.

« Je veux que tu emmènes une patrouille à la frontière avec le Clan de la Rivière, continua leur lieutenant. Personne ne l'a contrôlée depuis plusieurs jours, et, maintenant que la neige a fondu, il faut que nous marquions à nouveau notre territoire. Assure-toi qu'aucun ennemi ne chasse chez nous. Sinon, tu sais quoi faire !

— À tes ordres. »

Nommé chef de patrouille par Griffe de Tigre ! Voilà qui sortait de l'ordinaire... Le grand chat était sans doute trop malin pour manifester sans cesse son hostilité en public : il prenait bien soin de le traiter comme les autres, afin de ne pas attirer l'attention d'Étoile Bleue. *Tu ne me berneras pas !* songea Cœur de Feu.

« Qui dois-je emmener ?

— Qui tu veux. Tu n'as pas besoin que je te

tienne la patte, quand même ? ajouta le vétéran, méprisant.

— Non, ça ira. »

Le jeune chasseur avait bien du mal à tenir sa langue. Il brûlait de donner à Griffe de Tigre un bon coup de dents. Il prit congé de Bouton-d'Or avant de se diriger vers la tanière des guerriers. Allongée sur le flanc, Tempête de Sable se léchait le poitrail, tandis que Plume Grise et Vif-Argent se débarbouillaient mutuellement.

« Qui est prêt à partir en patrouille ? leur demanda le félin roux. Griffe de Tigre veut qu'on aille surveiller la frontière avec le Clan de la Rivière. »

Comme prévu, le matou cendré fut debout en un clin d'œil ; Vif-Argent, lui, se redressa sans se presser. Tempête de Sable interrompit sa toilette pour lever les yeux vers son ami.

« Juste au moment où j'espérais me reposer un peu, soupira-t-elle. Je chasse depuis l'aurore. »

Mais elle protestait pour la forme et s'approcha en s'ébrouant.

« Bon, après toi ! lança-t-elle.

— Et Nuage de Fougère ? demanda son ami à Plume Grise. Tu veux l'emmener ?

— Tornade Blanche et Poil de Souris sont partis avec tous les apprentis, expliqua Vif-Argent. Tous – un suicide ! Ils chassent pour les anciens. »

Cœur de Feu sortit le premier du camp et gravit la pente du ravin, heureux de se dégourdir les pattes. Depuis des lunes, la neige entravait leurs mouvements : il mourait d'envie de courir le nez au vent.

« On va commencer par les Rochers du Soleil, et

on longera la frontière jusqu'aux Quatre Chênes »,
déclara-t-il.

Il s'élança à vive allure entre les buissons. D'un
vert brillant, les crosses des fougères commençaient
à se déployer, et les premiers boutons de primevères
pointaient. L'air était empli de chants d'oiseaux,
partout montait l'odeur des plantes en pleine crois-
sance.

Il ralentit à l'approche du bois. Il entendait gar-
gouiller l'eau de la rivière, libérée du gel.

« On y est presque, murmura-t-il. Restez aux
aguets, il pourrait y avoir des membres du Clan de
la Rivière dans les parages. »

Plume Grise fit halte et entrouvrit la gueule pour
humer la brise.

« Personne, annonça-t-il, sans doute déçu de ne
pas sentir Rivière d'Argent à proximité. En plus, ils
auront du gibier en abondance, maintenant. Pourquoi viendraient-ils nous prendre le nôtre ?

— Ils sont sans scrupules, grommela Vif-Argent.
Ils nous tondraient la fourrure sur le dos, s'ils pouvaient. »

L'échine du chasseur cendré se hérissa.

« Allez, continuons ! » se hâta de clamer Cœur de
Feu pour éviter à son vieux camarade de se trahir.

Le chat roux dépassa les derniers arbres et déboula
à découvert. Le spectacle qui s'étendait sous ses
yeux l'arrêta net ; le souvenir de son rêve lui revint
d'un coup.

Devant les quatre félins, le sol descendait en
pente douce vers la rivière – si elle méritait encore
ce nom. Alimentées par la neige fondue, ses eaux
turbulentes avaient envahi les berges : elles clapo-

taient dans l'herbe aux pieds de Cœur de Feu. Le sommet des roseaux était à peine visible ; loin en amont, les Rochers du Soleil ressemblaient à des îles grises au milieu d'un lac argenté.

Pas de doute, le dégel était bien là. La rivière était en crue comme jamais.

CHAPITRE 11

❧

« **P**AR LE CLAN DES ÉTOILES ! » souffla Tempête de Sable.

Vif-Argent et Plume Grise ne purent retenir un grognement de surprise, mais le chat roux, horrifié, resta muet. C'était le paysage de son rêve ! Les paroles de Petite Feuille résonnèrent à ses oreilles : « *L'eau peut éteindre le feu.* »

Comment cette inondation peut-elle menacer mon Clan ? songea-t-il, glacé de peur. Plume Grise, qui cherchait en vain à attirer son attention, finit par se coller contre lui, l'air épouvanté. Sans doute s'inquiétait-il pour Rivière d'Argent.

Sur la rive opposée, la berge était moins haute : les eaux avaient donc pénétré plus loin dans les terres. Quant à l'île qui abritait la tribu... Était-elle entièrement submergée ? Cœur de Feu, qui s'était attaché à Rivière d'Argent et admirait la bravoure de Patte de Brume et de sa mère, fit la grimace : pourvu qu'elles n'aient pas été chassées de leur camp ou, pire, noyées par la crue.

Planté au bord de l'eau, Vif-Argent fixait le territoire adverse.

« Le Clan de la Rivière est dans une mauvaise

passe, fit-il remarquer d'un air satisfait. Tant mieux ! Ça leur fera passer l'envie de chasser chez nous. »

Cœur de Feu jeta un regard d'avertissement à Plume Grise, qui s'était raidi, avant de rétorquer :

« En tout cas, impossible de patrouiller le long de la frontière, déclara le rouquin. Allons apprendre la nouvelle aux autres. »

Le matou amoureux contemplait la rivière d'un air angoissé.

« Viens ! » ajouta son ami d'un ton ferme.

Aussitôt qu'Étoile Bleue entendit leur rapport, elle sauta sur le Promontoire et poussa son appel :

« Que tous ceux qui sont en âge de chasser s'approchent du Promontoire pour une assemblée du Clan. »

Sur-le-champ, les chats commencèrent à sortir de leurs tanières et à se grouper dans la clairière. Cœur de Feu s'installa au premier rang, un peu irrité de voir que Petit Nuage, pourtant trop jeune pour assister à la réunion, avait suivi Plume Blanche. Il vit Croc Jaune et Nuage Cendré postées à l'entrée du tunnel de fougères. Plume Brisée lui-même se glissa hors de son gîte, encouragé par Poil de Souris.

La matinée touchait à sa fin. Des nuages s'amoncelaient devant le soleil ; un vent violent ébouriffait la fourrure des animaux couchés autour du Promontoire. L'inquiétude autant que le froid firent frissonner le jeune chasseur.

« Mes amis ! clama Étoile Bleue. Notre camp est peut-être menacé. La neige a fondu, et la rivière est en crue. Une partie de notre territoire est déjà submergée. »

De la foule monta un concert de lamentations, mais leur chef éleva la voix.

« Cœur de Feu ! Raconte au Clan ce que tu as vu. »

Le félin se leva pour décrire la gravité de l'inondation.

« Nous ne sommes pas vraiment menacés, intervint Éclair Noir quand il eut terminé. La plupart de nos terrains de chasse sont épargnés. Le Clan de la Rivière n'a qu'à se débrouiller. »

Un murmure approbateur parcourut l'assistance. Griffe de Tigre, immobile au pied du Promontoire, fut l'un des rares à tenir sa langue. Seuls les mouvements de sa queue trahissaient son agitation.

« Silence ! ordonna la reine grise. Les eaux pourraient monter jusqu'ici en un clin d'œil. Une telle catastrophe éclipse les rivalités entre tribus. Je ne veux pas avoir de morts, même ennemies, sur la conscience. »

Son expression était étrange, comme si ses paroles avaient un sens caché. On aurait pu croire qu'elle éprouvait une secrète sympathie pour leurs adversaires. *Quel revirement !* pensa Cœur de Feu en se rappelant sa colère, quelques jours plus tôt.

Assis parmi les anciens, Pomme de Pin prit la parole :

« Je me souviens de la dernière crue, il y a des lunes et des lunes. Les noyades ont été nombreuses, parmi nous comme parmi nos proies, et une terrible famine a sévi. Nous sommes tous concernés !

— Bien dit ! répliqua Étoile Bleue. Je n'ai pas oublié cette époque, moi non plus. J'espérais ne jamais revoir une telle calamité, mais puisqu'elle est là, voici mes ordres : personne ne doit sortir seul. Les apprentis ne devront pas quitter le camp sans être accompagnés d'un guerrier. Griffe de Tigre, tu es chargé d'organiser des patrouilles pour découvrir et surveiller l'étendue de la crue.

— Très bien, répondit leur lieutenant. Je compte aussi mettre sur pied des expéditions de chasse. Nous devons faire des réserves avant que l'inondation ne s'étende.

— Bonne idée, approuva la chatte. L'assemblée est terminée. Retournez à vos occupations. »

Elle sauta du Promontoire pour aller s'entretenir avec les doyens. Cœur de Feu, qui espérait être choisi pour partir en exploration, s'aperçut presque trop tard que Plume Grise s'éloignait. Inquiet, il le rattrapa juste à l'entrée du tunnel d'ajoncs.

« Où vas-tu ? lui chuchota-t-il à l'oreille. Étoile Bleue vient d'annoncer que personne ne devait sortir seul. »

Son ami semblait au bord de la panique.

« Il faut que je voie Rivière d'Argent, gémit-il. Je veux m'assurer qu'elle va bien.

— Ce n'est pas le moment ! Comment vas-tu traverser la rivière ?

— Je me débrouillerai, rétorqua Plume Grise, déterminé. Ce n'est que de l'eau, après tout. »

Le jour où Rivière d'Argent avait sauvé le chat cendré de la noyade revint soudain en mémoire à Cœur de Feu.

« Arrête de dire des bêtises ! gronda-t-il. Tu as déjà failli y rester une fois. Ça ne t'a pas suffi ? »

Sans un mot de réponse, Plume Grise se glissa dans le tunnel.

Le rouquin jeta un coup d'œil par-dessus son épaule. Dans la clairière, les autres chats se divisaient en petits groupes sous la supervision de Griffe de Tigre.

« Arrête, tête de mule ! souffla-t-il. Attends-moi ici. »

Dès qu'il se fut assuré que son camarade ne filerait pas sans lui, il s'approcha de leur lieutenant.

« Griffe de Tigre ! Plume Grise et moi sommes déjà prêts à partir. On va explorer la frontière en amont des Rochers du Soleil, d'accord ? »

Le vétéran plissa les yeux, irrité de voir son autorité contestée. Mais il n'avait pas de raison de refuser – Étoile Bleue était à portée de voix.

« Entendu, grinça-t-il. Essaie aussi de ramener du gibier.

— À tes ordres », marmonna Cœur de Feu.

Il s'inclina et rejoignit son complice à la hâte.

« Bien, haleta-t-il. On part en patrouille, comme ça personne ne se demandera où on est passés.

— Mais tu...

— Ce n'est rien. Je viens avec toi, c'est tout. »

Sa conscience le houspillait déjà. Même en mission, ils n'étaient pas censés traverser la frontière. Étoile Bleue serait furieuse si elle apprenait que deux de ses guerriers avaient risqué leur vie en territoire ennemi dans un moment pareil. Mais il ne pouvait pas laisser son ami partir seul. Le jeune chasseur risquait d'être emporté par les eaux.

« Merci, murmura Plume Grise à la sortie du tunnel. Je te revaudrai ça. »

Côte à côte, ils gravirent la pente rocailleuse. Au

sommet, le sol était boueux, détrempé par la neige fondue comme après une violente averse.

Une fois à l'orée de la forêt, ils constatèrent que l'eau n'avait pas cessé de monter. Autour des Rochers du Soleil, presque submergés à présent, les courants créaient de puissants remous.

« On n'arrivera jamais à passer ici.

— Essayons en aval, suggéra Plume Grise. Le gué est peut-être encore praticable.

— C'est possible », grommela le félin roux sans conviction.

Un gémissement ténu parvint soudain à ses oreilles malgré les hurlements du vent et le grondement du torrent.

« Attends ! Tu as entendu ? »

Aussitôt sur le qui-vive, les deux chasseurs tendirent l'oreille. Le bruit se répéta : c'étaient les cris affolés de chatons en détresse.

Cœur de Feu les chercha des yeux partout, même dans les arbres.

« Où sont-ils ? Je ne les vois pas ! »

Le matou cendré agita la queue en direction des Rochers du Soleil.

« Là-bas ! s'écria-t-il. Ils vont se noyer ! »

Les tourbillons avaient poussé un matelas de branches et de débris contre les pierres. Deux petits s'y tenaient en équilibre précaire, le visage déformé par la peur. De violents remous s'attaquaient au radeau sur le point de repartir à la dérive.

« Viens ! hurla le rouquin. Il faut les aider. »

Il respira à fond et s'engagea dans la rivière, suivi de son compagnon. Aussitôt trempé jusqu'aux os, un froid paralysant envahissait peu à peu ses pattes. À chaque pas, le courant menaçait de l'emporter.

Quand l'eau lui arriva jusqu'au ventre, Plume Grise s'arrêta net.

« Cœur de Feu... » geignit-il.

Sa quasi-noyade, quelques lunes plus tôt, expliquait sa terreur. Son ami se retourna pour le rassurer :

« Reste là. Je vais essayer de les pousser vers toi. »

Agité de violents tremblements, Plume Grise ne put que hocher la tête. Le félin roux se jeta au milieu des flots et se mit à nager : d'instinct, il battait des pattes pour avancer. Il se trouvait en amont des Rochers du Soleil : avec l'aide du Clan des Étoiles, il serait peut-être emporté vers les chatons.

Submergé par les vagues, il perdit un instant de vue les nouveau-nés, mais leurs cris de terreur continuaient de lui parvenir. Tout à coup, la masse grise d'un des Rochers du Soleil surgit près de lui. Il agita les pattes avec une vigueur renouvelée, paniqué à l'idée d'être entraîné trop loin.

Ballotté par les remous, Cœur de Feu se débattit avec frénésie. Le courant le précipita soudain contre le roc. Le souffle coupé, arc-bouté pour lutter contre la houle, il s'accrocha à la surface rugueuse et se retrouva nez à nez avec les petits.

Ils étaient très jeunes, sans doute pas encore sevrés. L'un noir, l'autre gris, ils avaient la fourrure plaquée contre le corps, les yeux écarquillés de terreur. Quand ils le virent, ils se mirent à progresser vers lui, mais le radeau de fortune fit une embardée et l'eau les recouvrit quelques secondes. Leurs gémissements reprirent aussitôt de plus belle.

« Ne bougez plus ! » s'écria le matou, qui résistait désespérément contre le courant.

L'espace d'un instant, il imagina monter sur le rocher et hisser les nouveau-nés avec lui. Trop dangereux : leur perchoir finirait par être submergé. Le mieux était encore de pousser leur pauvre embarcation vers Plume Grise. Son ami s'était déjà installé en aval, en bonne position pour attraper le radeau.

« Allons-y, marmonna Cœur de Feu. À la grâce du Clan des Étoiles ! »

Agrippé au tas de branches, il s'avança dans le courant. Les deux chatons jetèrent des cris plaintifs avant de se recroqueviller sur eux-mêmes.

Le chasseur mit tout ce qui lui restait d'énergie à pousser le matelas de branchages devant lui en s'aidant du museau et des pattes. L'épuisement engourdissait ses membres. Glacé jusqu'aux os, il pouvait à peine respirer. Il leva la tête, cligna des yeux et s'aperçut, épouvanté, que la rive avait disparu. Le monde se réduisait à un maelström d'eau, un frêle esquif et deux petits terrifiés.

Il entendit alors Plume Grise à proximité.

« Cœur de Feu ! Par ici ! »

Il poussa son fardeau vers la voix. Les branchages lui échappèrent, et il se retrouva sous l'eau. Sur le point d'étouffer, il battit des pattes pour regagner la surface : à quelques pas de lui, le matou cendré allait et venait sur la rive, affolé.

Il y était presque ! L'espace d'un instant, le soulagement envahit Cœur de Feu. La vision brouillée, il chercha des yeux ses protégés. Horreur ! Le radeau commençait à se disloquer !

Impuissant, il vit les branches céder sous le poids du chaton gris et le minuscule animal tomber à l'eau.

CHAPITRE 12

❧

« Non ! » hurla Plume Grise, qui se lança dans l'eau au secours du petit.

Cœur de Feu les perdit de vue. Encore accroché au tas de brindilles qui se désagrégeait, le rescapé poussait des miaulements à fendre le cœur. Réunissant ses dernières forces, le guerrier se jeta en avant, attrapa l'animal par la peau du cou et le propulsa vers la rive. Il sentit bientôt des pierres sous ses pattes et parvint à reprendre pied. Les membres ankylosés par le froid et la fatigue, il sortit de l'eau en titubant et tira le petit félin noir sur l'herbe de la rive. La bête avait les yeux fermés ; impossible de savoir si elle vivait encore.

En aval, Plume Grise sortait de la rivière, le deuxième chaton pendu à la gueule. Il vint déposer son chargement sur le sol avec douceur.

Cœur de Feu toucha les deux jeunes du bout du museau. Ils demeuraient parfaitement immobiles, même si, à y regarder de plus près, on voyait leur poitrail se soulever.

« Le Clan des Étoiles soit loué », murmura-t-il.

Pour les ranimer et les réchauffer, chacun se mit

à débarbouiller son protégé comme une reine lèche ses nouveau-nés.

Le noir finit par tressaillir et recracher une gorgée d'eau. Le gris mit plus longtemps à réagir ; il finit pourtant par se mettre à tousser et ouvrit les yeux.

« Vivants ! s'écria Plume Grise, soulagé.

— Oui, mais ils ne survivront pas longtemps sans leur mère. »

Le chat roux renifla les miraculés avec précaution. Malgré l'eau du torrent, qui avait presque effacé toute odeur, il détecta un effluve familier.

« Ils sont bien du Clan de la Rivière, confirma-t-il. Il va falloir les ramener chez eux. »

Son courage faillit l'abandonner : la traversée semblait impossible. Le sauvetage l'avait épuisé. Transi, il avait les muscles engourdis, le pelage trempé. Il aurait donné n'importe quoi pour pouvoir se glisser dans sa tanière et dormir une lune entière.

Plume Grise, toujours penché sur son protégé, semblait lui aussi fourbu. Le poil plaqué contre le corps, il leva vers le rouquin des yeux pleins d'angoisse.

« Tu crois qu'on pourra traverser ?

— Il le faut, ou bien les chatons mourront. » Cœur de Feu attrapa le jeune mâle noir par la peau du cou et se tourna vers l'aval. « Voyons si on peut emprunter le gué, comme tu l'as proposé. »

Son camarade le suivit sur l'herbe humide. Leur fardeau dans la gueule, ils longèrent la rive.

Le gué permettait aux félins du Clan de la Rivière de venir patrouiller de l'autre côté du cours d'eau.

En temps normal, il n'y avait jamais plus de deux pas de distance d'un caillou à l'autre.

À présent, les pierres étaient sous l'eau. Mais au même endroit, un arbre mort gisait en travers de la rivière. Certaines de ses branches s'étaient sans doute accrochées aux rochers submergés.

Cœur de Feu poussa un soupir de soulagement.

Avant de s'aventurer dans l'eau jusqu'à l'extrémité du tronc, il s'assura que le chaton ne risquait pas de glisser. L'eau tourbillonnait juste sous le museau du nouveau-né, qui recommença à miauler et à se débattre. Plume Grise avait déposé le sien par terre.

« Du calme, voyons, les rassura-t-il. On va retrouver votre mère. »

Même s'ils étaient sans doute trop jeunes pour comprendre, ils cessèrent de gigoter. Les deux guerriers devaient lever la tête le plus haut possible pour leur éviter un nouveau bain. Cœur de Feu finit par bondir sur l'arbre. Toutes griffes dehors, il assura sa prise sur le bois pourri. Pas à pas, il s'avança vers la rive opposée malgré les remous qui menaçaient de déloger le rondin. Sans hésiter, le chat cendré s'engagea à son tour sur l'étroite passerelle.

L'extrémité du tronc se divisait en plusieurs branches cassées. Cœur de Feu s'arrêta. À huit ou dix pas de la rive, les branchages devenaient trop fins pour supporter son poids. Il respira à fond, prit son élan et sauta. Seules ses pattes avant touchèrent la terre ferme. Éclaboussé, son protégé recommença à se démener. Sans lâcher prise, le chasseur se hissa sur la berge. Il s'avança encore et reposa l'animal avec précaution.

Plume Grise sortit de l'eau un peu en aval. Il s'ébroua et cracha :

« Cette eau a un drôle de goût.

— Tant mieux : elle camouflera ton odeur. Les chats du Clan de la Rivière ne sauront pas que tu es le matou qui sillonne leur territoire depuis plusieurs lunes. S'ils s'en apercevaient... »

Trois félins sortirent soudain des buissons. Consterné, le chat roux reconnut Taches de Léopard, le lieutenant ennemi, et deux guerriers, Griffe Noire et Pelage de Silex. Malgré son épuisement, il ramassa le chaton noir et vint se planter à côté de son camarade. Ensemble, ils déposèrent leur fardeau et firent face à leurs adversaires.

Les trois bêtes avaient-elles surpris leur conversation ? Cœur de Feu et Plume Grise étaient trop affaiblis pour affronter des combattants frais et dispos. Les dents serrées, ils se préparèrent à en découdre. À leur grand soulagement, la patrouille s'arrêta à quelques pas.

« Que faites-vous ici ? » glapit Taches de Léopard.

La chatte avait le pelage hérissé, les oreilles couchées en arrière. Près d'elle, Griffe Noire retroussait les babines en grondant.

« Comment osez-vous pénétrer sur notre territoire ? leur demanda-t-il.

— Nous avons sauvé deux de vos petits de l'inondation. Nous voulions les ramener chez eux, répondit le rouquin sans se départir de son calme.

— Vous croyez qu'on n'a que ça à faire, jouer les acrobates ? » lâcha Plume Grise.

Pelage de Silex s'avança pour renifler les deux jeunes.

« Ils disent vrai ! s'émerveilla-t-il, les yeux écarquillés. Ce sont les chatons de ma sœur ! »

Quelle surprise ! Cœur de Feu savait que Patte de Brume avait accouché, mais de là à imaginer que ces petits étaient les siens ! Il ravala un cri de joie : ces guerriers ne devaient jamais savoir qu'il connaissait la jeune reine.

Taches de Léopard, elle, ne semblait pas convaincue.

« Qui nous dit que vous n'étiez pas plutôt en train d'enlever ces petits ? » cracha-t-elle.

Il la dévisagea, incrédule. Après tous ces efforts, voilà qu'on les traitait comme de vulgaires criminels !

« Réfléchis un peu ! rétorqua-t-il. Pourquoi attendre que la rivière soit impraticable pour venir les enlever ? On a failli se noyer ! »

La chatte hésita. Griffe Noire, lui, vint se planter à un souffle de son museau. Cœur de Feu grogna, prêt à rendre coup pour coup.

« Recule ! jeta Taches de Léopard à son guerrier. On va les laisser s'expliquer avec Étoile Balafrée. Il décidera de leur sort. »

Le rouquin, qui avait ouvert la bouche pour protester, se ravisa. Trop exténués pour se battre, ils n'avaient d'autre choix que d'obéir. Au moins Plume Grise pourrait-il s'assurer que Rivière d'Argent était saine et sauve.

« D'accord. J'ose espérer que votre chef sait reconnaître la vérité quand il l'entend. »

Le lieutenant prit la tête du groupe. Griffe Noire et Pelage de Silex s'emparèrent chacun d'un chaton et emboîtèrent le pas à leurs prisonniers.

Lorsqu'ils arrivèrent en vue du camp, Cœur de Feu vit qu'un large chenal séparait l'île de la terre ferme. Les saules pleureurs avaient les pieds dans l'eau, des vaguelettes clapotaient au pied des broussailles qui dissimulaient le camp. Il n'y avait pas âme qui vive.

La reine fit halte, soucieuse.

« Le niveau a encore monté depuis notre départ », constata-t-elle.

Un cri s'éleva du sommet de la colline où les deux amis s'étaient cachés quelques jours plus tôt.

« Taches de Léopard ! Par ici ! »

Étoile Balafrée sortit des buissons. Sa robe tigrée de beige était trempée, sa fourrure ébouriffée. Sa mâchoire tordue lui donnait l'air de se moquer des nouveaux venus.

« Que s'est-il passé ? s'inquiéta le lieutenant.

— Le camp est inondé, répondit leur meneur d'une voix morne. Nous avons dû nous installer là-haut. »

Un groupe de félins émergeaient des taillis, Rivière d'Argent parmi eux. Plume Grise parut soulagé. Étoile Balafrée fixa des yeux soupçonneux sur les deux intrus.

« Qui nous amenez-vous ? Des espions du Clan du Tonnerre ? Il ne manquait plus que ça ! »

Taches de Léopard ordonna à ses guerriers de s'avancer avec leur fardeau.

« Ils ont trouvé les petits de Patte de Brume,

144

expliqua-t-elle à son chef. Ils prétendent les avoir sauvés de la noyade.

— Mensonge ! lança Griffe Noire. Les chasseurs du Clan du Tonnerre ne sont pas dignes de confiance. »

À la vue des chatons, Rivière d'Argent avait tourné les talons et disparu parmi les broussailles. Étoile Balafrée alla renifler les pauvres bêtes. Un peu remises, elles tentaient de se redresser malgré leur faiblesse.

« Ces nouveau-nés ont disparu lors de l'inondation du camp, déclara le chef, d'une voix glaciale. Comment se sont-ils retrouvés avec vous ? »

Cœur de Feu échangea un regard exaspéré avec son compagnon. Épuisé, il était à bout de patience.

« On a traversé la rivière en volant », ironisa-t-il, sarcastique.

Un grand cri couvrit ces mots. Patte de Brume jaillit des buissons au triple galop.

« Mes petits ! Où sont-ils ? »

Elle se serra contre eux en regardant autour d'elle d'un air menaçant, comme s'ils étaient encore en danger. Puis elle se mit à les couvrir de caresses. Pelage de Silex s'approcha d'elle pour lui murmurer des mots réconfortants à l'oreille.

Impassible, Rivière d'Argent vint lentement se camper à côté de son père. Cœur de Feu la vit dévisager Plume Grise sans broncher. Elle ne vendrait pas la mèche, comprit-il, soulagé.

D'autres animaux se coulèrent hors des fourrés et se rassemblèrent autour d'eux. Il reconnut Lac de Givre, dont le visage ne reflétait pas la moindre émotion, et Patte de Pierre, le guérisseur de la tribu, qui s'accroupit près des chatons afin de les examiner.

Tous étaient trempés jusqu'aux os. La fourrure plaquée sur le corps, ils paraissaient plus maigres que jamais. Ils semblaient bien loin de leur réputation de félins les mieux nourris de la forêt grâce au poisson de leur torrent. Par Rivière d'Argent, Cœur de Feu savait qu'ils étaient privés de gibier depuis que des Bipèdes s'étaient installés sur leur territoire, à la saison des feuilles nouvelles. Au départ des hommes, la rivière avait gelé, rendant la pêche impossible. Et voilà que la crue les chassait de leur camp !

Malgré la faim et les épreuves, ils tournaient vers les intrus des yeux hostiles. Ils allaient être difficiles à convaincre, mais leur chef semblait prêt à laisser aux deux chasseurs une chance de s'expliquer.

« Dites-nous ce qui est arrivé », ordonna-t-il.

Le guerrier roux leur raconta les cris de détresse, le matelas de branches coincé au milieu du courant, le périlleux sauvetage.

« Depuis quand des chats du Clan du Tonnerre risquent-ils leur vie pour nous ? » intervint Griffe Noire, méprisant.

Cœur de Feu ravala une réplique acerbe et Étoile Balafrée lâcha :

« Silence ! Laisse-le parler. S'il ment, nous le saurons bien assez tôt.

— Il dit la vérité, déclara Patte de Brume, qui câlinait toujours ses nouveau-nés. Pourquoi le Clan du Tonnerre nous volerait-il nos jeunes quand toutes les tribus ont à peine de quoi se nourrir ?

— Leur histoire tient debout », fit remarquer Rivière d'Argent.

Elle se tourna vers les deux intrus :

« Nous avons dû évacuer le camp et nous abriter dans les buissons. Quand nous sommes allés chercher les chatons de Patte de Brume, deux d'entre eux avaient disparu. L'eau avait envahi le sol de la pouponnière. Ils ont dû être emportés par le courant jusqu'à l'endroit où vous les avez trouvés. »

Étoile Balafrée inclina lentement la tête, et l'animosité des félins du Clan se dissipa. Seul Griffe Noire faisait exception à la règle. Il tourna le dos aux deux intrus avec un grognement de dégoût. Sans enthousiasme, parce qu'il lui coûtait de devoir un service à des ennemis, le chef déclara :

« Dans ce cas, nous vous sommes très reconnaissants.

— Oui, renchérit Patte de Brume, qui leva vers eux des yeux pleins de gratitude. Sans vous, mes petits seraient morts. »

Le chasseur roux s'inclina. Sans réfléchir, il ajouta :

« Pouvons-nous faire autre chose pour vous ? Votre camp est inaccessible, et le gibier se fait rare...

— Nous n'avons pas besoin de votre aide, lâcha Étoile Balafrée. Nous pouvons nous en sortir seuls. »

Lac de Givre soupira, à bout de patience.

« Ne sois pas stupide ! » Le respect de Cœur de Feu pour l'ancienne augmenta encore : peu de chats devaient oser parler sur ce ton à leur chef. « Ta fierté te perdra ! Comment nous nourrir ? Il n'y a plus de poisson. La rivière est empoisonnée, tu le sais.

— Quoi ? » s'écria Plume Grise.

Le chat roux, lui, resta muet d'étonnement.

« C'est la faute des Bipèdes, leur expliqua la doyenne. À la saison des feuilles nouvelles, le torrent était encore propre et poissonneux. Désormais, il est souillé de détritus.

— Le poisson est intoxiqué, continua Patte de Pierre. Ceux qui en mangent tombent malades. J'ai soigné plus de maux de ventre cette saison que dans toute ma vie. »

Les félins affamés baissaient les yeux, honteux qu'un étranger apprenne leurs ennuis.

« Laissez-nous vous aider, les implora-t-il. Nous vous apporterons à manger jusqu'à la fin de la crue, tant que les eaux seront polluées. »

Le code du guerrier imposait de n'être loyal qu'à un seul Clan. Si leur chef apprenait la vérité, elle serait furieuse. Pourtant, comment abandonner ces chats à la mort ? *Pour notre bien à tous, quatre tribus doivent se partager la forêt*, se rappela-t-il. *Selon notre chef, c'est la volonté du Clan des Étoiles.*

« Tu ferais vraiment ça pour nous ? lui demanda Étoile Balafrée, dubitatif.

— Oui. »

Plume Grise coula un regard vers Rivière d'Argent.

« Moi aussi, je vous aiderai, promit-il.

— Encore une fois, notre tribu vous remercie, grommela le vétéran. Aucun des nôtres ne vous interdira l'accès à notre territoire jusqu'à la fin de l'inondation. Mais ensuite, nous nous débrouillerons seuls. »

Il fit demi-tour et se faufila dans les taillis. Son Clan le suivit en silence. Les bêtes considéraient les deux intrus avec méfiance. Peu semblaient leur faire confiance ou croire en leur proposition.

La dernière à partir fut Patte de Brume, qui poussa ses chatons sur la pente.

« Merci à tous les deux, murmura-t-elle. Je n'oublierai pas ce que vous avez fait pour moi. »

Ils se retrouvèrent bientôt seuls et rebroussèrent chemin vers la rivière. Plume Grise s'ébroua, encore sceptique.

« Chasser pour une autre tribu ? On doit être fous.

— Que pouvions-nous faire d'autre ? Les laisser mourir de faim ?

— Non ! Mais il va falloir faire très attention. Si Étoile Bleue s'en aperçoit, on est fichus. »

Étoile Bleue... ou bien Griffe de Tigre, ajouta Cœur de Feu en son for intérieur. *Il nous soupçonne déjà de complicité avec le Clan de la Rivière. On risque de lui apporter la preuve de notre trahison sur un plateau.*

CHAPITRE 13

❧

La matinée était froide et grise. Cœur de Feu se traîna à contrecœur hors de sa litière bien chaude pour aller secouer Plume Grise.

« Qu... » Son ami tressaillit et se couvrit les yeux avec la queue. « Le soleil n'est même pas encore levé. »

Le chat roux lui donna un bon coup de museau dans l'épaule.

« Allez, paresseux, lui chuchota-t-il à l'oreille. Il faut qu'on aille chasser pour le Clan de la Rivière. »

Aussitôt réveillé, l'animal se releva d'un bond et étouffa un énorme bâillement. L'un comme l'autre étaient épuisés : approvisionner Étoile Balafrée et les siens en gibier sans négliger leurs tâches au sein de la tribu mobilisait tout leur temps et leur énergie. Ils avaient traversé la rivière plusieurs fois avec leur chargement de proies sans se faire surprendre. Personne n'avait encore découvert leur manège.

Cœur de Feu s'étira, jeta un coup d'œil alentour. La plupart des guerriers dormaient à poings fermés, roulés en boule sur leurs lits de mousse. Au centre du gîte, Griffe de Tigre ronflait, couché sur le flanc.

Le rouquin se glissa dehors. Personne n'était encore levé, à part Plume Blanche, campée à l'entrée de la pouponnière, le nez au vent. Rebutée par les rafales humides, elle rentra aussitôt à l'intérieur.

« C'est bon, souffla-t-il à Plume Grise, qui s'ébrouait. On peut y aller. »

Ils traversèrent la clairière au trot. Juste avant le tunnel d'ajoncs, une voix familière les cloua sur place :

« Cœur de Feu ! Cœur de Feu ! »

Le guerrier fit volte-face. Petit Nuage courait à fond de train, sans cesser de s'époumoner :

« Attends-moi, Cœur de Feu !

— Pourquoi ton neveu surgit-il toujours au pire moment ? se lamenta Plume Grise.

— Seul le Clan des Étoiles le sait », soupira son compagnon.

Le sacripant vint se camper devant eux.

« Où allez-vous ? Je peux vous accompagner ?

— Non, répondit le félin cendré. Seuls les novices et les chasseurs sont autorisés à sortir.

— Je serai bientôt apprenti, non ?

— Ça ne change rien », rétorqua son oncle, impatient de partir. S'ils restaient encore, la tribu entière allait se réveiller et vouloir connaître leur destination. « Tu ne peux pas venir. On est en mission spéciale. »

Les yeux du petit s'arrondirent.

« C'est un secret ? s'extasia-t-il.

— Oui, railla Plume Grise. Surtout pour les chatons trop curieux.

— Je ne dirai rien à personne. S'il te plaît, Cœur de Feu, laisse-moi venir.

— Non. » Le matou échangea un regard exaspéré avec son ami. « Retourne tout de suite à la pouponnière et je t'emmènerai peut-être à la chasse cet après-midi. Compris ?

— Compris... »

Boudeur, Petit Nuage finit par repartir d'où il venait. Les deux chats se faufilèrent dans le tunnel. Un instant plus tard, ils gravissaient le ravin à la hâte.

« J'espère que ce fripon n'annoncera pas à toute la tribu qu'on est partis très tôt en mission spéciale, gloussa Plume Grise.

— On s'inquiétera de ça plus tard. »

Ils se dirigèrent vers le gué, où se trouvait toujours l'arbre abattu. Pour limiter les risques, ils ne chassaient qu'à proximité de la frontière.

Lorsqu'ils parvinrent à la lisière du bois, il faisait déjà plus clair, mais le soleil se cachait encore derrière un ruban de nuages gris. Une pluie fine tambourinait sur les feuilles. La plupart des proies étaient sans doute pelotonnées dans leur nid, songea Cœur de Feu. Il huma l'air. La brise lui apporta une odeur d'écureuil. Il s'engagea sans bruit entre les arbres. La bête fourrageait un peu plus loin, dans les racines d'un chêne. Elle s'assit et se mit à mordiller un gland calé entre ses pattes.

« S'il sait que nous sommes là, il va filer dans l'arbre », chuchota Plume Grise.

Le félin roux acquiesça.

« Prends-le à revers », murmura-t-il.

Son ami s'éloigna à pas feutrés, silhouette grise dans l'ombre des arbres. Cœur de Feu se plaqua au sol avec l'aisance que donnaient des lunes de pratique et s'approcha de sa proie. L'écureuil dressa les oreilles – il avait dû voir ou flairer le chat cendré.

Profitant de cette diversion, le félin se rua sur le rongeur, qu'il cloua au sol. Son camarade se précipita pour porter le coup de grâce.

« Bravo ! »

Plume Grise recracha un paquet de poils.

« Il est un peu coriace, mais c'est déjà ça », répondit-il.

Les deux guerriers trouvèrent encore un lapin et deux souris. Il devait être près de midi, même si le soleil se cachait toujours.

« Apportons nos prises au Clan de la Rivière, lança Cœur de Feu. Au camp, on ne va pas tarder à s'apercevoir de notre absence. »

Déséquilibré par ses deux grosses proies, il se dirigea non sans mal jusqu'au tronc abattu. Heureusement pour eux, le niveau de l'eau s'était stabilisé, et leurs acrobaties leur semblaient chaque fois un peu plus faciles. Restait la peur d'être découverts, exposés à la vue du premier chat venu.

Ils finirent la traversée à la nage, avant de se hisser sur la rive opposée. Après s'être ébroués, ils se dirigèrent à pas furtifs vers les buissons d'aubépine où la tribu avait installé un camp provisoire.

Taches de Léopard, sans doute placée là en sentinelle, sortit des fourrés à leur approche.

« Bienvenue à vous », déclara-t-elle, bien plus cordiale que le jour du sauvetage des chatons.

Cœur de Feu la suivit à l'abri des broussailles. Depuis l'inondation, les félins de la tribu travaillaient dur : ils avaient aménagé des litières de mousse et creusé une fosse à gibier au pied d'un gros taillis. Ce jour-là ne s'y trouvait qu'un maigre assortiment – quelques souris et deux merles. La contribution des deux guerriers n'en était que plus vitale. Ils déposèrent leurs proies dans la fosse. Pelage de Silex s'approcha, suivi de Rivière d'Argent.

« De nouvelles prises ? s'exclama-t-il. Bravo !

— Les anciens et les reines ont la priorité, lui rappela Taches de Léopard.

— Je vais apporter leur part aux doyens », proposa la jeune chatte.

Elle fixa Plume Grise un long moment avant de lui lancer :

« Toi, tu peux m'aider ? Prends ce lapin, s'il te plaît. »

Le rouquin sursauta, paniqué. Elle n'allait tout de même pas donner rendez-vous à l'élu de son cœur au milieu de son propre camp ? Jusque-là, à chacune de leurs visites, elle avait tenu ses distances.

Le matou cendré ne se fit pas prier.

« Bien sûr, répondit-il avant de s'emparer du rongeur et de s'enfoncer avec elle dans les buissons.

— Bonne idée ! déclara Pelage de Silex. Cœur de Feu, veux-tu apporter l'écureuil aux reines ? Elles pourront te remercier en personne. »

Le chasseur acquiesça en silence et lui emboîta le pas. Il était troublant de cheminer au côté de ce grand félin né du Clan du Tonnerre, aujourd'hui guerrier du Clan de la Rivière – d'autant plus que Pelage de Silex ignorait lui-même tout de ses origines.

Dans la pouponnière installée à la hâte, Cœur de Feu fut ravi de voir Patte de Brume, étendue sur le flanc, allaiter ses petits. Mais son inquiétude pour Plume Grise continuait de le ronger. Après avoir salué les chattes et dépecé l'écureuil, il se tourna vers Pelage de Silex :

« Où est parti mon ami ? Il faut qu'on rentre avant que les nôtres ne remarquent notre absence.

— Bien sûr. Par ici. »

Son guide l'emmena plus loin sur la crête, là où trois ou quatre anciens, couchés sur une litière de bruyère, dévoraient leur déjeuner. Il ne restait déjà plus du lapin que quelques touffes de fourrure.

Plume Grise et Rivière d'Argent les regardaient faire en silence, assis côte à côte sans tout à fait se toucher, la queue enroulée autour des pattes. Aussitôt qu'ils aperçurent Cœur de Feu, ils se levèrent d'un bond et s'approchèrent de lui.

Les yeux du félin cendré brillaient de joie et de crainte mêlées.

« Tu ne croiras jamais ce que Rivière d'Argent vient de me dire ! »

Le chat roux se retourna : Pelage de Silex disparaissait déjà dans les broussailles. Rassasiés, les doyens se recouchaient, les paupières lourdes de sommeil, sans leur prêter attention.

« Quoi, qu'y a-t-il ? s'alarma-t-il, mal à l'aise. Parle moins fort. »

Son ami ne tenait pas en place.

« Cœur de Feu ! souffla-t-il. Rivière d'Argent et moi allons avoir des petits ! »

CHAPITRE 14

❧

LE CŒUR BATTANT, le félin roux regarda Plume Grise et Rivière d'Argent l'un après l'autre. Pleine de fierté, la chatte tremblait de joie.

« Des petits ? répéta-t-il, atterré. Vous avez perdu la tête ? C'est un désastre ! »

Le matou cendré baissa les yeux.

« Pas... pas forcément. Ces nouveau-nés nous uniront pour toujours, non ?

— Mais vous venez de deux Clans rivaux ! » s'étrangla Cœur de Feu.

À en juger par son expression, Plume Grise comprenait très bien les difficultés qui les attendaient.

« Tu ne pourras jamais reconnaître ces chatons ! reprit le rouquin. Et toi, Rivière d'Argent, tu ne pourras jamais avouer à ta tribu qui est le père.

— Et alors ? rétorqua-t-elle. Je le saurai, moi. C'est tout ce qui compte. »

Son compagnon semblait moins convaincu.

« C'est stupide de devoir se cacher, marmonna-t-il. On n'a rien fait de mal. »

Il se pressa contre le flanc de la reine, l'air un peu perdu.

« Je sais ce que tu ressens, chuchota Cœur de Feu, la gorge serrée. Mais il n'y a rien à faire. Ces petits appartiennent au Clan de la Rivière. »

Il poussa un profond soupir. Quel imbroglio en perspective... Quand ces chatons deviendraient des guerriers, leur père serait peut-être forcé de les affronter au combat ! Il serait déchiré entre la voix du sang et sa loyauté au Clan. Les deux n'iraient jamais de pair.

Et Patte de Brume, et Pelage de Silex ? Avaient-ils dû se battre contre leurs propres parents ? Cœur de Chêne avait fait son possible pour l'éviter, mais à quel prix ? Ce terrible casse-tête allait-il donc se répéter ?

Inutile de ruminer ces questions pour l'instant, songea le félin roux. Il vérifia que personne n'approchait et annonça :

« Il est temps de partir. Le soleil est haut. On va s'inquiéter de notre absence. »

Plume Grise effleura le museau de Rivière d'Argent avec une douceur infinie.

« Cœur de Feu a raison, murmura-t-il. On doit y aller. Ne t'inquiète pas : ce seront les plus beaux chatons de la forêt. »

La chatte ronronna.

« Je sais. On trouvera un moyen de s'arranger. »

Elle les regarda sortir des fourrés et descendre vers la rivière en crue. Le futur père ne cessait de se retourner, mortifié de devoir quitter sa belle.

Le rouquin soupira. *Combien de temps avant que quelqu'un ne découvre la vérité ?* se demanda-t-il, le cœur lourd.

Malgré ses efforts pour se changer les idées, Cœur de Feu ressassait encore les mêmes pensées quand ils empruntèrent le tronc d'arbre pour rallier leur territoire. Il leur restait à décider d'un prétexte au cas où leur absence aurait été remarquée.

« Nous devrions chasser un peu, dit-il à son ami. Ensuite... »

Un cri de joie retentit à l'orée de la forêt.

« Cœur de Feu ! »

Le guerrier regarda sans y croire un chaton blanc émerger des fougères. Petit Nuage...

« Oh non ! marmonna Plume Grise.

— Que fais-tu là ? renchérit le rouquin, consterné. Je t'avais ordonné de rester à la pouponnière.

— Je vous ai pistés depuis le camp », déclara fièrement l'écervelé.

Une terrible appréhension étreignit son oncle. Leur alibi venait de s'envoler en fumée. L'animal avait dû les voir traverser la rivière.

« J'ai suivi vos traces jusqu'au gué, continua Petit Nuage. Que faisiez-vous sur le territoire du Clan de la Rivière ? »

Avant qu'ils puissent imaginer une explication, un grognement menaçant s'éleva :

« En effet, c'est ce que j'aimerais savoir, moi aussi. »

Le chat roux sentit ses pattes se dérober sous lui : Griffe de Tigre se frayait un chemin parmi les fougères brunes.

« Cœur de Feu est très brave ! clama Petit Nuage. Il revient d'une mission spéciale : je le sais, c'est lui qui me l'a dit. »

Tétanisé par la peur, l'intéressé resta bouche bée, incapable de réfléchir.

« Ah oui ? susurra leur lieutenant, fort intéressé. Il t'a exposé de quoi il s'agissait ? »

Le chaton frémissait d'excitation.

« Non, mais j'ai deviné. Il est allé espionner le Clan de la Rivière avec Plume Grise. N'est-ce pas, Cœ...

— Tais-toi ! fulmina le vétéran avant de se tourner vers eux. Eh bien ? Est-ce vrai ? »

Pétrifié, le matou cendré fixait Griffe de Tigre d'un air épouvanté. *Aucune aide à attendre de ce côté-là*, songea Cœur de Feu.

« On voulait vérifier l'étendue de l'inondation. »

C'était en partie vrai.

« Mmm... ? »

Le grand chat fronça le museau avant de demander :

« Où est le reste de votre patrouille ? Et qui vous a envoyés ici ? Pas moi, en tout cas.

— On a pensé... » intervint Plume Grise.

Leur lieutenant l'ignora. Il s'approcha au point que Cœur de Feu put sentir son haleine chaude et fétide.

« Si tu veux mon avis, chat domestique, tu traînes un peu trop souvent du côté du Clan de la Rivière. C'est peut-être nous que tu espionnes pour leur compte. De quel côté es-tu ? »

La colère fit se hérisser l'échine du jeune félin.

« Tu n'as pas le droit de m'accuser ! Je suis fidèle au Clan du Tonnerre !

— Alors tu ne m'en voudras pas de parler à

Étoile Bleue de ta petite expédition ? On verra si elle te croit. Quant à toi... »

Il foudroya le chaton du regard. L'animal s'efforça de ne pas baisser les yeux, mais ne put s'empêcher de reculer de quelques pas.

« Étoile Bleue a interdit aux petits de quitter le camp. Tu crois peut-être que ces consignes ne te concernent pas ? »

Pour une fois, le jeune rebelle ne répondit rien. Il semblait terrorisé. Griffe de Tigre s'engagea dans la forêt.

« Allez, on perd du temps, grommela-t-il. Suivez-moi. »

Une fois au camp, Cœur de Feu vit leur chef campé au pied du Promontoire. Une patrouille composée de Longue Plume, Poil de Souris et Tornade Blanche lui faisait son rapport.

« Le ruisseau a débordé sur toute sa longueur, jusqu'au Chemin du Tonnerre, lui expliquait ce dernier. Si l'eau ne reflue pas, nous ne pourrons pas nous rendre à la prochaine Assemblée.

— Il nous reste encore un peu de temps... »

Étoile Bleue s'interrompit à la vue de Griffe de Tigre.

« Qu'y a-t-il ?

— Je te ramène un chaton turbulent et deux traîtres. »

Longue Plume fixa sur Cœur de Feu un regard déplaisant.

« Traîtres, tu dis ? répéta-t-il. Que peut-on attendre d'autre de la part d'un chat domestique ?

— Silence ! » gronda leur chef, une pointe de colère dans la voix.

« Vous pouvez partir, lança-t-elle à la patrouille avant de se tourner vers son lieutenant. Bien. Dis-moi ce qui s'est passé.

— J'ai vu ce petit quitter le camp seul malgré tes ordres. J'ai voulu le rattraper mais, une fois dans le ravin, je me suis aperçu qu'il suivait une piste. »

Il fit une courte pause, le temps de lancer un regard de défi aux deux jeunes chasseurs.

« Les traces l'ont mené au gué qui traverse la rivière en aval des Rochers du Soleil. Et là, qu'ai-je vu ? Ces deux braves guerriers (il cracha ces mots) qui revenaient de chez l'ennemi. Pour "vérifier l'étendue de l'inondation", m'ont-ils affirmé ! Un beau mensonge ! »

La queue basse, Cœur de Feu s'attendait à une explosion de colère. Pourtant, Étoile Bleue resta impassible.

« Est-ce vrai ? » s'enquit-elle.

Sur le trajet du retour, il avait eu le temps de réfléchir. S'il mentait de nouveau à la chatte, il risquait gros. La sagesse qu'il lut dans ses yeux bleus le convainquit de dire la vérité.

« Oui, reconnut-il. Je peux t'expliquer, mais... »

Il glissa un coup d'œil au vétéran. Elle ferma les yeux un long moment. Quand elle les rouvrit, son expression était aussi indéchiffrable qu'à l'accoutumée.

« Je m'en charge, Griffe de Tigre. Tu peux partir. »

Sur le point de protester, son lieutenant ravala sa tirade sous le poids de ses yeux clairs et s'éloigna vers le tas de gibier.

« Bon ! reprit la reine grise. Petit Nuage... Sais-tu pourquoi j'ai interdit aux chatons de quitter le camp ?

— À cause de l'inondation, rétorqua l'insoumis d'un air renfrogné. Mais je...

— Tu m'as désobéi et tu dois être puni. C'est la loi de la tribu. »

Cœur de Feu crut un instant que son neveu allait protester. À son grand soulagement, Petit Nuage se contenta de murmurer :

« Oui, Étoile Bleue.

— Griffe de Tigre t'a ordonné d'aider les anciens pendant quelques jours... Tu vas recommencer. C'est un honneur de servir les autres membres du Clan. Et c'est aussi un honneur d'obéir aux ordres. Il va falloir que tu l'apprennes. File. »

Le chaton s'inclina et traversa la clairière à vive allure, la queue dressée bien haut. La punition n'en était pas vraiment une, car son oncle le soupçonnait d'apprécier la compagnie des doyens. Le petit avait-il compris la leçon ? Cœur de Feu en doutait.

Étoile Bleue s'allongea, les pattes ramenées sous elle.

« Racontez-moi cette histoire. »

Le guerrier roux respira à fond avant de se lancer. Il décrivit le sauvetage des chatons du Clan de la Rivière, et leur arrestation par une patrouille adverse.

« Ils n'ont même pas pu nous ramener à leur camp, expliqua-t-il. Il est submergé par les eaux. Pour l'instant, ils se sont installés sur la crête, juste à côté.

— Je vois, murmura-t-elle.

— Ils sont exposés à tous les vents, et ils ne trouvent presque plus de gibier. Le poisson les rend malades : d'après eux, les Bipèdes ont empoisonné leur torrent. »

Plume Grise lui lança un regard inquiet : il était dangereux de révéler à leur chef les faiblesses du camp adverse. Certains y auraient vu une bonne occasion d'attaquer le Clan de la Rivière. Cœur de Feu, cependant, pensait connaître Étoile Bleue. Elle n'essaierait pas de profiter de la détresse d'autrui, surtout en cette saison.

« On a pensé qu'il fallait faire quelque chose, termina-t-il. On... On leur a proposé de leur apporter du gibier. Voilà pourquoi Griffe de Tigre nous a surpris en territoire ennemi.

— Nous ne sommes pas des traîtres, ajouta son camarade. On voulait juste les aider. »

La chatte les observa l'un après l'autre. Malgré son air sévère, une lueur de compréhension brillait dans son regard.

« Je vois, finit-elle par murmurer. Et je respecte vos motifs. Tous les Clans ont le droit de survivre. Néanmoins vous savez très bien que ce genre de décision ne vous appartient pas. Vous n'auriez jamais dû vous cacher pour agir. Vous avez menti à Griffe de Tigre... enfin, vous ne lui avez pas tout dit. Et vous avez chassé pour le compte d'une autre tribu. Ce comportement est indigne d'un guerrier. »

La gorge serrée, Cœur de Feu lança un regard en coin à son complice, qui fixait ses pattes, mortifié.

« Nous le savons, bredouilla le chat roux. Nous sommes désolés.

— Les excuses ne suffisent pas toujours, cinglat-elle. Je vais devoir vous punir. Puisque vous ne vous êtes pas comportés en combattants dignes de ce nom, je veux que vous vous rappeliez ce que c'est qu'être apprenti. À partir d'aujourd'hui, vous approvisionnez les anciens en gibier et vous prendrez soin d'eux. À la chasse, vous serez placés sous la supervision d'un autre guerrier du Clan. »

Cœur de Feu ne put retenir un cri d'indignation : « Comment ?

— Vous avez violé le code du guerrier, trancha-t-elle. Parce qu'on ne peut pas compter sur votre loyauté, vous serez toujours accompagnés d'un chasseur digne de confiance : vous ne rendrez plus aucune visite au Clan de la Rivière.

— Nous redevenons des novices ? s'étrangla Plume Grise.

— Mais non. » Une lueur amusée vint adoucir son regard. « Vous restez des chasseurs. Une feuille ne redevient jamais bourgeon. Malgré tout, vous vivrez une vie d'apprenti tant que vous n'aurez pas retenu la leçon. »

Le rouquin se força à respirer calmement. Il était si fier d'être un guerrier du Clan du Tonnerre que l'idée de perdre ses privilèges le remplissait de honte. Cependant, il ne servirait à rien de discuter avec Étoile Bleue. Au fond de lui, il savait que le châtiment était mérité. Il s'inclina avec respect.

« Très bien, acquiesça-t-il.

— Nous sommes vraiment désolés, appuya son camarade.

— Je sais. Tu peux partir, Plume Grise. Cœur de Feu, reste un moment. »

Anxieux, le guerrier se demanda de quoi il retournait.

Elle attendit que le matou cendré soit hors de portée de voix avant de l'interroger. Distraite, elle évitait son regard.

« Dis-moi, le Clan de la Rivière n'a perdu personne dans l'inondation ? Aucun guerrier ?

— Pas que je sache, admit-il. Étoile Balafrée n'a pas précisé s'il y avait eu des noyades. »

Elle fronça les sourcils, mais n'ajouta rien. Elle le congédia après un instant d'hésitation et un imperceptible hochement de tête – elle semblait se parler à elle-même.

« Va trouver Plume Grise et dis-lui que vous pouvez manger, tous les deux, lui ordonna-t-elle d'une voix ferme. Ensuite, préviens Griffe de Tigre que je veux le voir. »

Il s'inclina de nouveau et prit congé, dérouté par son attitude et ses questions. Au bout de quelques pas, il se retourna pour regarder la chatte. Elle était toujours couchée au pied du Promontoire, les yeux perdus dans le vague.

Pourquoi s'inquiète-t-elle des chasseurs du Clan de la Rivière ? s'étonna-t-il, perplexe.

CHAPITRE 15

« **E**T VOILÀ NOTRE NOUVEL APPRENTI : Nuage de Feu ! »

En plein repas, le félin roux leva les yeux. Longue Plume s'avançait vers lui, la queue frémissante.

« Prêt pour un petit entraînement ? ricana le matou au poil rayé de brun. Je suis ton nouveau mentor ! »

Sans se presser, le jeune guerrier termina son campagnol et se redressa. Il devinait ce qui s'était passé. Étoile Bleue avait parlé de leur châtiment à Griffe de Tigre, qui s'était empressé d'organiser une patrouille. Bien sûr, il avait choisi le pire ennemi de Cœur de Feu pour le surveiller.

À côté de lui, Plume Grise se leva d'un bond et s'approcha de Longue Plume.

« Attention à ce que tu dis ! maugréa-t-il. Nous ne sommes pas des novices.

— Ce n'est pas ce que j'ai entendu dire », rétorqua l'animal, qui se léchait les babines comme s'il venait d'avaler un morceau de choix.

Cœur de Feu agita la queue d'un air menaçant.

« Alors, on va te remettre les idées en place, gronda-t-il. Tu veux que je t'arrache l'autre oreille ? »

Longue Plume recula d'un pas. Il se rappelait fort bien l'arrivée de l'ancien chat domestique au camp : ce jour-là, sans se laisser intimider par ses insultes, le chat roux l'avait affronté d'égal à égal. L'oreille déchirée du guerrier en attestait encore.

« Fais attention, ronchonna-t-il. Si tu me touches, Griffe de Tigre te le fera payer.

— Ça vaudrait peut-être quand même le coup. Essaie de m'appeler Nuage de Feu encore une fois pour voir. »

Sans répondre, le félin tigré se lécha l'épaule d'un air boudeur. Cœur de Feu se détendit.

« Bon, allons-y ! » jeta-t-il.

Les deux amis s'engagèrent les premiers dans le tunnel d'ajoncs. Longue Plume mit un point d'honneur à choisir leur destination mais, une fois dans la forêt, ils firent de leur mieux pour l'ignorer.

La journée était froide et grise. Une pluie fine embrumait la forêt ; le gibier se cachait. Plume Grise vit les fougères remuer : il s'y enfonça, à pas de velours. Cœur de Feu, lui, allait renoncer quand il vit un pinson picorer les racines d'un noisetier. Il se tapit et s'avança lentement vers sa proie.

Il se préparait à bondir, l'arrière-train fléchi, quand Longue Plume s'écria :

« C'est une position de chasse, ça ? On dirait un lapin éclopé ! »

Aussitôt, l'oiseau s'envola, affolé, dans un grand cri. Le chasseur fit volte-face, furieux.

« C'est ta faute ! tonna-t-il. Dès qu'il t'a entendu...

— Pff ! Ne te cherche pas d'excuses. Si une souris te passait entre les pattes, tu serais encore capable de la manquer. »

168

Cœur de Feu coucha les oreilles en arrière et montra les crocs... *Et si Longue Plume me provoquait délibérément, pour se plaindre ensuite à Griffe de Tigre d'avoir été attaqué ?*

« Très bien, grinça le chat roux, dents serrées. Si tu es si doué, montre-nous comment faire.

— Comme s'il restait la moindre proie dans le coin, après ce boucan !

— Qui se cherche des excuses, maintenant ? »

Avant que Longue Plume n'ait le temps de répondre, Plume Grise sortit des fougères, un campagnol dans la gueule. Il le déposa à côté de son camarade et commença à le recouvrir de terre.

Leur « mentor » en profita pour s'éloigner, l'air digne.

« Qu'est-ce qui lui prend ? s'étonna le chat cendré. On dirait qu'il a avalé quelque chose de travers.

— Oh ! Rien. Viens, continuons. »

Longue Plume les laissa tranquilles et, au coucher du soleil, ils avaient amassé une pile respectable de gibier.

« Amène leur part aux anciens, suggéra Cœur de Feu à son compagnon quand ils eurent fini de traîner leurs dernières proies dans la réserve. Je m'occupe de Croc Jaune et Nuage Cendré. »

Il choisit un écureuil et se dirigea vers leur repaire. La guérisseuse était debout devant le rocher fendu. Assise en face d'elle, sa cadette avait l'air en pleine forme. Elle se tenait très droite, la queue enroulée autour des pattes, les yeux attentifs.

« On peut aussi mâcher des feuilles de jacobée et les mélanger avec des baies de genièvre écrasées, disait la vieille chatte. Ça donne un excellent cata-plasme pour les articulations douloureuses. Tu veux essayer ?

— D'accord ! » s'écria son élève, enthousiaste.

Elle se leva d'un bond pour aller renifler le petit tas d'herbes que Croc Jaune avait posé sur le sol.

« Elles ont mauvais goût ?

— Non, mais ne les avale pas. Si tu en mangeais trop, tu aurais mal au ventre. Oui, Cœur de Feu, que veux-tu ? »

Il traîna l'écureuil derrière lui à travers la clai-rière. Déjà accroupie devant les feuilles de jacobée, Nuage Cendré mastiquait avec application ; elle agita la queue en guise de salut.

« C'est pour vous, annonça-t-il après avoir déposé sa proie devant la guérisseuse.

— Ah oui, Vif-Argent m'a dit que tu étais rede-venu apprenti. Triple sot ! Tu ne pouvais pas aider le Clan de la Rivière sans être découvert tôt ou tard.

— Ce qui est fait est fait. »

Il n'avait pas envie de parler de son châtiment. Croc Jaune changea aussitôt de sujet.

« Je suis contente de te voir : je voulais te parler. Tu vois ce cataplasme ? »

Elle indiqua du museau les feuilles mâchées par Nuage Cendré.

« Oui.

— C'est pour Petite Oreille. Je n'avais pas vu d'articulations aussi enflées depuis des lunes. Il est dans ma tanière, il peut à peine bouger. À mon avis, sa litière devait être humide. »

Sa voix calme était démentie par son regard inflexible. Il eut un pincement au cœur.

« C'est à cause de Petit Nuage ?

— Je le pense. Il n'a pas bien choisi leur mousse. Je crains qu'il ne se soit même pas donné la peine de l'égoutter.

— Je lui avais pourtant montré... »

Il s'interrompit. Il avait déjà assez d'ennuis, pourquoi fallait-il en plus qu'il passe son temps à tirer son neveu d'affaire ? Il respira à fond.

« Je vais lui parler, promit-il.

— Bonne idée », grommela-t-elle.

Nuage Cendré cracha des bribes de jacobée et se redressa.

« C'est assez fin ? » demanda-t-elle.

Croc Jaune examina son travail.

« Excellent », répondit-elle.

Les yeux de la jeune chatte brillèrent de joie. Cœur de Feu regarda la guérisseuse avec admiration. Elle seule savait donner à sa cadette le sentiment d'être utile.

« Maintenant, les baies de genièvre. Voyons... trois devraient suffire. Tu sais où je les range ?

— Oui ! »

Malgré son infirmité, Nuage Cendré se dirigea vers le rocher fendu d'un pas bondissant, la queue haute. À l'entrée du gîte, elle se retourna.

« Merci pour l'écureuil ! » lança-t-elle à son ancien mentor, puis elle disparut à l'intérieur.

Croc Jaune la regardait d'un air approbateur et poussa un ronronnement rauque.

« Voilà une petite qui a la tête sur les épaules ! », murmura-t-elle.

Le guerrier acquiesça. Il aurait aimé pouvoir en dire autant de son neveu.

« Je vais aller parler à Petit Nuage », soupira-t-il.

Démoralisé, il toucha le flanc de la guérisseuse du bout du museau avant de s'éloigner.

Comme le chaton n'était pas à la pouponnière, il essaya la tanière des anciens. À l'entrée, il entendit la voix de Demi-Queue :

« Alors, le chef du Clan du Tigre suivit le renard une nuit et une journée entières, et le lendemain soir... Bonsoir, Cœur de Feu. Tu es venu écouter mon histoire ? »

Le chasseur observa la scène. Roulé en boule sur sa litière, le vieux matou était entouré de Pomme de Pin et Plume Cendrée. Allongé contre le flanc du conteur, Petit Nuage le regardait avec des yeux émerveillés. Il rêvait sans doute de grands félins rayés de noir aux muscles puissants. Quelques morceaux de viande traînaient sur le sol du repaire et, à l'odeur, on devinait sans mal que les trois doyens l'avaient laissé partager leur repas.

« Non merci, Demi-Queue, répliqua le chat roux. Je ne peux pas rester. Il faut que je parle au petit. D'après notre guérisseuse, il a mis de la mousse humide sur vos litières. »

Plume Cendrée poussa un grognement méprisant :

« Quelle idée !

— Croc Jaune ne devrait pas écouter Petite Oreille, maugréa Pomme de Pin. Si les guerriers du Clan des Étoiles en personne descendaient de la Toison Argentée pour lui faire sa litière, il se plaindrait encore. »

Cœur de Feu agita les oreilles, gêné. Il ne s'attendait pas à voir les anciens défendre le jeune coupable.

« Alors, Petit Nuage, c'est vrai, oui ou non ? demanda-t-il, le regard noir.

— J'ai essayé de bien faire, répondit son neveu d'un air désolé.

— Il est encore jeune, fit remarquer Plume Cendrée.

— Peut-être, mais... » Il se dandina d'une patte sur l'autre. « Petite Oreille a mal aux articulations.

— Ça fait des lunes et des lunes qu'elles le font souffrir, rétorqua Demi-Queue. Il s'en plaignait déjà bien avant la naissance de ce chaton. Ne te mêle pas de cette affaire.

— Désolé, marmotta le chasseur. Je m'en vais. À partir de maintenant, fini la mousse humide, Petit Nuage. D'accord ? »

À peine sorti de l'antre, il entendit le chaton déclarer :

« Continue, Demi-Queue. Qu'a fait le chef du Clan du Tigre, ensuite ? »

Le rouquin retrouva l'air frais de la clairière avec soulagement. Libre de se restaurer, à présent que les anciens avaient leur part, Cœur de Feu s'approchait de la réserve quand il remarqua Plume Brisée étendu devant sa tanière. Allongé à côté de lui, Griffe de Tigre faisait sa toilette comme on s'occupe d'un vieil ami.

Ému, le rouquin tomba en arrêt devant ce spectacle. Leur lieutenant était donc capable de clémence ? Il entendait résonner la voix grave du vétéran. L'air bien plus détendu que d'habitude, le chef déchu lui répondit quelques mots indistincts, comme s'il était touché par la sympathie de Griffe de Tigre.

173

Soudain, les doutes de Cœur de Feu revinrent le hanter : le grand guerrier pouvait-il vraiment être un traître ? C'était un combattant féroce et courageux, qui remplissait ses fonctions avec assurance. Pourtant, jusqu'à ce jour, jamais le chat roux n'avait vu chez lui la moindre trace de compassion...

Il s'ébroua. Peut-être Étoile Bleue avait-elle raison. Peut-être le vétéran était-il innocent du meurtre de Plume Rousse. Peut-être l'accident de Nuage Cendré n'était-il que le fruit du hasard. *Et si j'avais tort depuis le début ?* songea-t-il. *Et si Griffe de Tigre n'était qu'un chasseur loyal et efficace ?*

Mais il ne parvenait pas à y croire. Las, rompu, il se dirigea vers le tas de gibier ; il aurait donné n'importe quoi pour être délivré du fardeau de son secret.

CHAPITRE 16

❧

Cœur de Feu quitta le gîte des apprentis, sortit de sous les fougères et s'étira. Le soleil venait de se lever. Le ciel turquoise promettait un temps magnifique après des jours entiers de pluie.

Partager la tanière des novices était sans doute l'aspect le plus dégradant de sa punition. Chaque fois qu'il y entrait, Nuage d'Épines et Nuage Blanc ouvraient de grands yeux incrédules. Nuage Agile – sans doute encouragé par son mentor, Longue Plume – poussait des grognements de mépris. Quant à Nuage de Fougère, il dissimulait mal son embarras. Difficile de se détendre dans ces conditions. Le sommeil de Cœur de Feu était d'ailleurs troublé par un rêve récurrent : Petite Feuille bondissait vers lui en hurlant un avertissement dont il ne se souvenait jamais au réveil.

Il étouffa un bâillement et s'allongea pour se débarbouiller. Plume Grise dormait encore. Bientôt, il faudrait le réveiller et trouver un guerrier pour les accompagner à la chasse.

Au milieu de sa toilette, il aperçut leur chef et Griffe de Tigre en grande conversation au pied du Promontoire. De quoi pouvaient-ils bien parler ?

Soudain, Étoile Bleue l'appela d'un mouvement de queue. Il se releva d'un bond et s'approcha au trot.

« Cœur de Feu ! lui lança-t-elle. Nous pensons que ta punition a assez duré. Plume Grise et toi, vous pouvez redevenir de vrais chasseurs. »

Un immense soulagement l'envahit.

« Merci, Étoile Bleue !

— J'espère que tu as retenu la leçon, maugréa le grand mâle.

— Notre lieutenant emmène une patrouille aux Quatre Chênes, reprit-elle sans laisser au chat roux le temps de répondre. Dans deux jours, la lune sera pleine : il faut que nous sachions si nous pourrons nous rendre à l'Assemblée. Cœur de Feu peut-il se joindre à vous, Griffe de Tigre ? »

L'expression du vétéran était difficile à déchiffrer. Malgré son habituel air renfrogné, il cachait mal sa satisfaction, comme s'il jubilait en secret de pouvoir martyriser son ennemi juré. Ravi de se voir confier de nouveau une mission digne d'un chasseur, le jeune matou s'en moquait.

« D'accord, répondit le grand félin. Mais à la première incartade, il devra s'expliquer. Je vais chercher un autre chat pour nous accompagner. »

Le soleil allumait des reflets dans sa robe sombre. Il se redressa, traversa la clairière et disparut dans la tanière des guerriers.

« Cette Assemblée sera cruciale, murmura Étoile Bleue. Elle nous permettra de savoir si les autres tribus ont souffert de la crue. Nous devons absolument nous y rendre.

— Nous trouverons un moyen de passer », dit-il.

Mais son assurance fut de courte durée : un instant plus tard, il vit leur lieutenant ressortir du gîte, suivi de Longue Plume. Il patrouillerait en compagnie de ses deux pires ennemis.

Le chat roux n'en menait pas large. Une terrible vision l'assaillit : et si les deux guerriers se retournaient contre lui pour le tuer sans témoins, au plus profond de la forêt ? Il se secoua. Il jouait à se faire peur, tel un chaton fasciné par les contes des anciens. Griffe de Tigre abuserait sans doute de son autorité sous le regard complaisant de Longue Plume, mais Cœur de Feu n'avait pas peur d'eux. Il leur montrerait qu'il était leur égal !

Il salua Étoile Bleue avec déférence et suivit les matous hors du camp.

Le soleil montait dans un ciel bleu profond. De part et d'autre du sentier, les fougères déposaient des gouttes de rosée sur la fourrure du jeune guerrier. Les oiseaux gazouillaient sur les branches chargées de bourgeons à peine éclos. La saison des feuilles nouvelles était enfin là.

Sans cesse distrait par des mouvements dans les broussailles, il voyait partout les traces du gibier. Leur lieutenant finit par les laisser chasser un peu. D'excellente humeur, il félicita même Cœur de Feu pour la capture d'un campagnol particulièrement leste. Quant à Longue Plume, il gardait ses commentaires désagréables pour lui-même.

Ils finirent par se remettre en route, l'estomac plein. Les soupçons du félin roux s'étaient envolés. Par une si belle journée, comment ne pas déborder d'optimisme ?

La dernière pente gravie, ils trouvèrent le ruisseau qui traversait le territoire du Clan du Tonnerre et les séparait des Quatre Chênes. Griffe de Tigre poussa un énorme soupir, Longue Plume, un miaulement de consternation.

Cœur de Feu partageait leur exaspération. D'habitude, on pouvait passer sans difficulté en sautant de rocher en rocher, sans même se mouiller les pattes. Mais le cours d'eau était sorti de son lit : franchir ce torrent impétueux serait une autre affaire.

« Ça vous dit, une petite trempette ? grommela Longue Plume. Moi non. »

Sans un mot, le vétéran longea la rive vers l'amont, en direction du Chemin du Tonnerre. Le terrain montait en pente douce et, bientôt, le jeune guerrier vit des herbes et des fougères pointer à la surface, au bord du ruisseau gonflé.

« Le niveau a baissé depuis le dernier rapport de Tornade Blanche, déclara Griffe de Tigre. On va essayer de traverser ici. »

Même si l'eau semblait encore profonde, Cœur de Feu garda ses doutes pour lui. À la première remarque, il se ferait traiter de chat domestique. Il se contenta donc de suivre leur lieutenant dans le courant sans protester. Longue Plume agita les oreilles avec nervosité avant de les imiter.

Aussitôt, une eau glacée se mit à clapoter contre les pattes du chat roux. Il progressait en zigzag, d'une touffe d'herbe à l'autre, vers la rive opposée. Les gouttes soulevées sur son passage scintillaient au soleil. Une grenouille faillit le faire trébucher, mais il parvint à retrouver son équilibre en plantant ses griffes dans le sol détrempé.

Le courant se colorait de brun là où ils avaient remué la boue du fond. Aucun des rochers du gué n'affleurait à la surface : la distance était bien trop grande pour être franchie d'un bond. *J'espère que Griffe de Tigre ne va pas nous demander de nager*, songea Cœur de Feu, grimaçant.

Campé en amont au bord du ruisseau, avec Longue Plume, Griffe de Tigre l'appela :

« Viens voir ! »

Il pataugea pour les rejoindre. Devant eux, une branche était coincée entre les deux berges, en travers du courant.

« C'est parfait ! annonça leur lieutenant d'un air satisfait. Vérifie qu'on peut passer sans risque, Cœur de Feu. »

Le rouquin regarda la frêle passerelle sans enthousiasme. Bien plus fine que le tronc qui servait de pont au-dessus de la rivière, elle frémissait comme si le courant s'apprêtait à l'emporter.

Avec un autre vétéran, ou même Étoile Bleue, il aurait formulé des objections avant de risquer une telle traversée. Mais on ne discutait pas les ordres de Griffe de Tigre.

« Tu as peur, chat domestique ? » s'esclaffa Longue Plume.

Déterminé à ne pas montrer la moindre crainte, Cœur de Feu serra les mâchoires et s'engagea sur la branche.

Aussitôt, elle ploya sous son poids. Il dut s'y agripper de toutes ses forces pour retrouver son équilibre. Les flots bruns défilaient juste sous ses pattes. L'espace d'un instant, il crut qu'il allait tomber.

Une fois remis d'aplomb, il avança avec précaution, une patte après l'autre. La passerelle oscillait, les feuilles entravaient sa progression. *Impossible de se rendre à l'Assemblée par là*, songea-t-il.

Petit à petit, il approchait du milieu du cours d'eau, où le courant forcissait. Difficile de continuer sur le pont improvisé : la branche était de plus en plus fine. Il s'arrêta, mesura du regard la distance qui le séparait de la rive : était-il assez près pour sauter ?

Un cahot le secoua. D'instinct, il enfonça ses griffes dans le bois. Il entendit Griffe de Tigre crier :

« Recule, Cœur de Feu ! »

Une nouvelle secousse, et la branche fut délogée, emportée par les eaux tumultueuses. Il glissa sur le côté. Avant que les vagues ne le submergent, il lui sembla entendre le vétéran pousser un hurlement.

CHAPITRE 17

MALGRÉ SA CHUTE, Cœur de Feu parvint à s'agripper à la branche. Les rameaux le giflaient, écorchaient son museau. Au-dessus de sa tête, les bulles échappées de sa gueule s'élevaient parmi les eaux noires. Un instant, il réussit à remonter à la surface, mais son maigre radeau pivota et le replongea sous l'eau sans lui laisser le temps de reprendre sa respiration.

Un calme étrange l'envahit, dans un temps suspendu. Lâcher prise, c'était se condamner à mort : il serait incapable de se maintenir à flot dans les tourbillons du courant. Il ne pouvait qu'attendre et espérer. *À la grâce du Clan des Étoiles !* pria-t-il, à bout de forces.

Alors qu'il allait perdre connaissance, le bout de bois roula sur le côté et le ramena à l'air libre. Il s'y cramponna, toussant et crachant, perdu au milieu d'une écume bouillonnante. Il ne voyait plus la rive. Sa fourrure trempée et ses membres engourdis l'empêchaient de se hausser pour regarder autour de lui. Combien de temps parviendrait-il à tenir ?

Il était sur le point de renoncer, quand la branche butta contre un obstacle. Elle vibra si violemment qu'il faillit la lâcher. Il résista avec l'énergie du désespoir, entendit crier son nom. Cœur de Feu tourna la tête : l'extrémité du radeau était coincée par un rocher qui s'avançait au milieu du torrent.

Couché contre la pierre, Longue Plume se penchait vers lui.

« Du nerf, chat domestique ! » s'écria-t-il.

Rassemblant ses dernières forces, le félin roux se traîna vers le guerrier. Des feuilles lui fouettaient le museau. Il sentit soudain la branche se cabrer et se jeta vers la terre ferme. Ses griffes éraflèrent la surface rocheuse, il agita les pattes arrière comme un fou. Le bout de bois filait déjà dans le courant.

L'espace d'un instant, il crut qu'il allait être emporté à son tour. Impossible de trouver une prise sur la paroi lisse. Mais Longue Plume se précipita en avant : Cœur de Feu sentit des dents se refermer sur la peau de son cou. Il parvint ainsi à se hisser sur le rocher et s'affala au sommet. Le corps parcouru de frissons, il recracha plusieurs gorgées d'eau avant de pouvoir relever la tête.

« Merci, Longue Plume », hoqueta-t-il.

Le guerrier posa sur lui un regard indéchiffrable. « De rien. »

Griffe de Tigre les rejoignit alors.

« Ça va ? demanda-t-il. Tu peux marcher ? »

Les pattes tremblantes, son cadet se redressa et s'ébroua. L'eau ruisselait de sa fourrure.

« Ça ira », bredouilla-t-il.

Leur lieutenant recula pour éviter les gouttes.

« Fais un peu attention ! On est déjà assez trempés comme ça. »

Il s'approcha pour renifler Cœur de Feu.

« Il est temps de rentrer, annonça-t-il. Impossible de franchir ce torrent. Tes acrobaties l'auront au moins prouvé. »

Le pauvre animal acquiesça et s'enfonça dans la forêt sans ajouter un mot. Frigorifié, plus épuisé que jamais, il aurait donné n'importe quoi pour pouvoir se rouler en boule sur-le-champ et s'endormir au soleil.

Pourtant, d'affreux soupçons le tenaient éveillé. Griffe de Tigre l'avait envoyé au-devant du danger sans le moindre scrupule. Qui sait, peut-être ce traître avait-il lui-même poussé la branche dans le courant ?

Pas devant Longue Plume, se dit le jeune combattant. Après tout, le matou rayé lui avait sauvé la vie. En dépit de leur rivalité, il s'était strictement conformé au code du guerrier.

Le chat roux jeta un coup d'œil à leur lieutenant, qui lui décocha un regard de haine non dissimulée. À cet instant, Cœur de Feu comprit que son ennemi juré avait bien essayé de le tuer. Sans succès, cette fois. Mais la suivante ? L'esprit fatigué, Cœur de Feu se refusa à envisager l'évidence : à sa prochaine tentative, Griffe de Tigre ferait en sorte de ne pas échouer.

À leur arrivée au camp, le soleil avait déjà séché la fourrure du rescapé. Épuisé, il arrivait à peine à mettre une patte devant l'autre.

Tempête de Sable, qui se prélassait devant la tanière des guerriers, se leva aussitôt qu'elle l'aperçut et s'approcha de lui au trot.

« Cœur de Feu ! s'exclama-t-elle. Tu as une de ces mines ! Que s'est-il passé ?

— Oh ! rien, marmonna-t-il. J'ai...

— Il a pris un petit bain, intervint Griffe de Tigre. Venez, nous devons faire notre rapport. »

Il s'éloigna vers le Promontoire, Longue Plume sur les talons. Soutenu par Tempête de Sable, le jeune matou les suivit d'un pas chancelant.

« Alors ? leur demanda Étoile Bleue quand ils s'arrêtèrent devant elle. Vous avez pu traverser le ruisseau ? »

Le vétéran lui fit signe que non.

« Impossible. Le niveau de l'eau est encore trop élevé.

— Pourtant, toutes les tribus doivent participer à l'Assemblée. Le Clan des Étoiles sera furieux si nous ne trouvons pas un passage. Explique-moi où vous êtes allés, Griffe de Tigre. »

Leur lieutenant entreprit de décrire les événements de la matinée en détail, sans oublier la tentative manquée de Cœur de Feu.

« Un numéro de voltige courageux mais imprudent, grommela-t-il. J'ai bien cru qu'il allait le payer de sa vie. »

Tempête de Sable se tourna vers son ami, admirative. Quelle ironie ! Le chat roux savait, comme Griffe de Tigre, qu'il n'avait pas eu le choix.

« Fais attention, à l'avenir ! le tança leur chef. Tu ferais mieux d'aller voir Croc Jaune, tu risques d'attraper un rhume.

— Ça va, lui répondit-il. Il me faut juste un peu de sommeil.

— C'est un ordre. »

Cœur de Feu étouffa un bâillement avant de s'incliner.

« Compris, Étoile Bleue.

— Viens dans notre antre, ensuite, souffla Tempête de Sable après un bon coup de langue. J'irai te chercher du gibier. »

Il la remercia et se dirigea clopin-clopant vers le repaire de la guérisseuse. La petite clairière paraissait déserte, mais quand il appela Croc Jaune, la vieille chatte passa la tête à l'entrée de son gîte.

« Cœur de Feu ? Par le Clan des Étoiles, on dirait un lapin éclopé ! Que t'est-il arrivé ? »

Elle s'avança à sa rencontre, suivie de Nuage Cendré qui regardait son ancien mentor, les yeux écarquillés.

« Bon, reprit la guérisseuse. Tu es solide, et tu n'as sans doute pas attrapé de rhume, mais on va s'en assurer. Nuage Cendré, quels sont les risques quand un chat est tombé dans l'eau ? »

La jeune chatte se redressa, la queue enroulée autour des pattes. Les yeux fixés sur son professeur, elle récita :

« Respiration difficile, vomissements, sangsues dans sa fourrure.

— Parfait. Vas-y. »

Nuage Cendré renifla le rouquin avec soin, des moustaches au bout de la queue, sans oublier de passer la patte dans son pelage.

« Tu respires sans problème ? lui demanda-t-elle avec douceur. Tu n'as pas mal au cœur ?

— Non, tout va bien. J'ai juste envie de dormir une lune entière.

— Je crois qu'il n'a rien, Croc Jaune », conclut-elle.

Elle pressa sa joue contre celle du chasseur et lui donna deux ou trois bons coups de langue avant d'ajouter :

« Et à l'avenir, évite les bains improvisés, d'accord ?

— Très bien, approuva son aînée. Tu peux aller dormir, maintenant, Cœur de Feu. »

Surprise, Nuage Cendré agita les oreilles.

« Tu ne l'examines pas ? Et si j'avais négligé un détail ?

— Inutile. Je te fais confiance. »

La vieille reine s'étira, le dos rond.

« Bon, reprit-elle. Il faut que je te parle depuis un moment, déjà. Les imbéciles, ici, ce n'est pas ce qui manque. Toi, tu as la tête sur les épaules. Tu as appris très vite, et tu sais y faire avec les malades.

— Merci, Croc Jaune ! s'écria Nuage Cendré, ébahie par le compliment.

— Je n'ai pas terminé. Je ne rajeunis pas, et il est temps que je pense à transmettre mon savoir. Que dirais-tu de devenir mon apprentie ? »

Les yeux de la jeune chatte se mirent à briller. Elle se releva d'un bond, enchantée.

« Tu penses vraiment ce que tu dis ? chuchota-t-elle.

— Bien sûr. Je ne parle pas à la légère, moi, contrairement à certains.

— Alors j'accepte, murmura Nuage Cendré, pleine de dignité. Rien au monde ne me ferait plus plaisir ! »

La joie fit battre plus vite le cœur du félin roux. Il s'était tant inquiété pour son élève ! Et voilà que Croc Jaune avait trouvé la solution parfaite. Le matou n'aurait jamais cru revoir un tel bonheur sur le visage de la novice.

Il retourna à la tanière des guerriers d'un pas plus léger et se coucha après avoir partagé un peu de gibier avec Tempête de Sable. À son réveil, les rayons du soleil couchant baignaient le gîte d'une lueur écarlate.

Plume Grise le secouait.

« Réveille-toi ! Étoile Bleue a convoqué une assemblée. »

Sitôt sorti du repaire, Cœur de Feu trouva leur meneuse déjà installée au sommet du Promontoire. Croc Jaune était assise à côté d'elle : quand tous furent réunis, c'est la guérisseuse qui prit la parole.

« Chats du Clan du Tonnerre ! lança-t-elle d'une voix rauque. J'ai une nouvelle à vous annoncer. Comme vous le savez, je ne suis plus très jeune. Il est temps pour moi de penser à ma succession. J'ai choisi le seul animal dont je supporte la compagnie et qui tolère la mienne. » Elle étouffa un petit rire. « Mon apprentie sera Nuage Cendré. »

Un concert de voix réjouies s'éleva. La jeune chatte grise se tenait au pied du rocher, le regard brillant, la fourrure bien lissée. Timide, elle se contenta de baisser les yeux. Leur chef dut élever la voix pour se faire entendre malgré le vacarme.

« Nuage Cendré ! Acceptes-tu de devenir l'élève de Croc Jaune ?

— Oui, Étoile Bleue.

— Alors, quand la moitié du cycle de la lune se

sera écoulée, tu devras te rendre à la Grotte de la Vie pour être présentée au Clan des Étoiles en présence des autres guérisseurs. Nos pensées t'accompagneront. »

Croc Jaune descendit du Promontoire et s'en vint effleurer le nez de son amie. Le reste du Clan se réunit autour de la nouvelle apprentie. Cœur de Feu vit Nuage de Fougère câliner sa sœur, les yeux brillant de fierté. Griffe de Tigre lui-même s'approcha pour lui murmurer quelques mots. Cette nomination semblait en réjouir plus d'un.

Si seulement la solution à mes problèmes était aussi simple ! songea-t-il avant d'aller se fondre dans la foule admirative.

CHAPITRE 18

❦

LE SOLEIL SE COUCHAIT pour la troisième fois
depuis que Cœur de Feu avait échappé à la noyade.
Le jeune guerrier faisait sa toilette devant sa tanière
à grands coups de langue. Une odeur de boue lui
collait encore à la peau. Il s'attaquait à son échine
quand il entendit quelqu'un approcher. Griffe de
Tigre vint se planter devant lui.

« Étoile Bleue t'a désigné pour aller à l'Assemblée, grommela leur lieutenant. Rendez-vous devant
son antre. Amène Tempête de Sable et Plume Grise
avec toi. »

Le vétéran s'éloigna sans lui laisser le temps de
répondre. Le rouquin se releva et s'étira. Il jeta un
coup d'œil alentour avant de rejoindre ses deux
amis, qui dévoraient leur repas près du bouquet
d'orties.

« Étoile Bleue nous envoie à l'Assemblée », leur
annonça-t-il.

Son merle terminé, Tempête de Sable se léchait
les babines.

« Mais par où va-t-on passer ? s'inquiéta-t-elle. Le
ruisseau est infranchissable, non ?

— Elle pense que le Clan des Étoiles serait furieux

de nous voir renoncer si facilement. Elle veut nous parler : elle a peut-être un plan...

— J'espère qu'elle ne nous demandera pas de piquer une tête », marmonna Plume Grise qui finissait un campagnol.

Malgré ces paroles, ses yeux pétillaient. Et il se dépêcha d'avaler les derniers morceaux de viande avant de se redresser d'un bond. Cœur de Feu savait qu'il mourait d'impatience de retrouver sa compagne. Les deux amoureux avaient-ils réussi à se voir depuis qu'on leur avait interdit d'approvisionner le Clan de la Rivière ?

Le chat roux pensa aux petits de Plume Grise : comment allait-il supporter de les voir grandir dans une autre tribu ? Rivière d'Argent pourrait-elle seulement leur avouer la véritable identité de leur père ?

Cœur de Feu tenta de faire taire ses questionnements lancinants et se dirigea avec les autres vers le Promontoire. Étoile Bleue était assise devant son repaire en compagnie de Tornade Blanche, Poil de Souris et Fleur de Saule. Un instant plus tard, Griffe de Tigre et Éclair Noir les rejoignaient.

« Comme vous le savez, c'est la pleine lune, déclara leur chef quand ils furent tous réunis. Nous aurons du mal à gagner les Quatre Chênes, mais nous devons essayer, par respect pour le Clan des Étoiles. Voilà pourquoi, ce soir, je n'ai choisi que des guerriers : le voyage serait trop dur pour les anciens, les apprentis ou les reines prêtes à mettre bas. Éclair Noir, tu as emmené une patrouille examiner le torrent, ce matin. Qu'as-tu constaté ?

— Le niveau de l'eau n'a pas suffisamment

baissé. On est remontés jusqu'au Chemin du Tonnerre sans trouver le moyen de passer.

— Le ruisseau est plus étroit en amont, fit remarquer Fleur de Saule. On pourrait peut-être sauter par-dessus ?

— Seulement s'il te pousse des ailes, répondit l'éclaireur.

— C'est pourtant notre meilleure chance », insista Tornade Blanche.

Étoile Bleue acquiesça.

« Nous allons commencer par là. Peut-être le Clan des Étoiles nous montrera-t-il chemin. »

Elle se redressa et prit la tête de l'expédition.

Dans le crépuscule, les arbres n'étaient plus qu'une légion de silhouettes indistinctes. Au loin, un hibou ululait. Des proies sans doute faciles agitaient les broussailles, mais le moment n'était pas à la chasse. La reine grise les mena droit vers l'endroit où le cours d'eau s'engouffrait sous le Chemin du Tonnerre. Là, une large mare s'était formée à l'entrée du tunnel qu'empruntait d'habitude le ruisselet. La crue recouvrait même la chaussée. Les chats regardèrent passer un monstre à petite vitesse ; ses pattes rondes soulevèrent une grosse vague.

Quand la bête eut disparu au loin, Étoile Bleue s'approcha de l'asphalte inondé. Elle renifla l'eau, le nez froncé, et se risqua à poser une patte dans le courant.

« Le niveau est assez bas, ici, annonça-t-elle. Nous allons longer le Chemin du Tonnerre pour traverser le torrent, et suivre la frontière jusqu'aux Quatre Chênes. »

Longer le Chemin du Tonnerre ! Cœur de Feu sentit son échine se hérisser. Après ce qui était arrivé à Nuage Cendré, même marcher sur le bas-côté pouvait sembler suicidaire. Plume Grise paraissait partager cette idée.

« Et si un autre monstre surgit ? s'étrangla-t-il.

— Nous nous écarterons, répondit la reine sans se démonter. Vous avez vu à quelle vitesse avançait cette créature. Elle n'aime peut-être pas se mouiller les pattes. »

Le matou cendré n'avait pas l'air beaucoup plus rassuré, mais s'ils continuaient d'objecter, Griffe de Tigre se ferait un plaisir de les traiter de lâches. Leur chef s'avança dans l'eau.

« Attends, Étoile Bleue ! intervint Tornade Blanche. Sur l'autre rive, notre territoire descend en pente douce. J'ai peur que l'inondation ne l'ait recouvert. Les terres du Clan de l'Ombre, elles, sont en surplomb. Nous ne pourrons peut-être pas nous rendre aux Quatre Chênes sans passer par là. »

Cette remarque fut saluée par plusieurs cris de consternation. Ils venaient à peine d'affronter cette tribu. Pénétrer sur ses terres équivaudrait à une déclaration de guerre. L'angoisse tordit les tripes de Cœur de Feu.

La chatte grise s'arrêta net et se retourna.

« Peut-être, reconnut-elle. Mais nous devons courir ce risque. Il n'y a pas d'autre solution. »

Elle reprit sa progression sans laisser aux siens le temps de protester. Il ne leur restait plus qu'à la suivre. Le jeune chasseur pataugea derrière Tornade Blanche. Leur lieutenant fermait la marche afin de surveiller leurs arrières.

Au début, tout était calme, sauf lorsqu'un monstre isolé passait de l'autre côté de la chaussée en soulevant des trombes d'eau sur son passage. Mais ils finirent par entendre une bête gronder derrière eux.

« Attention ! » hurla Griffe de Tigre.

Cœur de Feu se figea, plaqué contre le muret qui bordait le Chemin du Tonnerre. D'un bond, Éclair Noir alla se blottir sur le parapet, les babines retroussées. L'espace d'un instant, la fourrure brillante de la créature se refléta dans l'eau. Elle souleva une vague nauséabonde qui trempa le chat roux jusqu'aux os.

Heureusement, elle disparut aussi vite qu'elle était venue : le guerrier poussa un soupir de soulagement.

Mais Tornade Blanche avait raison. De l'autre côté du ruisseau en crue, leurs terres étaient submergées. Ils n'avaient qu'une solution : continuer sur le bord du Chemin du Tonnerre jusqu'à ce que le terrain remonte et redevienne praticable.

Cœur de Feu quitta avec soulagement le bitume qui lui blessait les pattes. Il entrouvrit la gueule : une forte odeur, celle du Clan de l'Ombre, le prit à la gorge. Une bande de territoire ennemi les séparait encore des Quatre Chênes.

« Je n'aime pas ça ! » murmura Fleur de Saule, mal à l'aise.

Étoile Bleue fit la sourde oreille et hâta le pas. Bientôt, ils dévalaient la pente détrempée. Les arbres y étaient rares, et l'herbe rase ne leur offrait aucune protection. Le cœur du jeune chasseur battait à tout rompre : si l'ennemi les surprenait, le combat serait rude. Heureusement, les Quatre Chênes n'étaient pas loin et la chance semblait avec eux.

C'est alors qu'il vit une ombre noire se diriger en trombe vers leur chef. D'autres formes sombres apparurent bientôt, et un miaulement furieux déchira le silence.

D'abord, la chatte grise accéléra l'allure, comme pour distancer ses poursuivants, mais elle finit par s'arrêter. Ses guerriers l'imitèrent. Haletant, Cœur de Feu reconnut les félins du Clan de l'Ombre, précédés de leur meneur, Étoile Noire.

« Étoile Bleue ! feula le chat. Comment oses-tu pénétrer sur notre territoire ?

— Nous n'avions pas d'autre moyen de nous rendre aux Quatre Chênes, répondit-elle d'une voix sourde. Nos intentions sont pacifiques. Tu sais bien que la trêve dure le temps de l'Assemblée. »

Les oreilles couchées en arrière, le matou au poil charbonneux cracha de fureur.

« La trêve n'est valable qu'aux Quatre Chênes. Pas ici. »

D'instinct, le chat roux se tapit, sur la défensive. Leurs adversaires – des guerriers accompagnés d'apprentis et de quelques aînés – se rangèrent sans bruit en demi-cercle autour d'eux. Comme Étoile Noire, ils hérissaient l'échine, la queue frémissante. La lumière blafarde de la lune allumait des éclairs haineux dans leurs yeux luisants. L'affrontement s'annonçait très inégal.

« Je suis désolée, Étoile Noire, déclara la reine. Nous ne violerions jamais votre territoire sans une bonne raison. Je t'en prie, laisse-nous passer. »

Ces paroles apaisantes restèrent sans effet. Une silhouette anthracite s'avança à côté du chef ; Œil de Faucon, son lieutenant, murmura :

« Ils sont venus nous espionner. »

Griffe de Tigre fendit le groupe pour venir se planter près d'Étoile Bleue, nez à nez avec l'arrogant.

« Vous espionner ? Ridicule ! Votre camp est loin d'ici. »

Son rival retroussa les babines sur des crocs pointus.

« Tu n'as qu'un mot à dire, Étoile Noire, et nous leur donnerons une bonne leçon.

— Vous pouvez toujours essayer ! » rétorqua le guerrier au poil tigré.

Étoile Noire resta silencieux quelques instants. Cœur de Feu banda ses muscles. Un grondement monta de la gorge de Plume Grise. Poil de Souris montra les dents au combattant ennemi le plus proche d'elle, et Tempête de Sable fixa sur la patrouille un regard intrépide.

« Non, finit par grommeler Étoile Noire. Nous allons les laisser passer. Je veux qu'ils assistent à l'Assemblée. »

Soudain pris de doute, le félin roux se tourna vers son vieux complice pour chuchoter :

« Qu'entend-il par là ? »

Son ami fronça le museau.

« Je me le demande. Le Clan de l'Ombre ne s'est pas montré depuis le début de l'inondation. Qui sait ce qu'ils mijotent...

— Nous allons même vous escorter pour plus de sécurité, poursuivit Étoile Noire, mielleux. On ne voudrait pas qu'une souris un peu trop hargneuse vous mette en déroute... »

Un murmure approbateur monta des rangs de la patrouille. Le matou noir se rangea à côté d'Étoile Bleue, lui fit un petit signe de la queue et la troupe entière se mit en route. Les guerriers ennemis les encadraient étroitement.

Pas de doute : Cœur de Feu et ses compagnons étaient bel et bien pris au piège.

Lorsqu'ils arrivèrent à la clairière des Quatre Chênes, la lune était à son zénith. Les deux autres délégations allaient et venaient dans la lumière blafarde. Tous se tournèrent avec curiosité vers les nouveaux arrivants. Cœur de Feu comprit que son Clan devait sembler prisonnier. Il se redressa avec fierté : il ne laisserait personne croire une chose pareille.

À son grand soulagement, sitôt qu'ils furent parvenus au pied de la pente, les bêtes du Clan de l'Ombre se fondirent dans la foule. Étoile Bleue et Griffe de Tigre se dirigèrent droit vers le Grand Rocher. Plume Grise s'était déjà éclipsé pour rejoindre Rivière d'Argent, assise sous un chêne en compagnie d'autres reines. Espérant un tête-à-tête, il rôdait autour d'elle d'un air renfrogné.

Cœur de Feu étouffa un soupir. Son ami se montrait bien trop imprudent...

« Qu'y a-t-il ? Tu as l'air préoccupé. »

La question de Poil de Souris le fit sursauter. Il la fixa, pris de court, forcé d'improviser.

« Je... Je réfléchissais aux paroles d'Étoile Noire. Pourquoi tient-il tant à notre présence ici ?

— Une chose est sûre : ses motifs n'ont rien d'honorable », fit remarquer Tempête de Sable, qui s'était approchée avec Fleur de Saule. Elle se lécha une patte pour se la passer sur l'oreille. « De toute façon, nous n'allons pas tarder à le savoir.

— Les ennuis arrivent, je le sens ! » lança sa camarade avant de s'éloigner vers un groupe de chattes.

Toujours mal à l'aise, Cœur de Feu se mit à faire les cent pas sous les chênes. Il écoutait d'une oreille distraite les conversations : la plupart des félins s'échangeaient des potins. Rien sur les machinations du Clan de l'Ombre. Il remarqua cependant que les guerriers d'Étoile Noire le dévisageaient toujours avec hostilité. Il en vit même un ou deux regarder vers le Grand Rocher, comme impatients de voir la réunion commencer.

Quand un miaulement finit par s'élever du sommet de la pierre, les murmures s'éteignirent. Le jeune chasseur se trouva une place à l'orée de la clairière. De là, il voyait parfaitement les quatre silhouettes des chefs de tribu se détacher sur le ciel étoilé.

Tempête de Sable s'étendit à ses côtés, les pattes ramenées sous elle.

« Nous y voilà », chuchota-t-elle, fébrile.

Étoile Noire s'avança avec raideur, incapable de dissimuler sa colère.

« Écoutez-moi ! Écoutez et rappelez-vous ! Jusqu'à la dernière saison des feuilles nouvelles, Étoile Brisée était notre meneur. Il... »

Étoile Filante, du Clan du Vent, fit un pas en avant.

« Pourquoi prononces-tu le nom de ce tyran ? »
maugréa-t-il.

Ses yeux jetaient des éclairs : jamais il n'oublie-
rait qu'Étoile Brisée avait osé chasser les siens des
hauts plateaux.

« Un tyran, ça oui ! reprit le chat ébène. Tu le
sais mieux que personne, Étoile Filante. Petits
enlevés, apprentis envoyés au combat avant l'âge de
six lunes, il ne reculait devant rien ! Nous avons
fini par devoir le bannir. Et où est-il maintenant ?
L'a-t-on abandonné dans les bois, l'a-t-on envoyé
chez les Bipèdes fouiller les ordures pour survivre ?
Non ! Des chats l'ont recueilli. Des chats qui sont
parmi nous ce soir. Ces traîtres ont bafoué le code
du guerrier ! »

Cœur de Feu et Tempête de Sable échangèrent
un regard gêné. Le félin savait ce qui allait suivre
et, à en juger par l'expression troublée de son amie,
il n'était pas le seul.

« C'est le Clan du Tonnerre ! hurla le chef
ennemi. Le Clan du Tonnerre a donné asile à Étoile
Brisée ! »

CHAPITRE 19

❧

DES CRIS DE CONSTERNATION et de fureur accueillirent la révélation. Cœur de Feu aurait voulu rentrer sous terre. Il dut serrer les dents pour ne pas reculer d'un pas. Il sentit la chaleur réconfortante de Tempête de Sable, qui se pressait contre lui, effarée.

Au sommet du Grand Rocher, le chef du Clan du Vent se tourna vers Étoile Bleue.

« Est-ce vrai ? » tonna-t-il.

La chatte ne répondit pas sur-le-champ. Très digne, elle vint se planter devant Étoile Noire. Le clair de lune nimbait sa fourrure d'argent : elle ressemblait à une guerrière du Clan des Étoiles, descendue de la Toison Argentée pour les rejoindre. Elle attendit que les murmures s'apaisent.

« Comment le sais-tu ? demanda-t-elle à son adversaire. Vous espionnez notre camp ?

— Espionner ? tonna-t-il. Pas besoin d'espions quand vos apprentis bavardent sans retenue. Mes chasseurs ont entendu la nouvelle à la dernière Assemblée. Oseras-tu prétendre que c'est faux ? »

Mais oui ! Cœur de Feu avait vu Nuage Agile en compagnie des novices du Clan de l'Ombre, ce soir-là. Il comprenait maintenant l'air piteux du jeune animal : il venait de trahir la consigne de silence imposée par Étoile Bleue !

La reine hésita. Le chat roux ne pouvait que la plaindre. Beaucoup des leurs avaient critiqué sa décision de recueillir Plume Brisée. Comment allait-elle se défendre devant les autres tribus ?

Étoile Filante se tapit devant elle, les oreilles couchées en arrière.

« Est-ce vrai ? » répéta-t-il.

Elle demeura silencieuse un instant avant de se redresser d'un air de défi.

« Oui, c'est vrai.

— Traîtresse ! rugit-il. Tu sais ce qu'Étoile Brisée nous a fait ! »

De sa place, Cœur de Feu vit la chatte tressaillir. Les muscles tendus à craquer, elle luttait pour rester calme.

« Personne n'a le droit de m'accuser de traîtrise ! fulmina-t-elle.

— Moi si ! Tu as enfreint le code du guerrier en donnant asile à ce... dégénéré ! »

Partout dans la clairière, les membres du Clan du Vent se levèrent d'un bond pour soutenir leur chef au cri de :

« Traîtresse ! Traîtresse ! »

Au pied du Grand Rocher, Griffe de Tigre et Patte Folle, le lieutenant d'Étoile Filante, se défiaient du regard, l'échine hérissée et les babines retroussées.

Le félin roux se redressa lui aussi, tous les sens en alerte. Il vit Fleur de Saule cracher à la figure des reines ennemies dont elle léchait la fourrure quelques instants plus tôt. Quand deux combattants du Clan de l'Ombre s'approchèrent d'Éclair Noir, l'air menaçant, Poil de Souris alla se camper à ses côtés.

« Arrêtez ! s'exclama Étoile Bleue. Comment osez-vous briser la trêve sacrée ? Vous risquez d'attirer sur nous la colère du Clan de nos ancêtres ! »

Aussitôt, la lumière commença à décliner. La foule se figea. Cœur de Feu leva les yeux : un nuage voilait la lune. Il frissonna. Était-ce un avertissement du Clan des Étoiles destiné aux tribus qui s'apprêtaient à transgresser leurs lois ? Par le passé, le ciel s'était déjà assombri une fois : ce soir-là, ce sinistre présage avait mit fin à l'Assemblée.

Mais le nuage s'éloigna et l'astre retrouva son éclat. La crise était passée. La plupart des chats se rassirent sans cesser de se foudroyer du regard. Interposé entre Patte Folle et Griffe de Tigre, Tornade Blanche chuchotait des mots apaisants à l'oreille de son lieutenant.

Sur le Grand Rocher, Étoile Balafrée vint s'installer à côté de la chatte grise. Il semblait très calme. Sans doute parce que le Clan de la Rivière avait moins de griefs contre le tyran déchu que les autres tribus.

« Étoile Bleue ! lança-t-il. Explique-nous tes raisons.

— Plume Brisée est aveugle, répliqua-t-elle d'une voix forte. C'est un vieux chasseur vaincu, il ne représente plus aucun danger ! Vous le laisseriez mourir de faim dans la forêt ?

— Oui ! s'écria Étoile Noire avec force. Pour lui, la mort n'est pas un châtiment assez cruel ! »

Il crachait, écumant de rage. Il s'approcha d'Étoile Filante, l'air mauvais, et grommela :

« Tu pardonnerais au chat qui vous a chassés de chez vous ? »

Cœur de Feu se demanda pourquoi l'animal tenait tant à raviver la colère de son allié. Il était le chef du Clan de l'Ombre, désormais. Qu'avait-il à craindre d'un prisonnier aveugle ?

L'autre matou recula, surpris par cette véhémence.

« Bien sûr que non ! Jamais ! rétorqua-t-il.

— Eh bien, tu as tort, intervint Étoile Bleue. Le code du guerrier nous enseigne la compassion. Étoile Filante, as-tu oublié ce que nous avons fait pour vous après votre exil ? Nous vous avons retrouvés et ramenés chez vous. Ensuite, nous nous sommes battus à vos côtés contre le Clan de la Rivière. Avez-vous oublié votre dette envers nous ? »

Au lieu d'apaiser l'animal, ces paroles ne firent qu'attiser sa rage. Il s'approcha d'elle, le poil hérissé.

« Vous prétendez être nos maîtres ? lâcha-t-il. C'est pourquoi vous nous avez fait revenir, pour que nous acceptions vos décisions sans protester ? Vous croyez peut-être que le Clan du Vent n'a aucune fierté ? »

Devant une telle fureur, la chatte concéda :

« Tu as raison. Aucune tribu n'a de maître. Ce n'est pas ce que je voulais dire. Mais si tu n'as pas oublié le temps où vous étiez faibles, montre un peu de compassion aujourd'hui. Si nous envoyons Plume Brisée mourir dans la forêt, nous ne valons pas mieux que lui.

— "Un peu de compassion" ? s'étrangla Étoile

Noire. Assez de boniments ! Quelle compassion Étoile Brisée nous a-t-il jamais montrée ? » Des cris d'approbation saluèrent ces paroles. « Tu dois le chasser de ton camp, Étoile Bleue, sinon... »

Les yeux de la meneuse se réduisirent à deux fentes.

« Je n'ai pas d'ordres à recevoir de toi ! Ni de quiconque.

— Écoute-moi bien ! jeta-t-il. Si tu persistes à protéger Étoile Brisée, tu le regretteras. Nous y veillerons.

— Nous aussi ! » renchérit Étoile Filante.

La reine grise garda le silence un moment. Il n'y avait rien de plus dangereux que de risquer la colère de deux tribus à la fois, surtout quand on était loin de faire l'unanimité dans ses propres rangs.

« Vous n'avez pas à décider à notre place, finit-elle par déclarer. Nous faisons ce que nous croyons juste.

— Juste ? railla Étoile Noire. Donner asile à cette bête sanguinaire...

— Ça suffit ! le coupa-t-elle. La discussion est close. Nous devons débattre d'autres problèmes à cette Assemblée, peut-être l'as-tu oublié ? »

Ses deux opposants échangèrent un regard. Étoile Balafrée profita de leur hésitation pour entamer son rapport sur l'inondation et les dommages causés à son camp. On le laissa parler, même si personne ne semblait très intéressé. La clairière bruissait de commentaires indignés.

Tempête de Sable se pressa contre Cœur de Feu afin de lui glisser à l'oreille :

« Dès qu'Étoile Noire a pris la parole, j'ai deviné de quoi il retournait.

— Moi aussi. Mais notre chef ne peut plus chasser Plume Brisée, maintenant. Elle aurait l'air de céder à leurs exigences. Elle perdrait le respect de toutes les tribus. »

Sa compagne acquiesça à mi-voix. Il tenta de se concentrer sur la suite des débats, sans succès. Partout, les chats des Clans de l'Ombre et du Vent jetaient des regards haineux à leurs adversaires. Le rouquin avait hâte que l'Assemblée se termine.

Au bout de ce qui lui sembla une éternité, la lune commença à décliner et les félins à préparer leur retour. Sans se consulter, les combattants du Clan du Tonnerre allèrent chercher Étoile Bleue au pied du Grand Rocher et formèrent autour d'elle un cercle protecteur. Comme Cœur de Feu, beaucoup semblaient craindre que la trêve soit rompue.

Tandis qu'il prenait sa place dans la formation, il vit Moustache passer à sa hauteur. Leurs regards se croisèrent et le guerrier du Clan du Vent s'arrêta pour lui murmurer :

« Je suis désolé. Je n'ai pas oublié ce que vous avez fait pour nous.

— Merci, Moustache. Si seulement... »

Griffe de Tigre montra soudain les dents à l'intrus, qui recula vers ses congénères. Sans accorder un regard à Cœur de Feu, leur lieutenant s'éloigna pour rejoindre Étoile Bleue.

« J'espère que tu es satisfaite, grommela-t-il. Maintenant, deux tribus ont juré notre perte. On aurait dû chasser ce parasite il y a longtemps. »

Le jeune matou fut surpris par l'animosité du vétéran envers leur prisonnier. Dire que, quelques jours plus tôt, le grand chat faisait sa toilette avec Plume Brisée ! Mais le danger qui les menaçait expliquait sans soute le revirement de leur lieutenant.

« Pas ici, Griffe de Tigre, répondit Étoile Bleue à voix basse. On en reparlera au camp...

— Et comment comptez-vous y retourner ? l'interrompit Étoile Noire qui s'était frayé un passage dans leurs rangs. Pas comme vous êtes venus, j'espère. Si vous osez encore entrer sur notre territoire, vous allez le regretter. »

Il fit volte-face et disparut dans l'ombre sans attendre leur réponse.

Un instant, Étoile Bleue parut déconcertée. À moins de traverser le ruisseau inondé à la nage, la tribu était prise au piège, songea Cœur de Feu. Il eut un frisson : les courants furieux avaient déjà failli lui coûter la vie. L'odeur du Clan de la Rivière vint soudain titiller ses narines : Étoile Balafrée approchait, entouré de quelques guerriers.

« J'ai tout entendu, annonça le chef à la chatte grise. Étoile Noire a tort. Face à une telle épreuve, nous devrions nous épauler. »

Le matou n'avait sans doute pas oublié l'aide de Plume Grise et de Cœur de Feu, car il jeta un coup d'œil au chat roux. Mais personne, au sein de la petite troupe, ne connaissait la vérité à part Étoile Bleue, et des chuchotements anxieux s'élevèrent.

« Je peux vous proposer une solution, continua Étoile Balafrée. Pour venir, nous avons emprunté le pont des Bipèdes. Si vous nous accompagnez, vous pourrez passer par notre territoire et retraverser la rivière en aval : il y a un arbre mort en travers du torrent, près du gué. »

Sans laisser le temps à la reine de répondre, Griffe de Tigre susurra :

« Et pourquoi devrions-nous vous faire confiance ? »

Le meneur l'ignora, ses yeux d'ambre fixés sur Étoile Bleue. Elle s'inclina avec dignité.

« Merci, Étoile Balafrée. Nous acceptons ton offre. »

Le guerrier acquiesça et tous deux prirent la tête de l'expédition. Flanqués d'une garde protectrice, les membres du Clan du Tonnerre les suivirent sur la pente en murmurant. Les Clans de l'Ombre et du Vent les regardèrent passer avec mépris. D'un seul coup, Cœur de Feu prit conscience que les alliances au sein de la forêt avaient changé en l'espace d'une seule nuit.

Lorsqu'ils atteignirent la crête et laissèrent la foule hostile derrière eux, il poussa un soupir de soulagement. Il remarqua que Plume Grise tournait autour de sa compagne sans pouvoir l'approcher, car une des amies de Rivière d'Argent la suivait comme son ombre. De temps en temps, l'importune léchait la fourrure de sa camarade et s'inquiétait :

« Tu es sûre que ça va ? C'est un long périple pour une future mère.

— Oui, Reine-des-Prés, ça va... » rétorquait patiemment Rivière d'Argent.

Griffe de Tigre, qui fermait la marche, observait les alentours avec méfiance, comme s'il s'attendait à une attaque imminente.

Étoile Bleue, elle, semblait détendue. Sitôt sortie de la vallée, elle laissa Étoile Balafrée seul en tête et s'approcha de Patte de Brume.

« Je crois que tu as eu des petits, lui lança-t-elle d'un air dégagé. Comment vont-ils ? »

Sa cadette sembla un peu surprise.

« Eh bien... Deux d'entre eux ont été emportés par le torrent, bafouilla-t-elle. Cœur de Feu et Plume Grise les ont sauvés de la noyade.

— Tu as dû avoir très peur, murmura Étoile Bleue, pleine de sollicitude. Tant mieux si nos chasseurs ont pu intervenir. Comment vont les chatons ? »

Ses questions déroutaient Patte de Brume.

« Bien. Ils sont tous en bonne santé. Ils ne tarderont plus à devenir apprentis.

— Je suis sûre qu'ils feront d'excellents guerriers », répliqua le chef du Clan du Tonnerre avec chaleur.

Cœur de Feu remarqua que le manteau gris-bleu des deux chattes luisait du même éclat au clair de lune. Elles avaient la même carrure et sautaient les obstacles avec la même agilité. Derrière elles, la fourrure argentée et la souplesse de Pelage de Silex en faisaient la copie conforme de sa sœur.

Ces similitudes fascinaient le chat roux. Pourquoi, alors qu'ils pouvaient se ressembler à ce point, ses congénères se déchiraient-ils en permanence ? La rancœur d'Étoile Noire et d'Étoile Filante semblait de mauvais augure. Le matou scruta la nuit : les vents de la guerre se levaient sur la forêt.

Le surlendemain à l'aube, quand Cœur de Feu se réveilla dans la tanière des guerriers, Plume Grise avait disparu. Sa litière était déjà froide.

Il est parti rejoindre Rivière d'Argent, ronchonna le félin roux, résigné. Rongé d'inquiétude pour sa compagne, le futur père reprenait ses escapades. Et, bien sûr, il comptait sur son ami pour le couvrir...

Le dormeur étouffa un bâillement et se faufila dehors. Le soleil qui commençait à poindre au-dessus des arbres jetait des ombres démesurées sur le sol nu. Le ciel était d'un bleu très pur : pas un nuage à l'horizon. Le pépiement des oiseaux promettait une chasse fructueuse.

Assis à l'entrée de son gîte, Nuage de Fougère clignait des yeux d'un air endormi.

« Salut ! lui lança Cœur de Feu. Ça te dirait d'aller chasser ? »

Le chaton se redressa d'un bond et s'approcha au trot, frémissant de joie.

« Maintenant ?

— Oui ! s'écria le guerrier, gagné par son enthousiasme. J'ai un petit creux, pas toi ? »

Impatient, il s'enfonça dans la forêt avec le novice. Le lit boueux du ruisseau commençait à s'assécher. L'inondation perdait chaque jour du terrain ; le camp n'était plus menacé.

Ils s'arrêtèrent sur la crête d'une colline.

« Très bien, Nuage de Fougère. Flaire les environs. Tu sens quelque chose ? »

Les yeux fermés et la gueule entrouverte, son élève resta un instant silencieux.

« Des souris, finit-il par répondre. Des lapins, des merles et... un autre oiseau que je ne connais pas.

— C'est un pivert. Rien d'autre ? »

Le jeune chat rouvrit aussitôt les paupières, effrayé.

« Un renard !

— L'odeur est fraîche ? »

Le petit renifla encore et se détendit, un peu piteux.

« Non. Elle date de deux ou trois jours.

— Bravo ! Prends par là, jusqu'aux vieux chênes. Moi, j'irai de ce côté. »

L'apprenti s'avança lentement à l'ombre des arbres ; il s'arrêtait tous les trois pas pour humer l'air. Son mentor, qui l'épiait de loin, fut soudain distrait par des battements d'ailes : sous un buisson, une grive fouillait la terre pour attraper un vers.

Tapi, le félin s'approcha sans bruit. L'asticot enfin capturé, l'oiseau attaquait son repas. Le chasseur bandait ses muscles pour bondir quand un cri affolé déchira le silence.

« Cœur de Feu ! Cœur de Feu ! »

Nuage de Fougère déboula en soulevant un tourbillon de feuilles. Le félin roux sauta sur sa proie, qui s'envola jusqu'à une branche basse avec des piaillements apeurés. Trop tard !

« Qu'est-ce qui t'a pris ? s'écria-t-il, furieux. Ma grive s'est envolée, écoute-la un peu ! Toute la forêt se méfie, maintenant !

— Ils arrivent ! haleta le novice avant de s'arrêter devant lui. J'ai reconnu leur odeur et je les ai vus !

— Mais qui donc ? »

La terreur empêcha un instant Nuage de Fougère de répondre.

« Le Clan de l'Ombre et celui du Vent ! souffla-t-il. C'est une attaque surprise ! »

CHAPITRE 20

❧

« **O**ù ? Montre-moi ! combien sont-ils ? demanda
Cœur de Feu.

— Là-bas. » Nuage de Fougère désigna les pro-
fondeurs de la forêt. « Je ne connais par leur
nombre. Ils se faufilent dans les broussailles.

— D'accord. » Le cœur battant, le chasseur réfléchissait à toute vitesse. « Retourne au camp. Préviens Étoile Bleue et Griffe de Tigre. Nous avons
besoin de guerriers ici sur-le-champ.

— Compris ! »

L'apprenti fit volte-face et descendit dans le ravin
comme une flèche.

Aussitôt qu'il eut disparu, Cœur de Feu se glissa
avec précaution dans le sous-bois. Au début, tout
lui sembla calme, mais l'odeur des Clans du Vent
et de l'Ombre vint lui chatouiller les narines. Les
intrus étaient venus en masse.

Devant lui, un oiseau poussa un cri inquiet. Le
félin se cacha derrière un arbre. Toujours rien... Il
fallait qu'il sache.

Les muscles bandés, il bondit, s'agrippa au tronc
et se hissa sur une branche basse. Une fois à l'abri,
il épia les environs à travers le feuillage.

211

La forêt semblait déserte, pas un insecte ne bougeait. Il vit soudain une fougère s'agiter, une tache blanche passer tel un éclair. Un instant plus tard, une tête au pelage sombre émergea des fourrés. Il reconnut Étoile Noire, qui chuchota :

« Suivez-moi ! »

Le chef du Clan de l'Ombre sortit des broussailles pour traverser en trombe un espace découvert. Sa bande de chasseurs l'imita. Ils étaient si nombreux que la gorge du guetteur se serra. Les combattants des deux tribus ennemies progressaient côte à côte. Il vit Étoile Filante et Œil de Faucon, Patte Folle et Petite Queue, Goutte de Pluie et Moustache courir flanc contre flanc comme s'ils avaient grandi ensemble.

Hier encore, ces mêmes guerriers se battaient pour la possession du territoire du Vent. Ils étaient désormais unis dans leur haine de Plume Brisée et de la tribu qui lui donnait asile.

Cœur de Feu savait qu'il allait devoir les affronter. Sa loyauté à la tribu passait avant son amitié pour les membres du Clan du Vent.

Il se préparait à sauter de sa branche quand un grand cri s'éleva au loin : Griffe de Tigre appelait ses troupes à se battre. *C'est peut-être un traître et un assassin, mais il saura repousser l'assaut,* se surprit à penser le rouquin avec soulagement.

Sans plus chercher à se cacher, il descendit de son perchoir pour se ruer vers les assaillants. Une fois sorti du couvert des arbres, il vit sur la crête du ravin une cohue de chats enragés. Griffe de Tigre et Étoile Noire se battaient au corps à corps. Éclair Noir avait cloué au sol un des chasseurs ennemis.

Poil de souris se précipita sur Œil de Faucon comme une furie. Belle-de-Jour, une des reines du Clan du Vent, griffa le flanc de Longue Plume, qui dévala la pente en hurlant.

Cœur de Feu se jeta aussitôt sur elle, écumant de colère. Dire qu'il l'avait un jour aidée à porter son petit ! Elle sauta de côté. Il ne la manqua que de peu et dut esquiver un coup de griffes bien senti. L'espace d'un instant, ils se dévisagèrent, hésitants. Elle aussi se rappelait les épreuves qu'ils avaient affrontées ensemble. Voyant qu'il ne pouvait pas se résoudre à l'attaquer, elle recula et disparut dans la bataille.

Sans lui laisser le temps de souffler, un autre assaillant le percuta par-derrière et le plaqua au sol. Impossible de se redresser. Le guerrier roux tordit le cou, vit des babines retroussées à un souffle de son museau : Petite Queue, un des combattants du Clan de l'Ombre, le mordit à l'épaule. Incapable de retenir un hurlement de douleur, Cœur de Feu laboura de ses pattes arrière le ventre de son adversaire. Des touffes de fourrure brune volèrent, des gouttes de sang giclèrent. Aveuglé par la douleur, Petite Queue se cabra et battit en retraite séance tenante.

Hors d'haleine, le vainqueur se releva et regarda autour de lui. Le cœur du combat se tenait à présent au fond du ravin. Bien décidé à envahir le camp, l'ennemi poussait son avantage. Surpassés en nombre, les chasseurs du Clan du Tonnerre peinaient à les repousser. Mais où était donc Étoile Bleue ?

Il l'aperçut soudain à l'entrée du tunnel d'ajoncs. Entourée de Tornade Blanche et de Pelage de Poussière, elle semblait prête à en défendre l'accès au péril de sa vie. Déjà Moustache et Goutte de Pluie contournaient Griffe de Tigre : horrifié, Cœur de Feu vit le matou du Clan de l'Ombre se jeter sur Étoile Bleue.

Le chat roux longea la crête du ravin au pas de charge. Lui seul, excepté Croc Jaune, savait que leur meneuse avait épuisé huit de ses neuf vies. Si elle mourait dans la bataille, le Clan du Tonnerre se retrouverait sous le contrôle de Griffe de Tigre !

Une fois au-dessus de l'entrée de la galerie, le jeune chasseur dévala la pente escarpée en quelques bonds et se jeta au milieu de la mêlée. Il planta les crocs dans le cou de Goutte de Pluie pour le forcer à lâcher la chatte. Celle-ci en profita pour assener coup de griffes sur coup de griffes à son assaillant, qui finit par reculer et s'enfuir.

Un groupe de guerriers déferla alors sur Cœur de Feu et les autres défenseurs du passage. D'instinct, il mordit et frappa à droite et à gauche sans même reconnaître ses adversaires. Des griffes aiguisées lui lacérèrent le front ; le sang commença à lui couler dans les yeux. Il haletait, cerné par l'odeur fétide de ses ennemis.

Soudain, il entendit Étoile Bleue murmurer à son oreille :

« Ils ont franchi les fortifications ! Recule : il faut défendre le camp ! »

Repoussé dans le tunnel par les envahisseurs, il lutta pour garder son équilibre. Les ajoncs s'accrochaient à sa fourrure. Impossible de se battre dans si peu d'espace : il fit volte-face et se fraya un chemin jusqu'à la clairière.

Là, Fleur de Saule, Vif-Argent et Tempête de Sable s'étaient postés devant la pouponnière, prêts à protéger les reines et leurs petits. Longue Plume, qui léchait ses blessures, était campé avec Nuage de Fougère devant la tanière de Plume Brisée. Parmi les branches de l'arbre abattu, Cœur de Feu distinguait à peine la silhouette au poil sombre de l'ancien chef du Clan de l'Ombre. Quelle ironie de devoir défendre ce meurtrier !

Étoile Noire et Moustache furent les premiers à émerger de la galerie. Sans hésiter, ils se ruèrent vers le gîte de l'infirme. Pour entrer, Étoile Filante défonça l'un des murs de fortification. D'autres assaillants le suivirent aussitôt.

« Arrêtez-les ! hurla le chat roux avant de traverser le camp à vive allure. Ils cherchent Plume Brisée ! »

Il se jeta sur Étoile Noire, qu'il renversa dans la poussière. Combien des félins du Clan du Tonnerre désiraient vraiment défendre l'aveugle ? La plupart auraient sans doute préféré le livrer à l'ennemi. Mais leur loyauté était sans faille. Quelle que soit leur opinion, ils se battraient pour la tribu.

Il plaqua son opposant au sol, les crocs plantés dans l'épaule osseuse du chef adverse. Écrasé par son poids, Étoile Noire donna un grand coup de reins. Le jeune chasseur glissa et se retrouva à son tour immobilisé : le vétéran, malgré son âge, était toujours très puissant.

Le regard luisant de haine, le meneur lui montra les crocs. Soudain, il se cabra en arrière, comme forcé de lâcher prise. Cœur de Feu cligna des yeux : la bave aux lèvres, Nuage de Fougère s'était agrippé au dos du vieux chat. Après s'être efforcé en vain de déséquilibrer l'apprenti, Étoile Noire roula à terre pour l'écraser. Le petit poussa un hurlement de fureur.

Le rouquin allait lui prêter main-forte quand Étoile Filante, qui tentait d'atteindre le repaire de Plume Brisée, les sépara. Consterné, Cœur de Feu fut obligé de reculer.

C'est alors que surgit Griffe de Tigre. Couvert de blessures et de boue, le grand félin saignait abondamment, mais sa fureur de vaincre était intacte. Il assena un solide coup de patte à Étoile Filante, qui roula en arrière et fila sans demander son reste.

D'autres membres du Clan du Tonnerre apparurent : Tornade Blanche, Poil de Souris, Vif-Argent... et Étoile Bleue en personne. Le cours de la bataille s'inversa. Les envahisseurs commencèrent à battre en retraite ; ils regagnèrent le tunnel et les brèches pratiquées dans les fortifications. À bout de souffle, Cœur de Feu vit Moustache, le dernier d'entre eux, disparaître à son tour. Le combat était terminé.

Plume Brisée resta blotti dans sa tanière, tête baissée. Il n'avait pas poussé un gémissement pendant les affrontements. Comprenait-il seulement les risques que sa tribu d'adoption avait pris pour lui ?

Non loin de là, Nuage de Fougère se redressa avec difficulté. Malgré ses épaules éraflées et sa fourrure couverte de poussière, il rayonnait.

« Bravo, lui cria le chat roux. Tu t'es battu comme un guerrier. »

Le novice se rengorgea encore.

Pendant ce temps, les félins meurtris s'étaient rassemblés autour d'Étoile Bleue. Ensanglantés, couverts de boue, ils paraissaient aussi épuisés que Cœur de Feu. Le silence régnait. Pas un ne pensait à célébrer la victoire.

« Tout ça, c'est ta faute ! lança Éclair Noir, furieux, à leur chef. Tu nous as forcés à héberger Plume Brisée, et on a failli se faire tailler en pièces. Et si l'un de nous y avait laissé la vie ? »

La chatte parut troublée.

« Je n'ai jamais dit que ce serait facile. Mais il faut faire ce que nous croyons juste. »

Il cracha avec mépris.

« Pourquoi aider Plume Brisée ? Pour deux ou trois souris, je le tue moi-même ! »

Plusieurs voix s'élevèrent pour le soutenir.

« Éclair Noir ! » s'interposa Griffe de Tigre.

Il fendit la foule pour venir se camper près de leur meneuse. À côté du grand chat brun, elle sembla soudain vieille et fragile.

« C'est à ton chef que tu parles, continua-t-il. Un peu de respect. »

L'espace d'un instant, Éclair Noir les dévisagea tous les deux avant de courber l'échine. Leur lieutenant balaya du regard les animaux réunis.

« Va chercher Croc Jaune, Cœur de Feu », ordonna Étoile Bleue.

Mais la guérisseuse accourait déjà vers eux, Nuage Cendré à sa suite. Les deux chattes se hâtèrent d'examiner les blessés afin de soigner les plus atteints. Le rouquin attendait son tour quand il vit un félin apparaître à l'entrée du camp. Plume Grise, la fourrure propre et luisante, avait plusieurs proies à la gueule.

Sans laisser à Cœur de Feu le temps d'intervenir, Griffe de Tigre planta là Nuage Cendré et s'avança vers le nouveau venu.

« Où étais-tu ? »

Désarçonné, Plume Grise lâcha son gibier et répliqua :

« À la chasse. Que s'est-il passé ici ?

— À ton avis ? Le Clan de l'Ombre et celui du Vent ont tenté de capturer Plume Brisée. Nous avions besoin de *tous* les guerriers disponibles. Où étais-tu ?! »

Avec Rivière d'Argent, répondit Cœur de Feu en lui-même. Heureusement, le matou avait pensé à rapporter quelques prises pour justifier son absence.

« Comment aurais-je pu savoir ce qui se passait ? » protesta l'accusé, l'air irrité. Il faut que je te demande la permission pour quitter le camp, maintenant ? »

Le rouquin grimaça : son ami n'aurait jamais dû provoquer leur lieutenant ainsi... Peut-être la culpabilité lui avait-elle fait perdre toute prudence.

Le vétéran se mit à grogner.

« Vous êtes bien trop souvent absents, Cœur de Feu et toi.

— Attends un peu ! s'insurgea le rouquin, piqué au vif. J'étais là quand nos ennemis ont attaqué. Et ce n'est pas la faute de Plume Grise s'il était sorti chasser.

— Vous devriez faire attention, maugréa-t-il, dédaigneux. Je vous surveille... tous les deux. »

Il leur tourna le dos et rejoignit Nuage Cendré.

« Cause toujours ! » fanfaronna Plume Grise, pourtant incapable de regarder son camarade en face.

Tandis que le premier allait déposer son gibier dans la réserve, le second s'approcha des deux guérisseuses pour se faire soigner.

« Bon ! grommela Croc Jaune après un examen minutieux. Ta fourrure repoussera et tes plaies sont superficielles. Tu survivras ! »

Nuage Cendré s'avança avec une boule de toiles d'araignée qu'elle appliqua sur les égratignures de son front. Elle lui effleura le museau avec douceur.

« Tu as été très brave, Cœur de Feu, chuchota-t-elle.

— Pas vraiment, rétorqua-t-il, gêné. On a tous fait notre devoir.

— Oui, mais ce n'est pas facile, déclara à sa grande surprise la vieille chatte. Je le sais : je me suis battue en mon temps. »

Elle se tourna vers leur chef.

« Merci, Étoile Bleue, reprit-elle. Merci d'avoir protégé Plume Brisée.

— Tu n'as pas besoin de me remercier. Notre honneur était en jeu. Malgré ses crimes, Plume Brisée mérite notre compassion. »

La guérisseuse s'inclina. À mi-voix, afin de n'être entendue que de leur meneuse et du rouquin, elle ajouta :

« Il a mis ma tribu d'adoption en grand danger, et je m'en excuse. »

Pauvre Croc Jaune... même Plume Brisée ignorait qu'il était son fils ! Comme ce secret devait être lourd à porter... Le regard de Cœur de Feu alla de l'ancienne à leur chef. Une image lui traversa soudain l'esprit : Étoile Bleue dans la forêt, la nuit de l'Assemblée, suivie de Patte de Brume et de Pelage de Silex. La ressemblance frappante de leurs trois manteaux gris argenté.

Il étouffa un cri. Pouvaient-ils donc être parents ? Patte de Brume et Pelage de Silex étaient frère et sœur, il le savait... Or, selon Lac de Givre, les deux chatons venaient du Clan du Tonnerre.

Et si les petits d'Étoile Bleue avaient survécu ? Était-elle la mère de Patte de Brume et de Pelage de Silex ?

CHAPITRE 21

❧

SITÔT SES BLESSURES PANSÉES, Cœur de Feu alla trouver Plume Grise. Il le trouva prostré dans la tanière des guerriers, l'air tourmenté.

Quand le chasseur se glissa entre les branches du buisson, son ami bafouilla :

« Je suis désolé. J'aurais dû être là. Seulement, il fallait que je voie Rivière d'Argent. Je n'ai pas pu m'approcher d'elle à l'Assemblée. »

Le chat roux soupira. Inutile de partager ses doutes sur Patte de Brume et Pelage de Silex avec son camarade, qui avait bien assez d'inquiétudes de son côté.

« Ce n'est rien, Plume Grise. N'importe lequel d'entre nous aurait pu être en patrouille ou à la chasse. Mais si j'étais toi, j'essaierais de ne pas quitter le camp pendant quelques jours. »

Le matou cendré s'absorba dans la contemplation d'un carré de mousse. Le gredin avait sans doute déjà donné un autre rendez-vous à Rivière d'Argent.

Cœur de Feu préféra changer de sujet.

« Je voulais te parler de Nuage de Fougère. »

Il décrivit leur sortie matinale, l'approche des envahisseurs et la perspicacité du novice.

« D'ailleurs il s'est bien battu. Je pense qu'il est temps pour lui de devenir un guerrier. »

Plume Grise acquiesça.

« Étoile Bleue le sait-elle ?

— Pas encore. Tu es le mentor de Nuage de Fougère, c'est à toi de le lui dire.

— Mais je n'étais pas là.

— C'est sans importance. » Cœur de Feu donna à son compagnon un petit coup de museau. « Viens, allons parler à Étoile Bleue. »

Le chef du Clan du Tonnerre et la plupart de ses chasseurs étaient encore dans la clairière, où Croc Jaune et Nuage Cendré distribuaient toiles d'araignée et graines de pavot. Entourée de ses chatons, Plume Blanche observait les allées et venues. Petit Nuage, fasciné par la bataille, harcelait les blessés de questions. Nuage de Fougère, lui, était occupé à sa toilette ; heureusement, ses blessures ne semblaient pas trop graves.

Cœur de Feu parla à Étoile Bleue du flair de l'apprenti et de sa bravoure au combat.

« C'est grâce à lui que nous avons pu anticiper l'attaque.

— Nous pensons qu'il mérite d'être fait guerrier », conclut Plume Grise.

Leur chef approuva d'un air songeur.

« Je suis d'accord. Aujourd'hui, il s'est montré digne du rang de guerrier. »

Elle se releva, s'avança jusqu'au milieu de la foule et déclara :

« Que tous ceux qui sont en âge de chasser s'approchent du Promontoire pour une assemblée du Clan. »

Bouton-d'Or sortit aussitôt de la pouponnière, suivie de Perce-Neige ; Petite Oreille émergea de la tanière des anciens, la démarche hésitante. Quand ils furent réunis autour de la chatte, elle lança :

« Approche, Nuage de Fougère. »

Il dressa l'oreille, surpris, avant de la rejoindre, quelque peu inquiet.

« Tu as donné l'alerte aujourd'hui, et tu t'es battu avec courage. Il est temps pour toi de devenir un guerrier. »

Le novice en resta bouche bée. Radieux, il l'écouta prononcer les paroles rituelles.

« Moi, Étoile Bleue, chef du Clan du Tonnerre, j'en appelle à nos ancêtres pour qu'ils se penchent sur cet apprenti. Il s'est entraîné avec ardeur pour comprendre les lois de votre noble code. Il est maintenant digne de devenir un guerrier à son tour. »

Elle le contempla avec gravité.

« Nuage de Fougère, promets-tu de respecter le code du guerrier, de protéger et de défendre la tribu au péril de ta vie ?

— Oui, répondit-il d'une voix ferme malgré ses pattes tremblantes.

— Alors, grâce aux pouvoirs qui me sont conférés par le Clan des Étoiles, je te donne ton nom de chasseur : Nuage de Fougère, à partir d'aujourd'hui, tu t'appelleras Poil de Fougère. Nos ancêtres n'oublieront pas ta perspicacité et ta détermination, et nous t'accueillons dans nos rangs en tant que guerrier à part entière. »

Étoile Bleue fit alors un pas en avant pour poser le museau sur la tête inclinée de l'animal. Il lui lécha l'épaule avec déférence, se redressa et alla s'asseoir entre Cœur de Feu et Plume Grise.

Autour d'eux, les chats se mirent à scander le nom du nouveau combattant :

« Poil de Fougère ! Poil de Fougère ! »

Ils l'entourèrent pour le féliciter et le complimenter. Sa mère, Pelage de Givre, posa le nez contre son flanc avec fierté.

« Tu devras veiller seul, ce soir, déclara Tempête de Sable, qui donna un petit coup de patte au héros du jour. Le Clan des Étoiles soit loué ! Une nuit de repos pour tout le monde ! »

Trop bouleversé pour répondre, Poil de Fougère se mit à ronronner et bafouilla :

« Me... Merci, Plume Grise. Toi aussi, Cœur de Feu. »

Voir le novice enfin guerrier procurait une immense fierté au félin roux, presque comme s'il s'agissait de son propre élève. Maigre compensation, car jamais il ne pourrait partager un tel moment avec Nuage Cendré, à qui le Clan des Étoiles avait réservé un autre destin. La cérémonie terminée, une grande lassitude envahit Cœur de Feu. Il s'apprêtait à retourner au gîte des chasseurs quand il vit son ancienne apprentie s'approcher clopin-clopant de Poil de Fougère pour le couvrir de coups de langue.

« Félicitations ! » lança-t-elle, ravie.

L'air soudain troublé, le matou cessa de ronronner.

« Tu aurais dû être avec moi, murmura-t-il avant d'effleurer la patte blessée de sa sœur du bout du museau.

— Non, c'est très bien comme ça, rétorqua-t-elle. Il faudra que tu aies de la bravoure pour deux. Et moi, je me contenterai d'être la plus grande guérisseuse que la tribu ait jamais connue ! »

Cœur de Feu la fixa avec admiration. Il lui fallait beaucoup de générosité pour ne pas envier le triomphe de son frère. Quant à Griffe de Tigre... Le vétéran venait de se battre comme un lion. Dire que, sans lui, la tribu aurait pu perdre la bataille... *Si je prouve sa traîtrise*, s'inquiéta le jeune chasseur, *qui défendra le Clan du Tonnerre ?*

Les jours suivants, Plume Grise se tint à carreau, comme promis : il passait son temps à patrouiller, à chasser ou à aider Croc Jaune et Nuage Cendré à remplir leurs réserves. Griffe de Tigre l'avait sans doute remarqué, même s'il s'abstenait de commentaires.

Le troisième jour, cependant, Cœur de Feu fut réveillé par un mouvement dans la litière voisine : il ouvrit les yeux à temps pour voir son camarade se faufiler hors de leur tanière.

« Plume Grise ? » marmonna-t-il.

Trop tard : il avait disparu.

Le rouquin se leva sans bruit afin de ne pas déranger Tempête de Sable, allongée à côté de lui, et se glissa dehors. Ensommeillé, il vit le chat cendré disparaître dans le tunnel d'ajoncs. Éclair Noir, couché près de la réserve à gibier, avait relevé la tête. Un campagnol dans la gueule, il fixait l'entrée du camp.

Le sang du rouquin se glaça dans ses veines. Si Éclair Noir avait vu partir Plume Grise, Griffe de

Tigre le saurait très vite. Leur lieutenant allait s'interroger sur cette sortie matinale, peut-être même suivre le matou et le surprendre avec Rivière d'Argent.

Sans réfléchir, Cœur de Feu entra en action. Il se força à marcher au lieu de courir. Arrivé devant le tas de proies, il jeta :

« Bonjour, Éclair Noir ! On part à la chasse. Le monde appartient à ceux qui se lèvent tôt ! »

Sans attendre de réponse, il pénétra dans le passage. Une fois hors de vue, il accéléra l'allure et grimpa la pente du ravin au pas de course. Si Plume Grise n'était plus là, son odeur, elle, menait droit aux Rochers du Soleil.

Ils ont pourtant promis de ne se rencontrer qu'aux Quatre Chênes ! s'étonna le félin roux.

Il s'élança à fond de train, sans prêter attention aux bruits et aux parfums alléchants qui montaient des taillis. Il avait espéré rattraper son compagnon pour le prévenir du danger, mais il parvint aux Rochers du Soleil sans avoir vu le moindre signe de vie. Il s'arrêta à la lisière des arbres et inspira une bouffée d'air. Pas de doute : le gredin n'était pas loin, Rivière d'Argent non plus. Cependant, d'autres effluves couvraient presque leurs traces : l'odeur du sang !

Le poil hérissé, il entendit une plainte sinistre s'élever des rocailles... Un chat en danger !

« Plume Grise ! » hurla-t-il.

Il se rua en avant et se hissa sur la pierre la plus proche. Ce qu'il vit du sommet le cloua sur place.

Là, entre ce rocher et le suivant, Rivière d'Argent gisait sur le flanc. Un violent spasme secoua son corps entier, et ses pattes tressaillirent. Elle poussa un autre gémissement à faire froid dans le dos.

« Plume Grise ! » répéta-t-il, horrifié.

Son ami était couché près de la chatte, dont il couvrait le ventre de coups de langue affolés. Il leva les yeux.

« Cœur de Feu ! La mise bas a commencé, et ça se passe mal. Va chercher Croc Jaune !

— Mais... »

Le rouquin ravala sa phrase. Ses pattes bougeaient d'elles-mêmes : il avait sauté du rocher et galopait déjà vers le rideau des arbres.

Il courut comme si sa vie en dépendait. Pourtant, une petite voix lui soufflait que tout était perdu. Tous les chats de la forêt allaient apprendre la vérité sur Plume Grise et Rivière d'Argent. Quel sort leur réserveraient Étoile Bleue et Étoile Balafrée ?

Il fut de retour au camp en un clin d'œil. Il se précipita dans le ravin, manquant renverser Nuage Cendré à l'entrée du tunnel. Elle se cabra pour l'éviter, poussa un miaulement de protestation et laissa tomber les herbes qu'elle avait cueillies.

« Cœur de Feu ! Que...

— Où est Croc Jaune ? haleta-t-il.

— Croc Jaune ? répéta d'un ton grave l'apprentie guérisseuse, qui avait senti son affolement. Elle cherche de l'achillée près des Rochers aux Serpents. »

Prêt à reprendre sa course, il s'interrompit, consterné. La faire venir prendrait trop de temps. Rivière d'Argent avait besoin d'aide sur-le-champ !

« Qu'y a-t-il ? s'inquiéta son amie.

— Il y a une chatte – Rivière d'Argent – près des

Rochers du Soleil. Elle est en train de mettre bas, et on dirait qu'il y a un problème.

— Oh ! Par le Clan des Étoiles ! Je m'en charge. Attends-moi ici, je prends quelques remèdes. »

Elle disparut dans le passage. Cœur de Feu attendit, rongé d'inquiétude ; il vit passer en trombe Poil de Fougère.

« Nuage Cendré m'envoie chercher Croc Jaune », lui lança le jeune chat avant de grimper la pente.

L'apprentie finit par réapparaître, un ballot d'herbes enveloppées de feuilles pendu à la gueule. Elle agita la queue sans ralentir l'allure pour l'encourager à prendre la tête.

Le trajet fut une torture. La guérisseuse avait beau faire de son mieux, sa patte folle la ralentissait. Le temps semblait s'étirer à l'infini. Le chasseur se rappela soudain la reine sans visage de son rêve, celle dont les petits abandonnés pleuraient dans l'obscurité. S'agissait-il de Rivière d'Argent ?

Aussitôt qu'il aperçut les rocailles, il accéléra le train. Catastrophe ! Un autre félin, étendu au sommet du rocher, fixait le fossé où se trouvait la chatte. Le rouquin eut un pincement au cœur. Il avait reconnu le corps massif et la fourrure sombre de Griffe de Tigre. Prévenu par Éclair Noir de la disparition de Plume Grise, le vétéran avait dû le suivre à la trace.

« Tu étais au courant ? » demanda leur lieutenant à Cœur de Feu lorsqu'il se hissa à ses côtés.

Rivière d'Argent était toujours couchée sur le flanc dans la faille, mais les puissantes contractions qui la secouaient se réduisaient à présent à de faibles spasmes. Sans doute trop épuisée pour gémir, elle ne desserrait plus les dents. Blotti contre elle, Plume Grise lui murmurait des mots rassurants sans la quitter des yeux. Ni l'un ni l'autre n'avait encore remarqué la présence de Griffe de Tigre.

Nuage Cendré contourna le rocher et se glissa dans le fossé au côté de la future mère. Elle lâcha son ballot et se baissa pour la renifler.

« Cœur de Feu ! s'écria-t-elle au bout d'un instant. Viens ici ! J'ai besoin de toi ! »

Sans prêter attention à la colère du vétéran, le chasseur roux sauta dans la tranchée. Dans sa hâte, il s'érafla les pattes sur la roche escarpée. Sitôt qu'il toucha le sol, son ancienne apprentie vint à sa rencontre. Elle portait un minuscule chaton aux paupières closes, dont les oreilles et le pelage étaient plaqués contre le corps.

« Il est mort ? souffla le guerrier.

— Mais non ! » Elle le déposa sur le sol et le poussa vers Cœur de Feu. « Lèche-le ! Il faut lui tenir chaud, activer sa circulation. »

Aussitôt, elle fit volte-face et retourna auprès de Rivière d'Argent. Dans l'étroit fossé, le corps de la novice lui bouchait la vue ; cependant, il entendit la jeune guérisseuse parler sur un ton apaisant et Plume Grise poser une question angoissée.

Il se pencha sur le petit, passa la langue sur sa fourrure. Longtemps, l'animal ne montra aucune réaction. *Peut-être Nuage Cendré a-t-elle tort, peut-être est-il mort, après tout*, se dit-il avec angoisse. Il sentit enfin un frisson secouer le nouveau-né, qui ouvrit la bouche sur un miaulement muet.

« Il est vivant !

— Je te l'avais bien dit, rétorqua son amie.

Continue de le lécher. Il y en a un autre, il sera là dans un instant. C'est bien, Rivière d'Argent... Tu te débrouilles très bien. »

Descendu de son perchoir, Griffe de Tigre était planté à l'entrée du passage, blême de rage.

« C'est une reine du Clan de la Rivière, tonna-t-il. Allez-vous enfin me dire ce qui se passe ? »

Avant que quiconque puisse répondre, Nuage Cendré poussa un cri triomphant.

« Bravo, Rivière d'Argent ! »

Un instant plus tard, elle se tourna vers eux, un second chaton dans la gueule, et le déposa devant le vétéran.

« Tiens, lèche-le. »

Leur lieutenant fit la moue, menaçant.

« Je ne suis pas guérisseur. »

Les yeux brillant de colère, elle fit volte-face.

« Tu as une langue, non ? Lèche-le, espèce d'abruti. Tu veux que le petit meure ? »

Le rouquin grimaça : il crut que Griffe de Tigre allait se jeter sur elle et lui ouvrir le ventre. Au contraire, le grand chasseur se pencha et entreprit de couvrir le nouveau-né de coups de langue.

La chatte rejoignit aussitôt Rivière d'Argent. Cœur de Feu l'entendit murmurer :

« Tu dois prendre cette herbe. Tiens, Plume Grise, fais-lui en avaler autant qu'elle pourra. Il faut qu'on arrête les saignements. »

Le félin roux aurait voulu savoir ce qui se passait de l'autre côté du fossé. Son protégé respirait désormais calmement et semblait hors de danger. Il écouta Nuage Cendré maugréer : « Tiens bon, Rivière d'Argent », et son camarade s'exclamer d'une voix paniquée : « Rivière d'Argent ! »

C'en était trop : Cœur de Feu abandonna un instant le chaton pour se faufiler à côté de l'apprentie. Malgré sa faiblesse, la jeune mère tendit le cou pour lécher le museau de son compagnon.

« Adieu, Plume Grise, souffla-t-elle. Je t'aime. Prends soin de nos petits. »

Elle fut secouée par un violent frisson, sa tête retomba en arrière, ses pattes tressaillirent et se figèrent.

« Rivière d'Argent ! gémit la guérisseuse.

— Non, Rivière d'Argent, non, murmura le chat cendré d'une voix infiniment douce. Ne t'en va pas. Ne me laisse pas. »

Il se pencha sur sa bien-aimée, qu'il effleura du bout du museau. Elle ne réagit pas.

« Rivière d'Argent ! »

Il se cabra, recula. Les gémissements de douleur montés de sa poitrine enflaient, assourdissants.

« Rivière d'Argent ! »

Inclinée sur le cadavre, la novice continua quelques instants encore de secouer la chatte, avant de renoncer. Elle se redressa, les yeux perdus dans le vague, une expression terrible sur le visage.

Cœur de Feu se releva, se serra contre elle.

« Les chatons sont sauvés, Nuage Cendré », balbutia-t-il.

Elle lui lança un regard à glacer le sang.

« Mais leur mère est morte. Je n'ai rien pu faire. »

Les rocailles résonnaient toujours des plaintes déchirantes de Plume Grise. Griffe de Tigre s'avança vers lui et lui assena un coup de patte derrière l'oreille.

« Arrête de geindre. »

Le jeune père se tut, sous l'effet du choc et de l'épuisement – plus que pour obéir au vétéran, pensa son ami. Fou de colère, leur lieutenant les dévisagea l'un après l'autre.

« À présent, voulez-vous m'expliquer la situation ? Plume Grise, tu connaissais cette reine du Clan de la Rivière ? »

Le jeune matou leva la tête. Ses yeux éteints semblaient aussi ternes que des cailloux.

« Je l'aimais, chuchota-t-il.

— Quoi ? Ce sont... tes petits ? »

Griffe de Tigre paraissait abasourdi.

« Les miens et ceux de Rivière d'Argent. » Une étincelle de défi s'alluma dans le regard du guerrier. « Je sais ce que tu vas dire. Inutile. Je m'en moque. »

Il lui tourna le dos, fourra le museau dans la douce fourrure de sa compagne et se mit à murmurer à voix basse.

Sortie de sa torpeur, Nuage Cendré examinait les deux nouveau-nés.

« Je crois qu'ils s'en sortiront, déclara-t-elle d'une voix moins assurée. Il faut qu'on les ramène au camp et qu'on trouve une reine pour les allaiter. »

Le sang de Griffe de Tigre ne fit qu'un tour.

« Tu as perdu la tête ? Pourquoi le Clan du Tonnerre devrait-il les élever ? Ce sont des sang-mêlé. Aucune tribu ne voudra d'eux. »

La chatte l'ignora.

« Cœur de Feu, prends celui-là, ordonna-t-elle. Je me charge de l'autre. »

Avant d'obtempérer, le jeune chasseur alla s'appuyer contre l'épaule de Plume Grise.

« Tu veux venir avec nous ? »

Son camarade fit non de la tête.

« Je dois l'enterrer, souffla-t-il. Ici, entre le territoire du Clan de la Rivière et le nôtre. Après ça, même les siens refuseront de la pleurer. »

Le cœur du chat roux se serra, mais il ne pouvait rien faire de plus pour Plume Grise.

« Je reviendrai vite », lui promit-il.

Plus bas – même s'il se moquait, désormais, d'être entendu par Griffe de Tigre –, il ajouta :

« Je la pleurerai avec toi, Plume Grise. Elle était brave, et je sais qu'elle t'aimait. »

L'animal ne répondit rien. Cœur de Feu prit le petit entre ses crocs et laissa son meilleur ami seul avec la chatte qu'il avait aimée plus que les siens, plus que l'honneur, plus que la vie elle-même.

CHAPITRE 22

✤

GRIFFE DE TIGRE FILA SANS LES ATTENDRE : lorsque Cœur de Feu et Nuage Cendré parvinrent au camp avec les petits de Rivière d'Argent, le Clan entier savait ce qui s'était passé. Réunis devant leurs tanières, chasseurs et novices les regardèrent passer en silence. Leur indignation et leur incrédulité étaient presque palpables.

Campée à l'entrée de la pouponnière, Étoile Bleue semblait les attendre. Cœur de Feu craignait qu'elle les éconduise, mais elle se contenta de murmurer :

« Entrez. »

Au cœur du buisson de ronces régnaient le calme et l'obscurité. Plume Blanche dormait, entourée de pelages gris et fauves au milieu desquels le manteau blanc de Petit Nuage resplendissait comme de la neige. Près d'elle, Bouton-d'Or était couchée sur une litière de mousse tapissée de plumes duveteuses. Elle allaitait ses nouveau-nés, l'un roux pâle comme elle, l'autre tacheté de brun.

« Bouton-d'Or, souffla leur chef. J'ai une faveur à te demander. Pourrais-tu t'occuper de deux petits supplémentaires ? Leur mère vient de mourir. »

La reine pointa les oreilles en avant, l'air surpris.

235

Son expression s'adoucit quand elle vit les deux boules de poil sans défense qui pendaient à la gueule du guerrier et de l'apprentie. Poussées par la peur et la faim, les bêtes remuaient faiblement en poussant de petits cris perçants.

« J'imagine... » commença Bouton-d'Or.

Perce-Neige, entrée dans la pouponnière derrière le félin roux, l'interrompit.

« Avant d'accepter, demande à Étoile Bleue d'où viennent ces chatons. »

Cœur de Feu tressaillit, inquiet. Excellente mère, la chatte blanche avait cependant un tempérament féroce : elle ne serait pas tendre avec des orphelins de sang mêlé.

« Je ne comptais pas le lui cacher, répliqua leur chef sans se départir de son calme. Leur père est Plume Grise et leur mère Rivière d'Argent, du Clan de la Rivière. »

Bouton-d'Or en resta bouche bée. Plume Blanche, réveillée, dressa l'oreille.

« Ce traître devait la fréquenter en douce depuis des lunes, maugréa Perce-Neige. Quel hypocrite ! Ils ont tous les deux trahi leur tribu. Le sang de ces petits est souillé.

— Ridicule », rétorqua Étoile Bleue, l'échine soudain hérissée. Cœur de Feu eut un frisson : il avait rarement vu leur meneuse aussi furieuse. « Quoi que nous pensions de Plume Grise et de Rivière d'Argent, leurs chatons sont innocents. Acceptes-tu de les nourrir, Bouton-d'Or ? Sans mère, ils mourront. »

La reine hésita avant de pousser un profond soupir.

« Comment pourrais-je refuser ? J'ai du lait en abondance. »

Perce-Neige poussa un grognement réprobateur. Elle tourna le dos à Cœur de Feu et Nuage Cendré quand ils déposèrent les nouveau-nés sur la litière de la chatte rousse. La jeune mère les poussa vers son ventre : leurs cris se calmèrent, ils se pressèrent au chaud contre son corps et trouvèrent chacun une mamelle à téter.

« Merci, Bouton-d'Or », chuchota Étoile Bleue.

Elle considérait les deux animaux avec envie. Pensait-elle à ses petits disparus ? Les doutes du rouquin resurgirent. Que leur était-il vraiment arrivé ? Le savait-elle elle-même ? Pouvait-il s'agir de Patte de Brume et Pelage de Silex, bien vivants au sein du Clan de la Rivière ?

Un mouvement brusque vint interrompre le cours de ses pensées : Nuage Cendré sortait du gîte. Il la suivit au-dehors, où il la trouva prostrée, la tête posée sur les pattes de devant.

« Qu'y a-t-il ?

— Rivière d'Argent est morte, répondit-elle d'une voix étouffée, presque inaudible. Je l'ai laissée mourir.

— C'est faux ! »

Elle leva vers lui des yeux incrédules et désespérés.

« Je suis censée être guérisseuse. Sauver des vies.

— Tu as sauvé les chatons, lui rappela-t-il.

— Mais pas leur mère. »

Il se mit à lui lécher doucement l'oreille.

« Vous deux ! »

Croc Jaune se tenait devant eux, le front plissé.

« Qu'est-ce qu'on raconte sur Plume Grise et une reine du Clan de la Rivière ? »

La jeune novice ne remarquait même pas la présence de son mentor. Cœur de Feu fut obligé d'expliquer la situation.

« Nuage Cendré a été incroyable, conclut-il. Sans elle, ces petits seraient morts. »

La vieille chatte acquiesça.

« J'ai vu Griffe de Tigre, annonça-t-elle. Poil de Fougère m'emmenait aux Rochers du Soleil quand nous l'avons rencontré. Il est fou de rage. Mais pas contre toi, Nuage Cendré. Il sait que tu as fait ton devoir, comme n'importe quelle guérisseuse. »

À ces mots, l'apprentie se recroquevilla sur elle-même.

« Je ne serai jamais guérisseuse, gronda-t-elle, amère. Je ne sers à rien. J'ai laissé mourir Rivière d'Argent. »

Scandalisée, son aînée fit le gros dos en feulant.

« C'est la pire bêtise que j'aie jamais entendue ! Tu as agi au mieux, fulmina-t-elle. Personne ne pouvait faire plus.

— Pourtant ça n'a pas suffi, rétorqua son élève d'une voix morne. Si tu avais été là, toi, tu l'aurais sauvée.

— Ah oui ? Tu es bien sûre de toi ! Quand la mort survient, parfois personne n'y peut rien. » Elle poussa un miaulement rauque, moitié rire, moitié sanglot. « Pas même moi.

— Mais je l'ai laissée mourir !

— Je sais, répondit la chatte grise d'un ton à la fois bourru et plein de compassion. C'est une terrible leçon. J'ai vu mourir plus de chats que je ne peux en compter. Tous les guérisseurs sont obligés d'en passer par là. Il faut s'y faire. Tenir le coup. »

Du bout de son museau couturé de cicatrices, elle encouragea sa cadette à se relever.

« Viens, reprit-elle. On a du travail. »

Elle poussa sa protégée encore tremblante vers leur repaire et s'arrêta pour jeter un coup d'œil à Cœur de Feu par-dessus son épaule.

« Ne t'inquiète pas pour elle. Ça va aller. »

Il les regarda traverser la clairière et disparaître dans le tunnel de fougères. Une voix posée s'éleva alors derrière lui :

« Fais confiance à Croc Jaune, le rassura leur chef. Elle aidera Nuage Cendré à surmonter cette épreuve. »

La chatte gris-bleu était assise à l'entrée de la pouponnière, la queue enroulée autour de ses pattes. En dépit de la mort de Rivière d'Argent et de la découverte de la trahison du chat cendré, elle semblait aussi calme qu'à l'accoutumée.

« Étoile Bleue, hasarda-t-il après une hésitation. Que va-t-il arriver à Plume Grise, maintenant ? Sera-t-il puni ?

— Je ne sais pas encore, admit-elle, pensive. Il faut que j'en discute avec Griffe de Tigre et les autres chasseurs.

— Il ne pouvait pas s'en empêcher, murmura Cœur de Feu.

— Ah oui ? Au prix de trahir son Clan et le code du guerrier ? »

Sa voix douce démentait la sévérité de ses paroles.

« Je peux te promettre une chose, ajouta-t-elle. Je ne ferai rien tant que l'indignation ne se sera pas calmée. Nous devons considérer le problème avec soin.

— Mais tu n'es pas vraiment surprise... se risqua-t-il à demander. Tu avais compris ce qui se passait ? »

Il ne pensait pas obtenir de réponse. Elle le scruta quelques instants. Dans son regard pénétrant, il lut de la sagesse, et de la peine.

« Oui, je m'en doutais, finit-elle par révéler. Un chef doit savoir sentir ces choses-là. Il aurait fallu que je sois aveugle pour ne pas remarquer leur manège aux Assemblées.

— Alors... Pourquoi les avoir laissés faire ?

— J'espérais que Plume Grise reviendrait à la raison. De toute façon, cette histoire ne pouvait pas durer. J'aurais préféré qu'elle se termine autrement, pour lui comme pour elle. Quoique... je ne sais pas comment Plume Grise aurait supporté de voir ses propres petits grandir dans un autre Clan.

— Tu connais ça, n'est-ce pas ? Tu l'as vécu. »

Il se recroquevilla : les mots lui avaient échappé. Elle commença par se raidir, les prunelles brillant de rage, mais s'apaisa très vite. Sa colère laissa place à une nostalgie mêlée de chagrin.

« Alors tu as deviné, murmura-t-elle. Je le savais. Oui, Cœur de Feu, je suis la mère de Patte de Brume et de Pelage de Silex. »

CHAPITRE 23

❧

« **V**IENS », LUI ORDONNA ÉTOILE BLEUE.

Elle se dirigea à pas lents vers sa tanière de l'autre côté du camp, sans lui laisser d'autre choix que de la suivre. Une fois à l'intérieur, elle l'invita à s'asseoir avant de s'installer à son tour sur sa litière.

« Que sais-tu, au juste ? lui demanda-t-elle à brûle-pourpoint.

— Seulement que Cœur de Chêne a un jour ramené chez lui deux nouveau-nés du Clan du Tonnerre, reconnut-il. Il a affirmé à Lac de Givre – la reine qui les a élevés – qu'il ignorait d'où ils venaient.

— Je savais qu'il ne me trahirait pas, murmura-t-elle, touchée. C'était lui le père. Tu l'avais deviné ? »

Il fit signe que non. Voilà qui expliquait, cependant, la véhémence du guerrier, ce jour-là. La curiosité du félin roux lui fit oublier toute prudence.

« Qu'est-il vraiment arrivé à tes petits ? osa-t-il demander. Cœur de Chêne ne les a quand même pas enlevés ? »

Elle agita les oreilles avec impatience.

« Bien sûr que non. C'est moi qui les ai abandonnés. »

Estomaqué, il attendit une explication.

« Mon nom de guerrière, c'était Lune Bleue, commença-t-elle. Comme toi, je ne pensais qu'à servir ma tribu. Cœur de Chêne et moi, nous nous sommes rencontrés à une Assemblée au début de l'hiver. On était encore jeunes et fous. Nous ne sommes pas restés ensemble très longtemps. Quand j'ai découvert que je portais nos petits, j'ai voulu les élever au sein de mon Clan. Personne ne m'a demandé qui était leur père : si une reine préfère garder le secret, c'est son choix...

— Mais... » l'encouragea Cœur de Feu.

Les yeux perdus dans le vague, elle reprit :

« Notre lieutenant, Taches Fauves, a décidé de prendre sa retraite. J'avais une bonne chance d'être choisie pour le remplacer. Notre guérisseur m'avait confié que le Clan des Étoiles me réservait une destinée hors du commun. Je savais aussi que la tribu ne désignerait jamais à ce poste une reine en train d'allaiter.

— Alors tu les as abandonnés ? s'étonna Cœur de Feu, incapable de cacher son incrédulité. Tu n'aurais pas pu attendre qu'ils quittent la pouponnière avant de devenir lieutenant ?

— La décision a été difficile à prendre, avoua-t-elle d'une voix étranglée. La saison des neiges était très rigoureuse. La tribu était au bord de la famine et j'avais à peine assez de lait pour nourrir mes nouveau-nés. Je savais que le Clan de la Rivière s'occuperait bien d'eux. À l'époque, la rivière regorgeait de poissons : nos ennemis ne manquaient de rien.

— Mais, renoncer à ses petits... »

Quel déchirement ! songeait-il, atterré.

« Tu as raison, Cœur de Feu. J'ai hésité des nuits entières. Je cherchais la meilleure solution pour les chatons... pour moi... et pour le Clan.

— D'autres guerriers devaient pourtant être prêts à devenir lieutenant ? » hasarda le matou, consterné d'apprendre que leur chef avait abandonné sa portée par ambition.

Elle se redressa d'un air de défi.

« Oh oui ! Il y avait Griffes d'Épine. Un bon guerrier, fort et brave. Mais pour lui, la guerre était la seule solution à tous les problèmes. Aurais-je dû le laisser monter en grade et précipiter la tribu dans des conflits inutiles ? » Elle soupira avec tristesse. « Il est mort comme il a vécu, Cœur de Feu, dans une échauffourée contre une patrouille du Clan de la Rivière, quelques saisons avant ton arrivée. Brutal et arrogant jusqu'au bout. Je ne pouvais pas le laisser mener ma tribu à sa perte sans réagir.

— C'est toi qui as confié tes nouveau-nés à Cœur de Chêne ?

— Oui. Je lui ai parlé au cours d'une Assemblée, et il a accepté de venir les prendre. Une nuit, je me suis glissée avec eux jusqu'aux Rochers du Soleil. Cœur de Chêne nous y attendait : il en a guidé deux de l'autre côté du torrent.

— Quoi ? s'étonna le chasseur. Tu veux dire qu'ils étaient plus nombreux ?

— Oui, trois en tout. »

La chatte courba l'échine et ajouta d'une voix presque inaudible :

« Le troisième était trop faible pour survivre au voyage. Il est mort avec moi, près de la rivière.

— Qu'as-tu dit au reste de la tribu ? »

Cœur de Feu se souvint qu'à l'Assemblée Pomme de Pin avait juste parlé des chatons « perdus » d'Étoile Bleue.

« J'ai... J'ai prétendu qu'ils avaient été enlevés dans leur tanière par un renard ou un blaireau. J'avais ouvert une brèche dans le mur de la pouponnière avant de partir : à mon retour, j'ai fait comme si j'avais laissé mes petits endormis pour partir à la chasse. »

À en juger par ses tremblements, sa confession lui coûtait terriblement.

« Le Clan entier a participé aux recherches, continua-t-elle. Même moi, qui savais que c'était inutile. »

Elle posa le museau sur ses pattes. Oubliant qu'elle était son chef, Cœur de Feu s'approcha pour lui lécher l'oreille avec douceur.

Une fois encore, il se rappela la reine inconnue de son rêve et les chatons abandonnés qui pleuraient sa disparition. Il se rendit compte qu'elle était à la fois Étoile Bleue et Rivière d'Argent. La vision mêlait prophétie et souvenir.

« Pourquoi me racontes-tu tout cela ? »

La douleur de leur meneuse faisait peine à voir.

« Pendant de nombreuses saisons, j'ai tenté de les oublier, lui expliqua-t-elle. Je suis devenue lieutenant, puis chef. Ma tribu avait besoin de moi. Mais... ces derniers temps, l'inondation et tes découvertes, Cœur de Feu, m'ont forcée à y repenser... Et voilà que viennent de naître deux autres sang-mêlé. Cette fois, j'espère pouvoir faire de meilleurs choix.

« — Mais pourquoi m'en parler à moi ?

— Je voulais sans doute que quelqu'un sache enfin la vérité, répondit-elle, les sourcils froncés. Je pensais que toi, tu pourrais peut-être me comprendre. »

Le jeune chasseur, lui, n'en était pas sûr. La tête lui tournait. D'un côté, il imaginait une jeune guerrière du nom de Lune Bleue, à l'ambition féroce, bien décidée à protéger sa tribu même au prix d'immenses sacrifices. De l'autre, une mère qui pleurait ses petits abandonnés. Après avoir tenté de prendre la meilleure décision, leur meneuse en avait supporté seule les conséquences.

« Je ne le dirai à personne, promit-il, ému par la confiance qu'elle lui témoignait.

— Merci, Cœur de Feu. Des moments difficiles nous attendent. Le Clan n'a pas besoin d'autres mauvaises nouvelles. » Elle se releva et s'étira comme après une longue nuit de sommeil. « Je dois parler à Griffe de Tigre, maintenant. Quant à toi, tu devrais aller retrouver ton ami. »

Quand Cœur de Feu retourna aux Rochers du Soleil, le crépuscule embrasait l'horizon, reflété à la surface du torrent. Étendu sur la berge, près d'un carré de terre fraîchement retournée, Plume Grise fixait l'eau scintillante.

« Je l'ai enterrée sur la rive, chuchota-t-il quand son camarade vint s'asseoir à côté de lui. Elle adorait la rivière. »

Il contempla la Toison Argentée qui commençait à apparaître et ajouta à voix basse :

« Elle chasse avec le Clan des Étoiles, à présent. Un jour je la retrouverai, et nous serons ensemble. »

La gorge serrée, le chat roux était incapable de répondre. Il se pressa contre le flanc de son compagnon ; les deux félins regardèrent en silence la lumière rouge sang décliner.

« Où as-tu emmené les chatons ? finit par demander le malheureux. Ils auraient dû être enterrés avec elle.

— Enterrés ? Plume Grise, tu ne le savais pas ? Ils ont survécu. »

Son ami le regarda, bouche bée ; une lueur d'espoir s'alluma dans ses yeux.

« Ils sont vivants... Les petits de Rivière d'Argent... Mes petits ? Où sont-ils ?

— À la pouponnière. » Cœur de Feu donna au jeune père un coup de langue sur l'oreille. « Bouton-d'Or se charge de les allaiter.

— Tu crois qu'elle acceptera de les garder ? Sait-elle que Rivière d'Argent était leur mère ?

— Le Clan entier est au courant, reconnut le rouquin à contrecœur. Griffe de Tigre y a veillé. Mais ni Bouton-d'Or ni Étoile Bleue ne reprochent quoi que ce soit aux nouveau-nés. On s'occupera d'eux, ne t'inquiète pas. »

Plume Grise se releva en hâte, ankylosé par sa longue veille. Il semblait douter que le Clan du Tonnerre puisse accepter des bâtards.

« Je veux les voir.

— Viens, répliqua Cœur de Feu, soulagé de voir son ami prêt à affronter la tribu. Notre chef m'a demandé de te ramener. »

Il le mena sur les sentiers de la forêt. Le guerrier cendré jetait sans cesse des regards en arrière, comme s'il supportait mal de quitter Rivière d'Argent. Il ne prononça pas un mot, et le chat roux le laissa ruminer ses souvenirs.

À leur arrivée au camp, les murmures des petits groupes de chasseurs et de novices s'étaient tus et, pour une belle soirée de la saison des feuilles nouvelles, tout semblait normal. Poil de Fougère et Pelage de Poussière se partageaient un lapereau, couchés près du bouquet d'orties. Devant le gîte des apprentis, Nuage Blanc et Nuage d'Épines faisaient mine de se battre, roulant dans la poussière, sous les yeux de Nuage Agile. Aucune trace d'Étoile Bleue ni de Griffe de Tigre.

Le rouquin poussa un soupir de soulagement. Il priait pour qu'on laisse Plume Grise tranquille, qu'on lui permette au moins de voir les chatons avant de l'accabler de reproches.

Hélas, sur le chemin de la pouponnière, ils croisèrent Tempête de Sable. Elle se figea pour les dévisager tour à tour.

« Salut ! lança Cœur de Feu d'une voix aussi amicale que possible. On va rendre visite aux petits. On se voit tout à l'heure à la tanière ?

— Toi, oui, grommela-t-elle. Lui (elle fusilla du regard le chat cendré), qu'il n'essaie pas de m'approcher ! »

Elle s'éloigna, la queue haute.

Le cœur du félin roux se serra. Il se rappelait l'hostilité de Tempête de Sable à son égard, au début. Elle n'avait pas mis longtemps à se radoucir, mais en serait-il de même pour Plume Grise ?

Le jeune père avait les oreilles couchées en arrière.

« Elle ne veut pas de moi. Les autres non plus !

— Moi si ! rétorqua Cœur de Feu, rassurant. Viens, allons voir tes petits. »

CHAPITRE 24

❧

Cœur de Feu sautait d'une pierre du gué à l'autre au-dessus des flots bouillonnants. L'eau s'était retirée et les rochers affleuraient de nouveau à la surface de la rivière. Du ciel gris tombait une fine bruine, comme si le Clan des Étoiles pleurait la mort de Rivière d'Argent, survenue la veille.

Le chat roux allait porter au Clan de la Rivière la triste nouvelle. Il s'était éclipsé sans en parler à personne, persuadé que la tribu ennemie avait le droit de savoir la vérité. Une opinion qu'étaient sans doute loin de partager certains de ses camarades.

Il bondit sur la rive opposée, le nez au vent. Il décela aussitôt une odeur caractéristique ; un instant plus tard, un petit matou tacheté sortait des fougères qui surplombaient le sentier.

L'animal hésita, surpris, avant de venir se planter devant l'intrus.

« Tu es Cœur de Feu, non ? Je t'ai vu à la dernière Assemblée. Que fais-tu de ce côté de la rivière ? »

Il s'efforçait de paraître sûr de lui, sans toutefois parvenir à dissimuler le tremblement de sa voix. Il était très jeune, un apprenti sans doute, mal à l'aise loin du camp sans son mentor.

« Je ne suis pas ici pour me battre ou vous espionner, lui assura le rouquin. Je dois parler à Patte de Brume. Pourrais-tu aller la chercher ? »

Le novice hésita de nouveau, tenté de protester. Mais l'habitude d'obéir aux ordres des guerriers l'emporta, et il s'éloigna en direction du camp de la Rivière. Le chasseur le regarda partir et monta sur la berge se cacher dans les fougères en attendant l'arrivée de Patte de Brume.

Au bout d'un long moment, il vit une silhouette familière se diriger au trot vers lui. *Familière, à cause d'Étoile Bleue*, comprit-il soudain. C'était son portrait tout craché. Il fut soulagé de voir qu'elle était seule. Quand elle fit halte pour humer l'air, il l'appela à voix basse.

« Patte de Brume ! Je suis là ! »

Les oreilles de la chatte tressaillirent. Un instant plus tard, elle s'engouffrait dans les broussailles pour le rejoindre.

« Qu'y a-t-il ? lui demanda-t-elle d'un air soucieux. Rivière d'Argent a eu un problème ? Je ne l'ai pas vue depuis hier. »

La gorge nouée, il faillit s'étrangler d'émotion.

« J'apporte de mauvaises nouvelles, Patte de Brume. Je suis désolé... Rivière d'Argent est morte. »

Abasourdie, la reine bredouilla :

« Morte ? Impossible ! »

Elle ajouta aussitôt d'une voix tranchante :

« Les tiens l'ont surprise sur votre territoire, c'est ça ?

— Non, tu te trompes, se hâta-t-il de répondre. Plume Grise était avec elle aux Rochers du Soleil quand la mise bas a commencé. Il y a eu des complications... Elle s'est mise à saigner. On a fait tout ce qu'on a pu, mais... Je suis désolé, Patte de Brume. »

La douleur voila peu à peu le regard de la bête. Elle finit par pousser un long gémissement rauque, la tête rentrée dans les épaules, les griffes plantées dans la terre. Cœur de Feu s'approcha pour tenter de la réconforter, conscient que les mots ne serviraient à rien.

Lorsque ce cri terrible finit par s'éteindre, elle resta prostrée.

« Je savais bien que cette histoire se terminerait mal », murmura-t-elle.

Dans sa voix, la colère avait laissé la place à une tristesse lasse.

« Je lui avais dit d'arrêter de voir Plume Grise, mais elle ne m'a pas écoutée. Et voilà que... Je n'arrive pas à croire que je ne la reverrai jamais.

— Plume Grise l'a enterrée près des Rochers du Soleil. Si tu le souhaites, je te montrerai l'endroit.

— Je veux bien, Cœur de Feu, merci.

— Ses petits ont survécu, ajouta-t-il pour tenter d'apaiser le chagrin de la chatte.

— Ses petits ? »

Déjà, Patte de Brume avait retrouvé un peu de sa vivacité.

« Ils sont deux, poursuivit le chasseur. Ils vont bien. »

L'air songeur, elle finit par demander :

« Le Clan du Tonnerre les adoptera-t-il, alors que leur mère vient d'une autre tribu ?

— Une de nos reines a accepté de les allaiter. La

tribu en veut à Plume Grise, mais personne n'irait se venger sur les chatons.

— Je vois. »

Elle resta silencieuse un instant, toujours pensive, avant de se relever.

« Je dois retourner au camp avertir les miens. Ils ignorent encore que Rivière d'Argent voyait Plume Grise. Je ne sais pas ce que je vais pouvoir dire à son père. »

Le rouquin fit la grimace. Alors que beaucoup de pères se désintéressaient vite de leurs petits, Étoile Balafrée était resté très proche de sa fille. Il allait devoir affronter la douleur de sa mort en même temps que la nouvelle de sa trahison.

Patte de Brume lui donna un petit coup de langue sur le front.

« Merci, dit-elle. Merci d'être venu m'avertir. »

Elle disparut bientôt dans les fougères. Il rebroussa chemin sur la rive caillouteuse et traversa le gué pour retrouver son territoire.

La faim réveilla Cœur de Feu. Dans la pénombre de la tanière des guerriers, il vit que Plume Grise avait déjà quitté sa litière. *Oh non !* pensa le chat roux avec irritation. *Il est encore allé voir Rivière d'Argent !* Alors, seulement, la mémoire lui revint.

Deux jours avaient passé depuis la mort de la jeune reine. L'indignation du Clan à l'annonce de sa liaison avec Plume Grise commençait à retomber, même si personne, excepté Cœur de Feu et Poil de Fougère, n'acceptait de parler au félin cendré ou de partir en patrouille avec lui. Étoile Bleue n'avait pas encore fait connaître son châtiment.

Le rouquin s'étira avec un bâillement. Toute la nuit, les tressaillements et les gémissements de son ami l'empêchaient de dormir, mais sa lassitude avait des raisons plus profondes. Il ne voyait pas comment la tribu pourrait se remettre de la trahison de Plume Grise. Une atmosphère de méfiance tarissait les conversations et écourtait la toilette rituelle.

Le jeune chasseur se secoua avec détermination avant de se glisser dehors pour s'approcher du tas de gibier. Le soleil qui se levait baignait le camp d'une lumière dorée. Il se penchait pour saisir un campagnol bien dodu quand une voix s'éleva :

« Cœur de Feu ! »

À peine sorti de la pouponnière, Petit Nuage se ruait vers lui à travers la clairière. Plume Blanche et le reste de sa portée le suivaient d'un pas plus mesuré. Chose étrange, ils étaient accompagnés d'Étoile Bleue. Le jeune animal vint s'arrêter devant lui.

« Cœur de Feu ! Je vais être fait apprenti ! Tout de suite ! »

Son oncle en laissa tomber son campagnol. Il avait oublié que Petit Nuage aurait bientôt six lunes ! La joie du chaton lui réchauffait le cœur.

« Tu seras son mentor, n'est-ce pas, Cœur de Feu ? s'enquit leur chef. Il est temps pour toi de prendre un nouveau novice. Tu t'es bien débrouillé avec Poil de Fougère, même s'il n'était pas officiellement ton élève. »

Il s'inclina avec respect.

« Merci !

— Je travaillerai plus dur que quiconque ! lui

promit son neveu avec gravité. Je serai le meilleur apprenti de tous les temps !

— Nous verrons ça », rétorqua Étoile Bleue, tandis que Plume Blanche s'esclaffait :

« Il me harcèle nuit et jour. Je suis sûr qu'il fera de son mieux, ajouta sa mère adoptive, pleine d'affection. Il est fort et intelligent. »

Le chaton rayonnait de fierté. *Il a l'air de s'être réconcilié avec ses origines*, se dit Cœur de Feu. *Mais il est arrogant et il connaît à peine le code du guerrier... Ai-je eu raison d'amener Petit Nuage ici ?* se demanda-t-il à nouveau. Il savait que ce ne serait pas un élève facile.

« Je vais convoquer l'assemblée du Clan », déclara Étoile Bleue, et elle se dirigea vers le Promontoire.

Après un coup d'œil radieux à son oncle, Petit Nuage la suivit au trot, entouré des autres chatons.

« Cœur de Feu ! murmura Plume Blanche. J'ai un service à te demander. »

Il réprima un soupir. Jamais il n'aurait le temps de manger son campagnol avant le début de la cérémonie de baptême.

« Qu'y a-t-il ?

— C'est Plume Grise. Je sais quelles épreuves il a traversées, mais il ne sort plus de la pouponnière. Il surveille ses nouveau-nés comme s'il prenait Bouton-d'Or pour une incapable. Il est sans cesse dans nos pattes.

— Vous lui en avez parlé ?

— On a tenté d'y faire allusion. Perce-Neige lui a même demandé s'il attendait des petits. Bien sûr, il ne remarque rien. »

Le chasseur considéra le rongeur avec regret.

« Je vais lui parler, Plume Blanche. Il est là-bas ?

— Oui, depuis les premières lueurs de l'aube. »

Il traversa la clairière. Il arrivait à la pouponnière quand il entendit Étoile Bleue, perchée sur le Promontoire, appeler la tribu.

À l'entrée du buisson, il fut surpris de croiser Griffe de Tigre. Inquiet, il s'écarta pour laisser sortir leur lieutenant, et finit par se rappeler le chaton au poil sombre de Bouton-d'Or. Le vétéran devait en être le père.

Dans la pouponnière régnaient une chaleur rassurante et une bonne odeur de lait. Penché sur Bouton-d'Or, Plume Grise reniflait les petits.

« Ils ont assez à manger ? s'inquiétait-il. Ils sont minuscules.

— C'est normal, à leur âge, répondit la reine sans se départir de son calme. Ils grandiront, tu verras. »

Cœur de Feu s'approcha pour regarder les quatre animaux téter avidement, bien au chaud contre le ventre de la chatte. Le plus brun ressemblait comme deux gouttes d'eau à Griffe de Tigre. Les deux rescapés étaient plus petits que les autres, mais à présent que leur poil avait séché, ils ressemblaient à n'importe quels nouveau-nés en bonne santé. L'un était gris foncé comme Plume Grise, l'autre avait hérité du manteau argenté de leur mère.

« Ils sont superbes, chuchota le félin roux.

— Ce traître n'en méritait pas tant, grinça Perce-Neige qui s'apprêtait à rejoindre le reste du Clan.

— Ne l'écoutez pas », souffla Bouton-d'Or quand son aînée fut sortie.

Elle se pencha sur les chatons et effleura la femelle gris argent du bout du museau.

« Elle sera aussi belle que sa mère, Plume Grise.

— Et s'ils mouraient ? s'étrangla le père.

— Aucun risque ! répliqua son ami. Bouton-d'Or s'occupe d'eux. »

La reine observait toute la portée avec la même affection, mais elle semblait très fatiguée. Peut-être les petits étaient-ils trop nombreux pour elle ? Résolument, Cœur de Feu fit taire ses inquiétudes. Le lien entre une mère et ses propres chatons avait beau être fort, la loyauté au Clan ne l'était pas moins : la chatte se dépenserait sans compter pour les orphelins parce que leur père venait du Clan du Tonnerre et parce qu'elle avait bon cœur.

Il poussa Plume Grise du museau et lui dit :

« Viens, maintenant. Étoile Bleue a convoqué une assemblée. Elle va faire de Petit Nuage un apprenti. »

Un instant, le chat cendré hésita ; son camarade crut qu'il allait refuser de le suivre. Il finit par se redresser et se diriger vers l'entrée sans quitter les nouveau-nés des yeux.

Dehors, la tribu était déjà rassemblée. Très gaie, Fleur de Saule annonçait à Vif-Argent et Poil de Souris :

« Je vais bientôt devoir emménager dans la pouponnière. J'attends des petits. »

L'un se mit à la féliciter tandis que l'autre lui donnait de grands coups de langue sur l'oreille. *Qui peut bien être le père ?* se demanda le chat roux avant de remarquer que Tornade Blanche, un peu en retrait, épiait la scène avec fierté. *La vie continue malgré les épreuves*, songea Cœur de Feu, un peu apaisé.

Plume Grise à ses côtés, il s'avança jusqu'au premier rang, juste sous le Promontoire. L'air important, Petit Nuage y était assis très droit à côté de Plume Blanche. Griffe de Tigre s'était installé à proximité, une expression réprobatrice sur le visage. Le rouquin se demanda ce qui causait sa mauvaise humeur, cette fois.

« Mes amis ! commença Étoile Bleue depuis son perchoir. Je vous ai appelés ici pour deux raisons, une bonne et une mauvaise. Commençons par la mauvaise : comme vous le savez tous, il y a quelques jours, Rivière d'Argent, du Clan de la Rivière, est morte et nous avons accueilli ici les chatons de Plume Grise. »

Un murmure hostile parcourut la foule. Le guerrier cendré tressaillit et se recroquevilla ; Cœur de Feu se pressa contre son flanc pour le réconforter.

« Vous êtes nombreux à m'avoir demandé quelle serait la punition de Plume Grise, reprit leur meneuse. J'y ai longtemps réfléchi, et j'ai décidé que la mort de Rivière d'Argent suffisait bien. Rien n'égalera ce qu'il a déjà enduré. »

Sa déclaration déclencha des miaulements outragés. Longue Plume s'écria même :

« Il n'a plus rien à faire ici ! C'est un traître !

— Si tu deviens chef un jour, ce genre de décision te reviendra, lui répondit la chatte grise, glaciale. Jusque-là, tu respecteras les miennes. Je dis qu'il n'y aura aucun châtiment. En revanche, Plume Grise, tu n'assisteras à aucune Assemblée pendant trois lunes. Ce n'est pas pour te punir, mais pour éviter que des chats du Clan de la Rivière, dans leur colère contre toi, ne brisent la trêve. »

L'intéressé s'inclina.

« Je comprends, Étoile Bleue. Merci.

— Ne me remercie pas, rétorqua-t-elle. À partir de maintenant, travaille dur et bats-toi pour ta tribu. Un jour, tu feras un excellent mentor pour ces petits. »

Cœur de Feu vit les oreilles de Plume Grise se redresser, comme s'il retrouvait un peu d'espoir. Griffe de Tigre, lui, se renfrogna davantage encore, sans doute déçu par la clémence de leur meneuse.

« À présent, je peux en venir à une nouvelle beaucoup plus réjouissante, annonça-t-elle. Petit Nuage, qui a atteint six lunes, est prêt à devenir apprenti. »

Elle sauta du Promontoire et, de la queue, fit signe au chaton de s'avancer vers elle. Il la rejoignit au trot. Surexcité, il avait la queue dressée bien haut et les moustaches frémissantes. Ses yeux bleus brillaient telles deux étoiles.

« Cœur de Feu, ajouta la chatte. Tu es prêt à prendre un autre novice, et Petit Nuage est le fils de ta sœur. Tu seras donc son mentor. »

Le félin roux se levait quand, sans lui laisser le temps de s'approcher du Promontoire, son neveu se rua vers lui et fit mine de lui effleurer le nez.

« C'est trop tôt ! marmonna le chasseur, les dents serrées. Tiens-toi un peu !

— Cœur de Feu, tu sais ce que c'est que de vivre parmi nous quand on est né chez les Bipèdes, poursuivit-elle, déterminée à ignorer le chaton turbulent. Je compte sur toi pour transmettre tout ce que tu as appris à ton élève, et pour l'aider à devenir un guerrier dont le Clan sera fier.

— Oui, Étoile Bleue. »

La reine reprit :

« Par le Clan des Étoiles, je te baptise Nuage de Neige. »

Cœur de Feu inclina la tête pour permettre enfin au petit de lui toucher le museau.

« Nuage de Neige ! s'écria le nouvel apprenti, fou de joie. Je m'appelle Nuage de Neige !

— Nuage de Neige ! » répéta son oncle.

Quand les membres de la tribu se pressèrent pour féliciter le novice, la fierté gonfla le cœur du chasseur. Les anciens, en particulier, étaient aux petits soins.

Mais tout le Clan ne se joignit pas à la fête. Griffe de Tigre ne quitta pas son poste au pied du Promontoire, et Longue Plume alla s'asseoir à côté de lui. Éclair Noir, qui rentrait à la tanière des guerriers, bouscula même le jeune mentor en passant. Son commentaire écœuré échauffa les oreilles de Cœur de Feu :

« Des traîtres et des chats domestiques ! Ma parole, il ne reste plus un seul félin digne de ce nom dans cette tribu ! »

CHAPITRE 25

❧

Cœur de Feu fit halte à la lisière de la forêt.

« Attends, conseilla-t-il à Nuage de Neige. Nous approchons de la ville, il faut faire attention. Tu flaires quelque chose ? »

Docile, l'apprenti leva le nez pour humer l'air. Son oncle et lui achevaient le premier périple de son initiation : le tour des frontières, où ils avaient marqué le territoire du Clan. Ils se trouvaient à présent près de la maison où Cœur de Feu avait passé sa jeunesse, devant le jardin où vivait la mère du petit.

« Je sens beaucoup de félins différents. Mais je n'en reconnais aucun.

— Bien, approuva son mentor. Ce sont surtout des chats domestiques, et peut-être un ou deux solitaires. Pas des guerriers. »

Le chasseur, qui avait aussi décelé la trace de Griffe de Tigre, préféra passer ce détail sous silence. Il se rappelait le jour où il avait découvert la piste de leur lieutenant à cet endroit précis, mêlée à celle de nombreux félins inconnus.

À en croire ces odeurs, Griffe de Tigre semblait être revenu entre-temps. Impossible, cette fois encore, de déterminer si le vétéran avait vraiment rencontré les intrus ou si leurs chemins s'étaient simplement croisés. Mais pourquoi le guerrier s'était-il pareillement approché de la ville malgré sa haine des Bipèdes ?

« On peut aller voir ma mère, maintenant ? demanda Nuage de Neige.

— Tu as repéré des chiens ? Des preuves récentes du passage d'un Bipède ? »

Le novice renifla encore et lui fit signe que non.

« Alors allons-y », déclara son mentor.

Prudent, il scruta les environs avant de s'engager à découvert. Le chaton le suivit avec d'immenses précautions, soucieux de montrer à son professeur qu'il apprenait vite.

Depuis la cérémonie de la veille, Nuage de Neige faisait preuve d'une gravité inhabituelle et buvait les paroles de Cœur de Feu. Son oncle se demandait cependant si cette rare humilité allait durer. Il ordonna au petit de l'attendre, sauta sur la barrière et observa le jardin. Des fleurs aux couleurs éclatantes poussaient contre la clôture. Plus loin, au milieu de la pelouse, des affaires de Bipèdes pendaient à des fils tendus entre deux arbres.

« Princesse ? souffla-t-il. Princesse, tu es là ? »

Près de la maison, les branches d'un buisson s'agitèrent et la silhouette tachetée de blanc de sa sœur s'avança sur l'herbe à petits pas. Quand elle l'aperçut, elle poussa un cri de ravissement :

« Cœur de Feu ! »

Elle s'approcha de la palissade, bondit à côté de lui et pressa son museau contre le sien.

« Ça faisait si longtemps ! s'exclama-t-elle.

« — Je ne suis pas venu seul. Regarde ! »

Elle fixa l'endroit où était assis le novice, les yeux levés vers elle.

« Oh, Cœur de Feu ! s'écria-t-elle. C'est Petit Nuage ? Il a tellement grandi ! »

Sans attendre d'y être invité, le chaton grimpa au sommet de la clôture. Comme ses griffes dérapaient sur le bois lisse, son mentor l'attrapa par la peau du cou pour le hisser jusqu'à lui.

Une fois installé sur la palissade près de la chatte, le petit la contempla, ébahi.

« Tu es vraiment ma mère ?

— Oui, répliqua Princesse, qui le dévorait des yeux. Je suis si contente de te revoir, Petit Nuage.

— Non, je m'appelle Nuage de Neige, maintenant ! annonça le félin blanc avec fierté. Je suis apprenti.

— C'est merveilleux ! »

Elle se mit à le couvrir de coups de langue. Elle ronronnait si fort qu'elle parvenait à peine à parler.

« Tu es si maigre... Tu manges à ta faim ? Tu t'es fait des amis ? J'espère que tu écoutes Cœur de Feu. »

Le chaton n'essaya même pas de répondre à ce flot de questions. Il se tortilla pour lui échapper et recula.

« Je serai bientôt un guerrier, se vanta-t-il. Cœur de Feu m'apprend à me battre. »

Elle ferma les paupières un moment.

« Il te faudra tant de courage », murmura-t-elle.

Regrettait-elle sa décision de confier son fils à la tribu ? Mais très vite elle rouvrit les yeux et déclara :

« Je suis si fière de vous ! »

Nuage de Neige bomba le torse, flatté par l'attention qu'elle lui portait. Profitant de ce qu'il lissait son pelage à petits coups de langue rose, son oncle chuchota :

« Princesse, tu ne vois jamais de chats inconnus près d'ici ?

— Des chats inconnus ? » répéta-t-elle, surprise.

La question était sans doute saugrenue : sa sœur ne saurait pas distinguer bannis ou solitaires des simples chasseurs du Clan du Tonnerre. C'est alors qu'il la vit frissonner.

« Oui, je les ai entendus hurler, la nuit. Mes Bipèdes se lèvent et leur crient dessus.

— Parmi eux, est-ce qu'il y a un grand félin brun au poil tacheté ? demanda-t-il, le cœur battant. Il a le museau balafré. »

Elle lui fit signe que non, perplexe.

« Je ne les ai qu'entendus.

— Si tu le vois, évite-le », lui conseilla-t-il.

Ces paroles inquiétèrent tant la chatte qu'il préféra changer de sujet : il encouragea Nuage de Neige à décrire sa cérémonie de baptême, et leur visite du territoire du Clan. Bientôt rassérénée, elle poussait des exclamations admiratives en l'écoutant.

Le soleil redescendait dans le ciel quand Cœur de Feu décréta :

« Il est temps pour nous de rentrer. »

L'apprenti, qui avait ouvert la bouche pour protester, se reprit à temps.

« Très bien », lança-t-il, docile, avant d'ajouter pour Princesse :

« Et si tu venais avec nous ? Je t'attraperais des souris, et tu pourrais dormir dans ma tanière. »

Elle ronronna avec tendresse.

« J'aimerais en être capable, lui répondit-elle. Mais je suis vraiment plus heureuse ici. Je ne veux pas apprendre à me battre, ou dormir dehors dans le froid. Tu reviendras bientôt me voir ?

— Oui, c'est promis.

— Je l'amènerai avec moi, renchérit le rouquin. Au fait, Princesse... ajouta-t-il alors qu'il allait sauter à terre. Si tu vois quelque chose... d'étrange dans le coin, n'oublie pas de m'en parler. »

Sur le chemin du retour, Cœur de Feu en profita pour chasser un peu. Lorsqu'il atteignit le ravin avec son élève, le soleil baignait la forêt d'une lumière écarlate et l'ombre des arbres s'allongeait.

Nuage de Neige portait une musaraigne destinée aux anciens. Au moins la proie qui pendait à sa gueule avait-elle mis fin à ses bavardages incessants. Même si son oncle se sentait épuisé après une journée entière passée en sa compagnie, il devait s'avouer plus impressionné que prévu. Courageux, l'esprit vif, le chaton ferait un guerrier exceptionnel. Ils se glissaient dans la pénombre de la ravine quand le jeune mentor tomba en arrêt. Une odeur inhabituelle lui chatouillait les narines, portée par la brise qui balayait la forêt.

Le novice s'arrêta lui aussi pour déposer son gibier.

« Cœur de Feu, tu as senti ? »

Il huma l'air de nouveau et s'étrangla :

« Tu me l'as appris ce matin : c'est le Clan de la Rivière !

— Bravo », lâcha son aîné, crispé.

Il avait reconnu l'odeur un instant avant Nuage de Neige. Du sommet du vallon, trois chats descendaient à pas lents parmi les rochers.

« C'est bien eux. On dirait qu'ils viennent par ici. Tu vas retourner au camp prévenir Étoile Bleue. Assure-toi qu'elle comprenne que ce n'est pas une attaque.

— Mais je veux... » L'apprenti s'interrompit quand le chasseur fronça les sourcils. « Pardon. J'y vais. »

Il s'éloigna vers l'entrée du tunnel, sans oublier de ramasser sa musaraigne.

Le félin roux, lui, ne bougea pas. Il se redressa de toute sa hauteur et attendit les trois intrus. Il s'agissait de Taches de Léopard, Patte de Brume et Pelage de Silex. Lorsqu'ils ne furent plus qu'à quelques pas de lui, il demanda :

« Que voulez-vous, guerriers du Clan de la Rivière ? Que faites-vous sur notre territoire ? »

Contraint de leur poser la question, il s'efforça cependant de paraître le moins hostile possible.

Taches de Léopard s'arrêta la première.

« Nous venons en paix, répondit-elle. Nos deux tribus ont des comptes à régler. Étoile Balafrée nous envoie parler à votre chef. »

CHAPITRE 26

❧

INCAPABLE DE DISSIMULER SON INQUIÉTUDE, Cœur de Feu mena les trois chasseurs ennemis au camp. Les tribus se rendaient rarement visite : qu'y avait-il donc de si urgent qu'ils ne puissent pas attendre l'Assemblée suivante ?

Alertée par Nuage de Neige, Étoile Bleue était déjà assise au pied du Promontoire. L'anxiété de Cœur de Feu ne fit que croître quand il aperçut Griffe de Tigre à côté d'elle. À l'arrivée des visiteurs, la chatte grise congédia l'apprenti :

« Merci, Nuage de Neige. Apporte ton gibier aux anciens. »

Déçu, le chaton obéit tout de même sans discuter. Taches de Léopard s'approcha d'Étoile Bleue et s'inclina.

« Nous venons en paix. Il faut que nous parlions. »

Griffe de Tigre poussa un grognement incrédule, comme s'il brûlait de punir leur intrusion. Son chef l'ignora.

« Je devine ce qui vous amène. Mais il n'y a pas grand-chose à dire. Ce qui est fait est fait. Nous nous chargeons de punir Plume Grise. »

Elle avait beau s'adresser au lieutenant adverse, elle ne pouvait détacher son regard de Patte de Brume et de Pelage de Silex. Regret et tristesse se mêlaient dans ses yeux.

« Ce que tu dis est vrai, reconnut Taches de Léopard. Ces deux jeunes chats méritaient une sanction, mais Rivière d'Argent est morte, et le châtiment de Plume Grise vous appartient. Nous désirons te parler des petits.

— Pourquoi ?

— Leur place est chez nous. Nous sommes venus les chercher.

— Chez vous ? s'étonna Étoile Bleue, méfiante. Explique-toi ! »

Griffe de Tigre se releva d'un bond, furieux.

« Comment connaissez-vous leur existence ? ajouta-t-il avant de se tourner vers Cœur de Feu. Vous nous espionnez ? À moins que quelqu'un ne vous l'ait révélée ? »

L'accusé ne broncha pas, et Patte de Brume se garda bien de le trahir. Outre que le vétéran n'avait aucune preuve de ce qu'il avançait, le félin roux ne regrettait pas sa décision. Le Clan de la Rivière avait le droit de connaître la vérité.

« Rassieds-toi, Griffe de Tigre », murmura leur meneuse.

Elle glissa un regard vers le jeune chasseur, qui comprit qu'elle n'était pas dupe. Cependant elle n'avait pas l'intention de vendre la mèche.

« Qui sait, peut-être une patrouille du Clan de la Rivière a-t-elle vu ce qui se passait ? Ce genre d'événement ne reste pas longtemps secret. Mais dis-moi, Taches de Léopard, le sang de notre tribu coule aussi dans les veines de ces petits, et une de nos reines s'occupe d'eux. Pourquoi devrions-nous vous les rendre ?

— Les chatons appartiennent à la tribu de leur mère. Si Rivière d'Argent avait survécu, c'est nous qui les aurions élevés, sans même savoir qui était le père. Voilà pourquoi ils nous reviennent.

— Étoile Bleue, tu ne peux pas les renvoyer ! s'écria Cœur de Feu. Ils sont la seule raison de vivre de Plume Grise. »

Un autre grognement monta de la gorge de Griffe de Tigre, mais c'est leur chef qui répondit.

« Tais-toi. Ça ne te concerne pas.

— Si ! Plume Grise est mon ami.

— Silence ! fulmina le vétéran. Tu as besoin qu'elle te le répète ? Plume Grise est un traître. Il n'a aucun droit sur les petits ! »

Griffe de Tigre n'avait-il donc aucun respect pour la douleur du chat cendré ? Le sang du rouquin ne fit qu'un tour. Il se planta face à leur lieutenant, qui lui montra les crocs. Si des chasseurs ennemis n'avaient pas été présents, Cœur de Feu lui aurait sauté dessus.

Étoile Bleue vit rouge.

« Assez ! leur ordonna-t-elle. Taches de Léopard, je reconnais que le Clan de la Rivière a certains droits sur ces nouveau-nés. Mais nous aussi. De plus, ils sont encore faibles. Ils ne peuvent pas faire le voyage pour l'instant – surtout la traversée de la rivière. C'est trop dangereux. »

L'échine de la chatte au poil tacheté se hérissa, son expression se fit glaciale.

« Subterfuges !

« — Non, ce ne sont pas des prétextes, rétorqua leur meneuse. Oserais-tu mettre en péril la vie de ces chatons ? Je vais réfléchir à vos arguments et en discuter avec mes guerriers. Je te donnerai ma réponse à la prochaine Assemblée.

— Maintenant, bon vent ! » intervint son lieutenant.

Taches de Léopard hésita à protester, mais Étoile Bleue avait clairement mis fin à l'entretien. Au bout de quelques instants, l'envoyée du Clan de la Rivière s'inclina et tourna les talons, Patte de Brume et Pelage de Silex derrière elle. Griffe de Tigre les raccompagna à la sortie du camp.

Resté seul avec Étoile Bleue, Cœur de Feu se calma un peu, sans pouvoir s'empêcher de renouveler sa supplique.

« On ne peut pas les laisser reprendre les petits ! Tu sais bien, toi, quel coup ce serait pour Plume Grise ! »

Elle semblait si sombre qu'il craignit d'avoir dépassé les bornes, pourtant c'est d'une voix douce qu'elle répondit :

« Oui, je le sais. Je donnerais cher pour pouvoir les garder. Mais jusqu'où nos adversaires iront-ils pour les récupérer ? Nous livreront-ils bataille ? Combien de nos chasseurs accepteront de risquer leur vie pour des sang-mêlé ? »

La fourrure du chat roux se hérissa : une guerre sans merci... Pire, des luttes intestines au sein de la tribu... Était-ce le destin que leurs ancêtres leur avaient prédit par l'intermédiaire de Petite Feuille ? « *L'eau peut éteindre le feu* »... Peut-être la menace venait-elle des chats du Clan de la Rivière, et non de l'inondation...

« Courage, Cœur de Feu, poursuivit Étoile Bleue. On n'en est pas encore là. J'ai gagné un peu de temps... Qui sait ce qui peut encore se passer d'ici à la prochaine Assemblée ? »

Il ne partageait pas sa confiance. Le problème des petits ne se résoudrait pas comme par enchantement. Mais il ne lui restait plus qu'à s'incliner et à se retirer dans la tanière des guerriers.

Et maintenant, pensa-t-il, la mort dans l'âme, *que vais-je raconter à Plume Grise ?*

Dès la tombée de la nuit, la tribu entière connaissait la requête du Clan de la Rivière. Griffe de Tigre avait dû la confier à ses favoris, qui s'étaient chargés de répandre la nouvelle.

Comme leur chef l'avait prédit, les avis étaient partagés. Beaucoup pensaient que plus tôt la tribu se débarrasserait des deux bâtards, plus vite la question serait réglée. Mais certains semblaient quand même prêts à se battre par fierté.

D'un bout à l'autre des débats, Plume Grise resta silencieux. Il broyait du noir dans le repaire des chasseurs. Il n'en sortit qu'une seule fois, pour se rendre à la pouponnière. Quand le rouquin lui apporta du gibier, il détourna la tête. Le jeune père n'avait pas mangé depuis la mort de Rivière d'Argent : mal en point, il maigrissait à vue d'œil.

Dès son réveil, le lendemain matin, Cœur de Feu alla trouver Croc Jaune.

« Peut-on faire quelque chose pour lui ? Il ne mange rien, il ne dort pas...

— Aucune herbe, aucun onguent ne saurait guérir un cœur brisé. Seul le temps peut y parvenir.

— Je me sens si inutile...

— Ton amitié l'aide. Même s'il ne s'en rend pas compte pour l'instant, un jour il... »

Elle s'interrompit quand Nuage Cendré vint déposer un ballot de plantes devant elle.

« Ce sont les bonnes ? » lui demanda l'apprentie.

Son aînée renifla le paquet.

« Oui, c'est ça. Tu ne peux pas manger avant la cérémonie. Mais moi, je suis bien trop vieille pour aller jusqu'aux Hautes Pierres sans aide. »

Elle s'accroupit devant les herbes et commença à les mâcher.

« Les Hautes Pierres ? La cérémonie ? répéta Cœur de Feu. De quoi s'agit-il ?

— La lune est parvenue à la moitié de son cycle, répondit Nuage Cendré, rayonnante. Aujourd'hui, Croc Jaune et moi nous rendons à la Grotte de la Vie : je vais être nommée novice. »

Elle trépignait de joie. Malgré la mort de Rivière d'Argent, elle avait surmonté ses doutes et se préparait avec fébrilité à sa nouvelle vie de guérisseuse. Ses yeux avaient retrouvé tout leur éclat, mais une sagesse nouvelle y luisait.

Elle grandit, songea le rouquin, un étrange regret au cœur. Son apprentie enthousiaste, souvent écervelée, se muait peu à peu en une chatte érudite, douée d'une grande force intérieure. Lui qui aurait dû se réjouir du chemin choisi pour elle par le Clan des Étoiles rêvait encore de courses effrénées dans la forêt avec son élève.

« Tu veux que je t'accompagne ? lui proposa-t-il. Jusqu'aux Quatre Chênes, au moins...

— Oh ! Comme c'est gentil, Cœur de Feu ! » s'exclama-t-elle.

L'ancienne se redressa en se léchant les babines.

« D'accord, mais pas plus loin. La réunion de la Grotte de la Vie est réservée aux guérisseurs. »

Elle s'ébroua avant de prendre la tête de la petite expédition. Une fois dans la clairière, ils aperçurent Nuage de Neige en pleine toilette devant sa tanière.

Sitôt qu'il vit son mentor, le chaton blanc se leva d'un bond et courut le rejoindre.

« Où vas-tu ? Je peux venir ? »

Cœur de Feu jeta un coup d'œil à Croc Jaune, qui n'éleva aucune objection.

« D'accord, répondit-il. Ce sera un bon exercice, et puis on pourra chasser sur le chemin du retour. »

Sur la pente du ravin, il expliqua à son élève qu'au-delà des Quatre Chênes les deux chattes poursuivraient leur route seules jusqu'aux Hautes Pierres. Au plus profond de la caverne baptisée Grotte de la Vie se trouvait la Pierre de Lune, un rocher qui rayonnait d'une lumière aveuglante au clair de lune. La cérémonie d'intronisation se déroulerait là.

« Et ensuite ? l'interrogea le petit, passionné.

— Le rituel est secret, rétorqua la vieille guérisseuse. Il ne faudra pas poser de questions à Nuage Cendré à son retour. Elle n'a le droit de rien dire.

— Mais tout le monde sait que le Clan des Étoiles va lui accorder des pouvoirs magiques, précisa le félin roux.

— Des pouvoirs magiques ! »

Époustouflé, Nuage de Neige considéra l'apprentie comme s'il craignait de l'entendre entonner une prophétie.

« Ne t'inquiète pas, je serai toujours cette bonne vieille Nuage Cendré, lui assura-t-elle en riant. Ça, ça ne changera jamais ! »

Au fur et à mesure que la journée avançait, une chaleur étouffante s'installa. Le guerrier cherchait l'ombre des arbres, la fraîcheur des hautes herbes et des fougères. L'oreille aux aguets, il interrogeait sans relâche Nuage de Neige sur les odeurs environnantes. Cœur de Feu n'avait pas oublié l'attaque des Clans de l'Ombre et du Vent. Leur défaite ne les empêcherait pas de recommencer. Et puis, il s'attendait à des tensions avec le Clan de la Rivière à cause des chatons. Il soupira. Par une si belle matinée, difficile de penser aux discordes entre tribus.

En dépit de ses inquiétudes, le groupe atteignit les Quatre Chênes sans difficultés. Ils se glissaient le long de la pente broussailleuse quand le chasseur ralentit pour se mettre à la hauteur de Nuage Cendré.

« Tu es sûre que c'est vraiment ce que tu veux ? » lui murmura-t-il.

Soudain sérieuse, elle le dévisagea.

« Bien sûr ! Tu ne comprends pas ? Il faut que j'en apprenne le plus possible pour ne plus laisser personne mourir. »

Il tressaillit. Comment la persuader que la mort de Rivière d'Argent n'avait rien à voir avec elle ? Le combat semblait perdu d'avance.

« Nuage Cendré... Tu crois que tu seras heureuse ? Tu sais que les guérisseuses n'ont pas le droit d'avoir de petits... »

La jeune chatte ronronna pour le réconforter.

« Vous serez tous mes petits, lui promit-elle. Même les guerriers. Croc Jaune dit qu'ils ont à peu près autant de bon sens que des nouveau-nés, parfois ! »

Elle se serra contre lui et frotta son museau contre le sien.

« Mais tu seras toujours mon meilleur ami, Cœur de Feu. Je n'oublierai jamais que tu as été mon premier mentor. »

Il lui lécha l'oreille.

« Au revoir, Nuage Cendré, chuchota-t-il.

— Je ne m'en vais pas pour toujours, protesta-t-elle. Je reviens demain au coucher du soleil. »

Pourtant, le rouquin savait que, d'une certaine manière, son ancienne apprentie partait pour toujours. À son retour, elle aurait de nouveaux pouvoirs et de nouvelles responsabilités accordés par le Clan des Étoiles. Côte à côte, ils traversèrent le vallon à l'ombre des chênes et gravirent la pente opposée au sommet de laquelle Croc Jaune et Nuage de Neige les attendaient. La lande s'étirait devant eux, plantée d'épais bouquets de bruyère courbés par le vent.

« Le Clan du Vent ne risque pas de vous attaquer si vous passez par leur territoire ? s'inquiéta le chaton.

— Le passage vers les Hautes Pierres est libre pour toutes les tribus, lui apprit la vieille chatte. Personne n'oserait attaquer des guérisseuses ! »

Elle se tourna vers son élève.

« Tu es prête ?

— Oui, je viens. »

La jeune chatte donna à son camarade un dernier coup de langue et suivit la doyenne sur l'herbe moelleuse des hauts plateaux. Elle s'éloigna sans se retourner, clopin-clopant, malgré les bourrasques qui lui ébouriffaient le pelage.

Le félin roux la regarda partir le cœur lourd. Il savait qu'elle abordait une existence nouvelle, plus heureuse. Et pourtant, le regret de la vie qu'elle aurait pu avoir lui serrait la gorge.

Cœur de Feu s'arracha à la contemplation du lever du soleil.

« Aujourd'hui, Griffe de Tigre veut que j'envoie Nuage de Neige seul à la chasse », annonça-t-il à Plume Grise.

Son ami plissa le museau, surpris.

« C'est un peu tôt, non ? Il vient à peine d'être nommé novice.

— Il pense que le petit est prêt. Il m'a dit de le suivre et d'évaluer ses progrès, de toute façon. Tu veux nous accompagner ? »

Nuage Cendré était rentrée de la Grotte de la Vie la veille au soir. Au crépuscule, le rouquin était allé l'accueillir à l'entrée du ravin. Elle l'avait salué avec affection, mais les secrets de son initiation se dressaient désormais entre eux. L'extase illuminait encore son visage ; la lune elle-même semblait briller dans ses pupilles. Malgré tout, le chasseur se refusait à croire que, parce qu'elle empruntait désormais un chemin différent du sien, il l'avait perdue pour toujours.

À présent, assis près du carré d'orties, il dévorait une souris. Plume Grise, installé près de lui, avait à peine touché à sa pie.

« Non merci, répondit le chat cendré. J'ai promis à Bouton-d'Or de passer voir les nouveau-nés. Ils ont ouvert les yeux, tu sais. »

Sans doute leur mère adoptive aurait-elle préféré se passer de garde du corps, mais le matou refusait de quitter ses chatons.

« D'accord, déclara Cœur de Feu. À tout à l'heure ! »

Sitôt le dernier morceau de souris avalé, il alla trouver Nuage de Neige.

Griffe de Tigre s'activait depuis le matin : il avait envoyé une patrouille, Tornade Blanche à sa tête, marquer leur territoire le long de la rivière et une autre, dirigée par Tempête de Sable, chasser près des Rochers aux Serpents. Dans l'agitation, leur lieutenant avait oublié d'imposer un terrain d'entraînement à Nuage de Neige.

« Dirige-toi vers la ville, ordonna donc le jeune mentor à son neveu. Ça t'évitera de croiser les autres. Tu ne me verras pas, mais moi, je te surveillerai. On se retrouve devant la barrière du jardin de Princesse.

— Je pourrai lui parler, si elle est là ?

— À condition d'avoir fait bonne chasse. Et attention : interdiction d'aller la chercher dans les jardins ou les maisons !

— Compris ! »

Le poil hérissé, Nuage de Neige trépignait d'impatience. Cœur de Feu se rappelait encore sa propre nervosité avant sa première évaluation. Son élève, lui, débordait d'assurance.

« Très bien, vas-y ! Rendez-vous là-bas vers le milieu du jour. »

L'animal se précipita vers le tunnel.

« Ménage-toi ! s'écria son oncle. Tu as un sacré bout de chemin à faire ! »

Bien sûr, l'apprenti disparut dans les ajoncs sans ralentir l'allure. Le guerrier frémit des moustaches, plus amusé qu'agacé, et chercha Plume Grise du regard. Son ami n'était plus dans les parages. Sa pie à peine entamée se trouvait encore près du carré d'orties. *Il doit déjà être à la pouponnière*, pensa le rouquin, avant de quitter le camp à son tour.

La piste du novice était bien visible. Il avait sillonné les bois à la recherche d'une proie. Une touffe de plumes indiquait la capture d'une grive, des gouttes de sang sur l'herbe, celle d'une souris. Non loin des Grands Pins, son oncle trouva même l'endroit où il avait enterré ses prises.

Impressionné par les exploits du chaton, remarquables pour son âge, Cœur de Feu accéléra le train : il voulait l'observer de plus près. Mais avant même d'atteindre les abords de la ville, il vit le petit foncer vers lui, la fourrure hérissée, une drôle de lueur dans l'œil.

« Nuage de Neige ! »

Le jeune félin s'arrêta dans un tourbillon d'aiguilles de pin ; il évita la collision de justesse.

« Il y a un problème ! » haleta-t-il.

Le sang du chasseur ne fit qu'un tour.

« Quoi ? C'est Princesse ?

— Non. Griffe de Tigre ! Je l'ai vu avec des chats bizarres. »

Son mentor dressa aussitôt l'oreille.

« Près de la ville ? Là où on a trouvé des traces le jour où on est allés voir Princesse ?

— Oui ! s'exclama l'apprenti. Ils étaient en plein conciliabule, juste à l'orée du bois. J'ai essayé de m'approcher pour les écouter, mais j'avais peur qu'ils repèrent ma fourrure blanche. Alors je suis venu te trouver.

— Tu as bien fait, le félicita Cœur de Feu, qui réfléchissait à toute vitesse. À quoi ressemblaient-ils ? Tu as flairé l'odeur d'un des Clans ? »

Son élève plissa le nez.

« Ils sentaient la charogne.

— Tu ne les as pas reconnus ?

— Non... Ils étaient maigres à faire peur, la fourrure toute pelée. Ils m'ont fichu la frousse !

— Et ils parlaient avec Griffe de Tigre... »

Le chat roux fronça les sourcils. Ce détail, surtout, l'inquiétait. Il pouvait deviner l'identité des inconnus : c'était sans doute l'ancienne garde rapprochée de Plume Brisée, car la forêt n'abritait pas d'autres chats errants... Ils n'en étaient pas à leur premier méfait, mais que faisait leur lieutenant en leur compagnie ?

« Très bien, continua-t-il. Suis-moi. Et fais-toi aussi discret que si tu t'approchais d'une souris. »

Il se dirigea vers la ville à pas furtifs. Longtemps avant d'atteindre la lisière de la forêt, il décela l'odeur de plusieurs félins, dont Griffe de Tigre. Le grand chasseur choisit ce moment pour surgir au loin : il bondissait entre les arbres en direction du camp.

Dans la pinède, pas un buisson ne permettait de se mettre à couvert. Cœur de Feu et Nuage de Neige en furent réduits à se tapir, immobiles, dans une des ornières creusées par les dévoreurs d'arbres.

Une bande de guerriers efflanqués suivait le vétéran. La bave aux lèvres, les prunelles luisantes, ils ne remarquèrent pas les deux espions blottis dans leur abri de fortune à quelques pas de là.

Le rouquin sortit de sa cachette pour les regarder s'éloigner. Un instant encore, il resta figé par l'horreur et l'incrédulité. Depuis son bannissement du Clan de l'Ombre, plusieurs lunes auparavant, le groupe s'était étoffé. Griffe de Tigre avait dû recruter d'autres solitaires...

Il les menait à présent droit vers le camp du Tonnerre !

CHAPITRE 27

❦

« Cours ! ordonna Cœur de Feu à son apprenti. Cours comme si ta vie en dépendait ! »

Déjà, lui-même se ruait dans la forêt sans attendre son neveu. Il lui restait un vague espoir de pouvoir rattraper les traîtres et prévenir la tribu.

Il a envoyé plusieurs patrouilles en mission ce matin, se rappela le chat roux, au bord de la panique. *Et il m'a demandé de suivre Nuage de Neige. Le camp est sans défense. C'était prémédité !*

Le jeune chasseur filait entre les arbres, les muscles tendus par l'effort. Peine perdue : quand il déboucha sur la crête du ravin, l'arrière-train et la queue du dernier chat errant disparaissaient dans le tunnel d'ajoncs.

Il dévala la pente escarpée, son élève sur les talons, et se mit à hurler :

« Attention ! Une attaque ! »

Au moment où il entrait dans le tunnel, il entendit un autre hurlement s'élever dans la clairière.

« À moi, Clan du Tonnerre ! » criait Griffe de Tigre.

Un petit espoir s'alluma dans l'esprit embrouillé de l'ancien chat domestique : et s'il avait eu tort ?

La bande avait peut-être pourchassé le vétéran jusqu'au camp ?

Cœur de Feu déboula dans la clairière juste au moment où leur lieutenant se retournait contre les proscrits. La petite troupe s'éparpilla en braillant. Griffe de Tigre faisait illusion de loin mais, en fait, ses griffes étaient rentrées. Le cœur du rouquin se serra. La contre-offensive du traître n'était qu'une ruse. Il avait amené ces charognards au camp, et tentait à présent de cacher sa trahison.

Ce n'était pas le moment de réfléchir. Le combat avait commencé. Le mentor se tourna vers son apprenti.

« Trouve les patrouilles et ramène-les. Tornade Blanche longe la rivière et Tempête de Sable chasse près des Rochers aux Serpents.

— Compris ! »

Nuage de Neige s'engouffra au galop dans le tunnel.

Cœur de Feu, lui, sauta à la gorge du premier chat errant venu, dont il laboura les flancs. Avec un grondement de rage, la bête parvint à se retourner vers lui, toutes griffes dehors. Quand elle tenta de le plaquer au sol, il bourra son ventre de coups de patte et la fit détaler dans les buissons.

Le félin roux se releva tant bien que mal et chercha un autre opposant, la queue battante et l'échine hérissée. À l'entrée de la pouponnière, Plume Grise roulait dans la poussière avec un matou au poil beige. Enlacés, les deux guerriers jouaient des mâchoires et des pattes. Plume Blanche et Perce-Neige affrontaient ensemble un mâle deux fois plus grand qu'elles. Près de sa tanière, Poil de

Souris avait planté ses griffes dans l'épaule d'un grand chasseur tacheté dont elle déchirait le ventre.

Soudain, Cœur de Feu se figea. De l'autre côté de la clairière, Plume Brisée avait sauté sur son gardien, Pelage de Poussière. Il avait plongé ses crocs dans la gorge du jeune chat, qui se débattait comme un beau diable. Même aveugle, l'ancien chef restait un redoutable adversaire : il tint bon. Quelle horreur ! Ce traître prenait le parti de ses vieux compagnons, et non du Clan du Tonnerre, qui avait pourtant tout risqué pour le défendre !

Un souvenir traversa l'esprit du rouquin : il revit Griffe de Tigre et Plume Brisée faire leur toilette côte à côte. Un signe de la compassion de leur lieutenant ? Hélas non ! C'était une preuve de complicité entre le vétéran et le tyran déchu !

Mais une fois encore, le temps manquait à Cœur de Feu pour réfléchir. À peine s'était-il élancé au secours de Pelage de Poussière qu'il fut renversé par un autre assaillant. Des griffes lui écorchèrent le ventre. Des yeux verts luisaient à un souffle de son museau. Quand le chat roux montra les crocs et tenta de le mordre à l'épaule, son rival le fit reculer à coups de pattes. L'oreille lacérée, le flanc exposé, le jeune guerrier était pris au piège. Soudain, son agresseur poussa un gémissement et le relâcha. Nuage d'Épines, un des apprentis, avait planté les dents dans sa queue. L'ennemi traîna le chaton dans la poussière jusqu'à lui faire lâcher prise avant de s'enfuir par le tunnel d'ajoncs.

Hors d'haleine, Cœur de Feu se releva.

« Merci, hoqueta-t-il. Bravo, bien joué ! »

Le novice s'inclina avant de filer aider Plume Grise devant la pouponnière. Cœur de Feu observa les alentours. Pelage de Poussière s'était volatilisé et Plume Brisée s'avançait d'un pas chancelant dans la clairière en poussant un gémissement à glacer le sang. Malgré son infirmité, il possédait une puissance terrifiante, presque surnaturelle.

La clairière fourmillait de félins au corps à corps, mais... Le rouquin fut pris de sueurs froides : où était Étoile Bleue ?

En un éclair, il se rendit compte que Griffe de Tigre, lui aussi, était introuvable. *Horreur !* Il contourna Fleur de Saule, agrippée au dos d'un énorme chat errant, et se dirigea vers la tanière de leur meneuse. À son grand soulagement, des voix lui parvinrent de l'intérieur :

« Plus tard, Griffe de Tigre, disait la chatte grise. Pour l'instant, la tribu a besoin de nous. »

La réponse tardait à venir. Il entendit la reine reprendre avec étonnement :

« Griffe de Tigre ? Que fais-tu ?

— Transmets mes amitiés au Clan des Étoiles.

— Comment oses-tu ? rétorqua-t-elle avec colère. Je suis le chef de la tribu, l'aurais-tu oublié ?

— Plus pour très longtemps, grommela-t-il. Je vais te tuer, encore et encore. Autant de fois qu'il faudra pour que tu rejoignes nos ancêtres. Et ensuite, je te remplacerai ! »

Un bruit de course affolée et un terrible grognement coupèrent court aux protestations d'Étoile Bleue.

❧

CHAPITRE 28

Cœur de Feu se précipita à l'intérieur de la tanière. Les deux félins se tordaient sur le sol sablonneux. Clouée à terre par le corps massif de Griffe de Tigre, la chatte tentait de lui déchiqueter l'épaule. Mais les crocs du félon étaient plongés dans sa gorge et ses pattes puissantes lui lacéraient le dos.

« Traître ! » hurla le rouquin.

Il se jeta sur le grand félin, dont il visa les yeux. Griffe de Tigre se cabra, forcé de lâcher sa victime. Son oreille prit un mauvais coup et le sang jaillit.

Sonnée, Étoile Bleue recula. Cœur de Feu n'eut pas le temps de vérifier si ses blessures étaient graves : déjà une douleur lancinante lui transperçait le flanc. Il glissa sur le sable, perdit l'équilibre et se retrouva sous son adversaire.

Le regard couleur d'ambre de son vieil ennemi se planta dans le sien.

« Sale vermine ! Je vais t'étriper ! J'attends cet instant depuis trop longtemps. »

Le jeune chasseur fit appel à toute son astuce et sa force. Il savait que Griffe de Tigre pouvait le tuer, et pourtant il se sentait comme libéré. Finis les mensonges et les ruses ! Seule demeurait l'ivresse de la bataille.

Il visa le cou de son agresseur, qui tourna la tête sur le côté et l'esquiva sans mal. Cependant, l'étreinte du vétéran s'était desserrée : Cœur de Feu roula sur le côté, juste à temps pour éviter un coup de dents mortel à la nuque.

Le traître se ramassa sur lui-même, prêt à bondir.

« Alors, chat domestique, tu as peur ! ricana-t-il. Viens, tu vas voir comment se bat un vrai guerrier ! »

Il se rua sur son cadet, qui attendit le dernier moment pour faire un pas de côté. Griffe de Tigre s'efforça de se retourner dans le repaire étroit, mais il dérapa dans une flaque de sang et s'écrasa sur le flanc.

Aussitôt, le rouquin saisit sa chance. Il laboura violemment le ventre qui s'offrait. Des gouttes écarlates éclaboussèrent le pelage brun de son rival, qui poussa un miaulement aigu. Cœur de Feu sauta sur lui, lui entailla encore l'abdomen et referma les dents sur sa nuque. Le blessé se démena en vain. Plus le sang coulait, plus ses mouvements faiblissaient.

Le chat roux lui lâcha le cou et posa les deux pattes sur sa poitrine.

« Étoile Bleue ! cria-t-il. Viens m'aider ! »

Leur meneuse était blottie sur sa litière tapissée de mousse. Son museau ensanglanté inquiétait moins Cœur de Feu que son air égaré. On aurait dit que pour elle le monde s'écroulait.

Au son de sa voix, elle sursauta, comme échappée d'un rêve. Elle traversa la tanière, la démarche hésitante, et plaqua le train arrière du chasseur vaincu au sol. Malgré des blessures qui auraient étourdi un autre félin, Griffe de Tigre se débattait encore. Les yeux brûlant de haine, il vomissait un flot d'insultes.

Une ombre se profila à l'entrée de la tanière. Un autre de leurs assaillants ? Non, c'était Plume Grise. Le flanc et une patte couverts de sang, une bave rouge au bord des lèvres, il balbutia : « Étoile Bleue, nous... » avant de s'interrompre, estomaqué.

« Cœur de Feu, que s'est-il passé ? s'exclama-t-il.

— Griffe de Tigre a tenté d'assassiner Étoile Bleue. On avait raison depuis le début : c'est un traître. Il a organisé l'attaque des chats errants. »

D'abord tétanisé, le nouvel arrivant se secoua.

« Nous sommes en train de perdre, annonça-t-il. Ils sont trop nombreux. Nous avons besoin de ton aide, Étoile Bleue. »

Leur chef le fixa sans répondre. Son visage ne reflétait aucune émotion, comme si la trahison du vétéran avait irrémédiablement meurtri son esprit.

« Je vais y aller, proposa le rouquin. Plume Grise, tu peux l'aider à tenir Griffe de Tigre ? On s'occupera de lui après la bataille.

— Tu prends tes rêves pour des réalités, chat domestique ! » ricana leur lieutenant malgré sa gueule pleine de sable.

Plume Grise traversa le repaire clopin-clopant et prit la place de son ami. Un matou blessé et une chatte sous le choc seraient-ils de taille à retenir le puissant guerrier ? Mais Griffe de Tigre continuait de perdre du sang, et sa résistance diminuait à vue d'œil. Un peu rassuré, Cœur de Feu ressortit du gîte.

Au premier abord, la clairière semblait pleine de chats errants, comme si tous les combattants du Clan du Tonnerre avaient fui. Pourtant, il aperçut des silhouettes familières çà et là : Longue Plume ruait afin de se débarrasser d'un félin à forte carrure, Pomme de Pin se retournait pour griffer le nez d'un mâle efflanqué à qui il venait d'échapper de justesse.

Le chasseur roux rassembla ses dernières forces. Épuisé par le combat contre Griffe de Tigre, il avait récolté plusieurs blessures très douloureuses. Pourrait-il tenir encore longtemps ? D'instinct, il roula sur le côté lorsqu'une chatte au poil doré lui sauta sur le dos. Du coin de l'œil, il vit une bête au pelage gris-bleu traverser la clairière à fond de train en poussant son cri de guerre.

Étoile Bleue ! se dit-il, médusé. *Qu'est-il arrivé à Griffe de Tigre ?* Il s'aperçut alors que la guerrière n'était pas Étoile Bleue, mais Patte de Brume !

D'un grand coup de reins, il envoya bouler son adversaire et se releva. Un cortège de membres du Clan de la Rivière sortait du tunnel. Taches de Léopard, Pelage de Silex, Griffe Noire... Après eux déboula Tornade Blanche et le reste de sa patrouille. La queue battante, pleins d'énergie, ils fondirent sur les envahisseurs.

Terrifiés par ces renforts sortis de nulle part, la troupe de proscrits se dispersa. La reine brun doré se sauva la première en hurlant. D'autres la suivirent. Afin de hâter leur fuite, le rouquin fit mine de les pourchasser. Mais c'était inutile : surpris alors qu'ils croyaient leur victoire assurée, sans chef depuis la capture de Griffe de Tigre, les chats errants avaient perdu la volonté de se battre.

Quelques instants plus tard, ils avaient disparu. Seul restait Plume Brisée, gravement blessé au crâne et à l'épaule. L'aveugle se traînait à tâtons sur le sol en poussant de petits miaulements comme un chaton malade.

Le félin roux s'approcha de l'endroit où se regroupaient les combattants du Clan de la Rivière. Ils murmuraient, l'air inquiet.

« Merci, leur lança-t-il. Vous ne pouvez pas savoir comme ça m'a fait plaisir de vous voir arriver !

— J'ai reconnu d'anciens chasseurs du Clan de l'Ombre, déclara le lieutenant adverse d'un air sombre. Ceux qui sont partis avec Étoile Brisée. »

Tant qu'il n'y verrait pas plus clair, Cœur de Feu préférait taire le rôle de Griffe de Tigre dans l'affaire.

« Oui, se contenta-t-il de répondre. Au fait, comment avez-vous su que nous avions besoin d'aide ?

— On n'en savait rien, lui expliqua Patte de Brume. On était venus parler à Étoile Bleue de... »

La suite était facile à deviner, mais Taches de Léopard l'interrompit :

« Pas maintenant. Le Clan du Tonnerre a besoin de temps pour se remettre. » Elle s'inclina. « Nous sommes heureux d'avoir pu vous aider. Dis à ton chef que nous reviendrons bientôt.

— C'est promis. Merci encore. »

Quand leurs alliés eurent quitté les lieux, Cœur de Feu, mort de fatigue, regarda autour de lui. Le camp était jonché de touffes de poils, constellé de taches de sang. Croc Jaune et Nuage Cendré commençaient déjà à examiner les blessés. Le rouquin ne les avait pas vues se battre, mais elles portaient toutes les deux des marques de griffures.

Il respira à fond. Le moment était venu de s'occuper de Griffe de Tigre, pourtant la force lui manquait. Ses éraflures le brûlaient, ses muscles protestaient à chaque pas. Il se traînait vers le repaire de leur chef quand une voix s'éleva.

« Cœur de Feu ! Que s'est-il passé ? »

Derrière lui se tenait Tempête de Sable, à peine rentrée de la chasse avec sa patrouille, flanquée d'un Nuage de Neige hors d'haleine. Elle contemplait la clairière, stupéfaite.

« C'est la faute des proscrits de Plume Brisée, grommela-t-il.

— Encore ? s'exclama-t-elle, écœurée. J'espère qu'Étoile Bleue y réfléchira à deux fois avant de lui accorder asile, maintenant ! »

La détromper était au-dessus de ses forces.

« C'est plus compliqué que ça, maugréa-t-il. Rends-moi un service sans poser de questions, je t'en prie. »

Elle le considéra d'un air soupçonneux.

« Ça dépend : de quoi s'agit-il ?

— Va dans la tanière d'Étoile Bleue. Prends un autre guerrier avec toi : Poil de Fougère, tu peux y aller ? Notre chef vous dira quoi faire. »

Enfin, je l'espère, ajouta-t-il en son for intérieur. La torpeur qui s'était emparée de leur meneuse l'inquiétait plus que tous les autres événements de la journée.

Il resta immobile au centre du camp, comme engourdi. Devant lui, Croc Jaune examina Plume

Brisée avant de le pousser vers son antre. Un filet de sang au coin de la gueule, le vieux tyran semblait au bord de l'évanouissement. *Même après ça, elle ne peut pas oublier qu'il est son fils*, songea le rouquin, la gorge serrée.

À cet instant, Tempête de Sable émergea du gîte d'Étoile Bleue. Griffe de Tigre la suivait à grand-peine, la démarche chancelante. La fourrure maculée de sang et de poussière, il avait un œil à demi fermé. Il alla s'écrouler devant le Promontoire.

Poil de Fougère le serrait de près, attentif au moindre signe de rébellion. Derrière venait la chatte grise, l'oreille basse. Sa queue traînait dans la poussière. Les pires craintes de Cœur de Feu revinrent le tarauder. L'énergie intarissable et la tranquille assurance de leur meneuse semblaient s'être volatilisées : seule demeurait une bête blessée.

Plume Grise fut le dernier à sortir de l'antre. Il tituba jusqu'au pied du Promontoire, où il se coucha sur le flanc. Nuage Cendré se hâta d'aller inspecter ses blessures, l'air soucieux.

Étoile Bleue finit par sortir de son hébétude.

« Approchez-vous », souffla-t-elle avec un petit signe de la queue.

Pendant que le Clan se réunissait, le chat roux s'approcha de l'apprentie guérisseuse.

« Pourrais-tu donner à Griffe de Tigre de quoi calmer sa douleur ? » lui demanda-t-il.

Lui qui avait prié pour la défaite du grand guerrier ne supportait pas de le voir saigner à mort dans la poussière.

À son grand soulagement, Nuage Cendré accepta sans discussion de soigner le traître.

« Bien sûr. Il me faut aussi un remède pour Plume Grise », répondit-elle avant de s'éloigner en boitant.

À son retour, chacun avait pris sa place devant le rocher. Les félins chuchotaient, déroutés.

Cahin-caha, elle alla déposer une partie de son ballot d'herbes près de chacun de ses deux patients. Le vétéran renifla les plantes d'un air soupçonneux avant de les avaler.

Étoile Bleue le regarda faire un moment avant de prendre la parole :

« Griffe de Tigre est désormais notre prisonnier. Il... »

Un concert de murmures d'étonnement l'interrompit. Les chats échangeaient des regards atterrés.

« Notre prisonnier ? répéta Éclair Noir. Griffe de Tigre est ton lieutenant. Qu'a-t-il fait ?

— Je vais vous le dire. »

Leur meneuse faisait de terribles efforts pour parler d'une voix plus assurée.

« Il y a un instant, Griffe de Tigre m'a attaquée dans ma tanière. Il m'aurait tuée si Cœur de Feu n'était pas arrivé à temps. »

Les gémissements enflèrent encore. Dans les derniers rangs, un ancien poussa un cri d'effroi. Éclair Noir se leva. Même lui – l'un des partisans les plus féroces du vétéran – semblait pris de doute.

« Ce doit être une erreur », s'insurgea-t-il.

Étoile Bleue se redressa de toute sa hauteur.

« Crois-tu que je ne sais pas reconnaître une tentative d'assassinat ? lui demanda-t-elle d'un ton sec.

— Mais Griffe de Tigre... »

Le félin roux se leva d'un bond.

« Griffe de Tigre est un traître ! s'écria-t-il. Il a guidé les chats errants jusqu'ici. »

Éclair Noir fit volte-face pour l'affronter, furieux.

« Il n'aurait jamais fait une chose pareille. Où sont tes preuves ? »

Le jeune chasseur jeta un regard inquisiteur à la chatte grise, qui acquiesça et lui fit signe de s'avancer.

« Cœur de Feu, révèle la vérité à la tribu. Tout ce que tu sais. »

À pas lents, il vint se camper à côté d'elle. Étrange : à présent que le moment était venu, il répugnait à dévoiler le complot. Après, rien ne serait plus jamais pareil.

« Chats du Clan du Tonnerre ! »

Sa voix tremblait comme celle d'un chaton ; il s'arrêta pour l'affermir.

« Chats du Clan du Tonnerre ! Vous rappelez-vous la mort de Plume Rousse ? D'après Griffe de Tigre, Cœur de Chêne l'aurait tué. Mensonge ! C'est notre lieutenant en personne qui a supprimé Plume Rousse !

— Comment le sais-tu ? protesta Longue Plume, aussi méprisant qu'à l'accoutumée. Tu n'as pas participé à la bataille.

— Je le sais parce que j'ai parlé à quelqu'un qui y était. C'est Nuage de Jais qui m'a raconté la scène.

— Oh, très commode ! railla Éclair Noir. Cet apprenti est mort, tu peux lui faire dire ce que tu veux ! »

Cœur de Feu hésita à divulguer leur stratagème. Mais, son mentor démasqué, le novice était hors de

293

danger. D'ailleurs Étoile Bleue lui avait demandé de tout dire.

« Nuage de Jais n'est pas mort. Je lui ai fait quitter le camp quand Griffe de Tigre a essayé de le tuer parce qu'il en savait trop. »

Tumulte renouvelé : chacun hurlait ses questions ou ses objections. Le rouquin en profita pour épier le vétéran blessé. À mesure que les herbes de Nuage Cendré faisaient leur effet, il commençait à recouvrer sa force. Il se redressa d'un air hautain comme pour défier quiconque de l'approcher. Sans doute pris au dépourvu par la « résurrection » de Nuage de Jais, il ne trahissait pourtant pas la moindre émotion.

L'agitation ne semblait pas près de retomber. Tornade Blanche fut donc contraint d'élever la voix :

« Silence ! Laissez parler Cœur de Feu. »

Le jeune guerrier remercia son aîné d'un signe de tête.

« D'après Nuage de Jais, Cœur de Chêne est mort écrasé par des rochers. Plume Rousse fuyait l'éboulement quand il est tombé sur Griffe de Tigre, qui lui a sauté dessus et l'a achevé. »

À l'ombre du Promontoire, Nuage Cendré appliquait des herbes sur les plaies de Plume Grise. Le blessé renchérit :

« C'est vrai ! J'étais présent quand Nuage de Jais a tout raconté.

— J'ai parlé à des membres du Clan de la Rivière, ajouta son ami. Ils confirment que Cœur de Chêne est mort dans une chute de pierres. »

Alors qu'il s'attendait à d'autres protestations, un silence sinistre descendit sur la foule. À bout d'arguments, les félins se dévisageaient avec angoisse.

« Griffe de Tigre espérait être fait lieutenant, reprit le chat roux. Ce n'est qu'à la mort de Cœur de Lion, le successeur de Plume Rousse, qu'il a vu son ambition se réaliser. Mais il en voulait toujours plus. Je... Je pense même qu'il a tendu un piège à Étoile Bleue près du Chemin du Tonnerre. Nuage Cendré est tombée dedans à sa place. »

Son ancienne apprentie étouffa un cri de surprise. Leur meneuse, elle aussi, semblait éberluée.

« Cœur de Feu m'a parlé de ses soupçons, marmonna-t-elle d'une voix tremblante. Je n'ai pas pu... Je n'ai pas voulu le croire. Je faisais confiance à Griffe de Tigre. » Elle baissa la tête. « J'avais tort.

— Mais nous n'aurions jamais pris pour chef l'assassin d'Étoile Bleue ! s'exclama Poil de Souris.

— Voilà pourquoi il a planifié son attaque de cette façon, suggéra le rouquin. Il comptait faire passer un des hors-la-loi pour l'auteur du meurtre. Lui, le fidèle lieutenant, était insoupçonnable... »

Il se tut. Frissonnant, il se sentait aussi faible qu'un nouveau-né. Tornade Blanche prit la parole :

« Étoile Bleue ! Que va-t-il arriver à Griffe de Tigre, désormais ? »

Les suggestions fusèrent :

« Tuons-le !

— Aveuglons-le !

— Il faut le chasser dans la forêt ! »

Immobile, la chatte grise gardait les paupières closes. Sa confiance trahie, elle tremblait sous l'effet de la douleur, du choc et de l'amertume.

« Griffe de Tigre ! finit-elle par lancer. Qu'as-tu à répondre pour ta défense ? »

Le vétéran ricana, hautain.

« Je n'ai rien à te dire, espèce de bonne à rien ! Quelle sorte de chef es-tu ? Quand je pense que tu préservais la paix avec les autres tribus ! Que tu les aidais ! Cœur de Feu et Plume Grise ont osé nourrir le Clan de la Rivière, et tu leur as pardonné ! Tu as même fait revenir le Clan du Vent ! Jamais je n'aurais eu ces faiblesses. J'aurais fait revivre l'époque glorieuse du Clan du Tigre. Moi, j'aurais fait de nous une grande tribu !

— Et combien de chats y auraient laissé la vie ? » murmura-t-elle, presque pour elle-même.

Peut-être pensait-elle à Griffes d'Épine, le guerrier sanguinaire qu'elle avait supplanté au poste de lieutenant.

« Si tu n'as rien d'autre à dire, je te condamne à l'exil. »

Sa voix se brisa. Chaque mot semblait lui coûter.

« Tu devras quitter notre territoire sur-le-champ. Si l'un d'entre nous te trouve ici après le lever du soleil, demain, il aura la permission de te tuer.

— Me tuer ? rétorqua Griffe de Tigre d'un air de défi. J'aimerais bien voir ça !

— Cœur de Feu t'a bien battu, non ? protesta Plume Grise.

— Cœur de Feu... » Le vétéran posa sur son ennemi de toujours un regard brûlant de haine. « Si tu croises encore mon chemin, sac à puces, nous verrons qui est le plus fort. »

Ivre de rage, Cœur de Feu se leva d'un bond.

« C'est quand tu veux ! »

« — Non, s'interposa leur chef. Plus de combats. Va-t'en, Griffe de Tigre ! »

L'animal prit son temps. Il balaya l'assemblée du regard.

« Ne croyez pas que ce soit terminé, grinça-t-il. Je deviendrai chef de Clan, comptez sur moi. Ceux qui me suivront auront la belle vie. Éclair Noir ? »

Au lieu de s'avancer vers le grand guerrier, comme Cœur de Feu s'y attendait, son principal partisan rentra la tête dans les épaules.

« Je te faisais confiance, Griffe de Tigre, geignit-il. Je te prenais pour le meilleur guerrier de la forêt. Mais tu as comploté avec ce... ce tyran derrière mon dos. Et maintenant, tu voudrais que je vienne avec toi ? »

Délibérément, il tourna la tête. Son ancien mentor haussa les épaules.

« Sans Plume Brisée, impossible de rentrer en contact avec les chats errants. Si tu le prends comme ça, c'est ton problème. Longue Plume ? »

Le chat rayé sursauta.

« Partir en exil ? répondit-il d'une voix tremblante. Je... Non, je ne peux pas. Je suis loyal au Clan du Tonnerre ! »

Et un vrai poltron, ajouta Cœur de Feu en son for intérieur. Longue Plume eut beau tenter de se cacher dans la foule, l'odeur de sa peur n'échappa à personne.

Les fidèles de Griffe de Tigre déclinaient son offre. Pour la première fois, une expression de doute passa sur son visage.

« Et toi, Pelage de Poussière ? susurra-t-il. Je peux te garantir un avenir plus brillant que tes espoirs les plus fous. »

Le jeune guerrier brun se leva posément, se fraya un chemin dans l'assistance et alla se planter devant le traître.

« Je t'admirais, jeta-t-il d'une voix claire. Je voulais te ressembler. Mais Plume Rousse était mon mentor. Je lui dois tout et toi, tu l'as tué. » Le chagrin et la fureur faisaient trembler ses membres. « Tu l'as tué et tu as trahi notre Clan. Je mourrais plutôt que de te suivre. »

Sur ces mots, il tourna les talons et s'éloigna.

Un murmure approbateur monta de l'assemblée. Cœur de Feu entendit Tornade Blanche chuchoter : « Bien dit, jeune guerrier. »

« Assez, Griffe de Tigre, intervint Étoile Bleue. Va-t'en. »

Le vétéran se redressa de toute sa hauteur, animé d'une colère froide.

« Je m'en vais. Mais je reviendrai, sachez-le. Je prendrai ma revanche ! »

Il s'éloigna du Promontoire, la démarche vacillante. À la hauteur de Cœur de Feu, il fit halte, les babines retroussées.

« Quant à toi... Ouvre l'œil. Dresse l'oreille. Parce qu'un jour je te retrouverai, et je te ferai la peau.

— Toi, tu es déjà mort », rétorqua Cœur de Feu pour dissimuler la peur qui lui nouait les entrailles.

Griffe de Tigre cracha avant de reprendre sa route. La foule s'ouvrit en deux pour le laisser passer. Tous les yeux étaient fixés sur lui. Le grand guerrier boitait bas : ses blessures devaient le gêner malgré les herbes de Nuage Cendré. Sans même jeter un regard en arrière, il finit par disparaître, englouti par le tunnel d'ajoncs.

CHAPITRE 29

❧

APRÈS LE DÉPART DU VÉTÉRAN, Cœur de Feu n'éprouva aucun sentiment de triomphe. Il se surprit même à éprouver un peu de regret. Si seulement sa loyauté l'avait emporté sur son ambition, Griffe de Tigre aurait pu faire partie de ces guerriers de légende dont on conte les exploits à des générations de chatons. *Quel gâchis !* songea le chat roux, le cœur lourd.

Autour de lui, les conversations reprenaient. On commentait avec fièvre les récents événements.

« Qui sera notre nouveau lieutenant ? » s'interrogea tout haut Vif-Argent.

Mais leur meneuse se glissa dans sa tanière sans faire d'annonce. La queue basse, elle traînait les pattes comme une chatte malade.

« Cœur de Feu serait parfait ! suggéra Nuage de Neige, surexcité. Il ferait du bon travail !

— Cœur de Feu ? répéta Éclair Noir, dédaigneux. Un chat domestique ?

— Et alors ? Il n'y a pas de mal à ça ! »

Sans se soucier de leur différence de taille, le chaton se hérissa de colère.

Son oncle s'apprêtait à intervenir quand Tornade Blanche s'interposa entre le guerrier et l'apprenti.

« Ça suffit ! jeta-t-il. Étoile Bleue nous révélera son choix ce soir avant minuit. C'est la tradition. »

Le rouquin se détendit ; son élève fila rejoindre les autres novices. Si Nuage de Neige ne semblait pas comprendre la gravité des événements, les chasseurs – les proches de Griffe de Tigre, en particulier – courbaient l'échine comme si le monde venait de s'écrouler.

Cœur de Feu alla rejoindre Plume Grise et Nuage Cendré.

« Ça te plairait, au moins, de devenir lieutenant ? » le taquina son ami.

Malgré ses grimaces de douleur et le sang qui perlait encore au coin de sa gueule, jamais le guerrier n'avait semblé si alerte depuis la mort de Rivière d'Argent. Les combats et la défaite de Griffe de Tigre lui avaient fait oublier un instant son chagrin.

Le chat roux réprima un petit frisson : lui, lieutenant du Clan du Tonnerre ! Il déchanta vite. Réunir ces félins effondrés, refaire d'eux une tribu digne de ce nom... La tâche semblait presque insurmontable.

« Non, répondit-il. De toute façon, Étoile Bleue ne me choisira jamais. »

Il s'ébroua pour s'éclaircir les idées.

« Comment te sens-tu ? demanda-t-il à Plume Grise. Ces blessures sont graves ?

— Il s'en sortira, rétorqua Nuage Cendré. Mais il a la langue éraflée, elle saigne encore beaucoup. Je ne sais pas quoi faire. Tu pourrais aller chercher Croc Jaune ?

— Bien sûr. »

Depuis qu'elle s'était retirée dans son antre avec Plume Brisée, l'ancienne n'avait plus reparu. Cœur de Feu traversa la clairière, pénétra dans le tunnel de fougères. Au bout de quelques pas, il entendit la voix du vieil animal. Si brusque d'habitude, elle recelait des trésors de douceur... Surpris, le matou s'arrêta net.

« Ne bouge pas, Plume Brisée. Tu as perdu une vie, murmurait-elle. Tout va bien.

— Alors pourquoi ai-je encore mal ? » maugréat-il.

Elle lui répondit de la même voix mielleuse, à donner froid dans le dos.

« Le Clan des Étoiles a refermé la blessure qui t'a tué. Pour le reste, seule une guérisseuse peut t'aider.

— Alors qu'attends-tu, vieille carne ? Donnemoi un remède contre la douleur.

— Très bien. » La froideur soudaine de Croc Jaune fit frémir le rouquin. « Voilà, mâche ces baies, et la souffrance s'en ira pour de bon. »

À travers le feuillage, il vit la chatte s'emparer d'un objet. Sans hésitation, mais avec d'immenses précautions, elle présenta trois petites boules rouges au guerrier blessé. D'un seul coup, Cœur de Feu fut ramené en arrière, à un jour glacé de la saison des neiges. Dans son souvenir, Petit Nuage fixait un buisson aux feuilles sombres constellé de taches écarlates et Nuage Cendré lui disait : « Ses fruits sont si vénéneux qu'on les appelle des baies empoisonnées. Une seule suffirait à te tuer. »

Sans un mot, Plume Brisée avait avalé le poison.

La doyenne le regardait faire, impassible. Elle se pencha pour lui souffler à l'oreille :

« Je suis arrivée au camp parce que tu m'avais chassée de notre tribu. Ici, j'étais prisonnière, tout comme toi. Pourtant, le Clan du Tonnerre m'a bien traitée. Ils ont fini par m'accorder leur confiance, par me demander d'être leur guérisseuse. Tu aurais pu faire de même. Mais qui te fera confiance, désormais ? »

Plume Brisée poussa un grognement de mépris.

« Tu crois vraiment que ça m'importe ? »

Elle se tapit près de lui.

« Je sais que rien ne compte, pour toi. Ni ta tribu, ni ton honneur, ni ta famille.

— Je n'en ai plus ! cracha-t-il.

— Faux. Ta famille était tout près, et tu ne l'as jamais su. Je suis ta mère, Plume Brisée. »

Un curieux grincement monta de la gorge de l'infirme. Ce rire forcé avait quelque chose de terrible.

« Tu as une araignée au plafond, la vieille. Les guérisseuses n'ont pas de petits.

— Voilà pourquoi j'ai dû te confier à une autre, lui répondit-elle, une immense amertume dans la voix. Mais je n'ai jamais cessé de t'aimer... jamais. Quand tu as été fait guerrier, j'étais si fière de toi... Et puis tu as tué Étoile Grise. Ton propre père. Tu m'as accusée de tes crimes. Tu as failli détruire notre Clan. Aujourd'hui, il est temps d'en finir.

— Que veux-tu dire... »

Il tenta de se relever, mais ses pattes cédèrent sous lui. Sa voix se mua en un râle qui donna la chair de poule à Cœur de Feu.

« Qu'as-tu fait ? Je ne... Je ne sens plus mes pattes. Je ne peux plus... respirer... »

Croc Jaune le contemplait, impassible.

« Je t'ai donné des baies empoisonnées. Je sais que c'est ta dernière vie, Plume Brisée. Une guérisseuse comprend ces choses-là. Personne ne souffrira plus jamais à cause de toi. »

La gueule du chasseur s'entrouvrit sur un faible cri de surprise et de terreur. De regret aussi, semblat-il à Cœur de Feu. Mais le mourant ne put les formuler. Ses membres se tordirent, ses griffes raclèrent le sol. La poitrine pantelante, il luttait pour respirer.

Incapable de continuer à le regarder, Cœur de Feu retourna se blottir à l'entrée du tunnel jusqu'à la fin des convulsions de Plume Brisée. Ensuite, seulement, il alla porter à l'ancienne le message de Plume Cendrée. Cette fois, cependant, il s'arrangea pour qu'elle l'entende arriver.

Plume Brisée gisait, immobile, au milieu de la petite clairière. La chatte était allongée près de lui, le nez pressé contre son flanc. Quand Cœur de Feu s'approcha, elle releva la tête. Les yeux débordant de larmes, elle semblait plus vieille et plus frêle que jamais. Cœur de Feu connaissait toutefois sa force de caractère ; il savait que son chagrin ne l'anéantirait pas.

« J'ai fait tout ce que j'ai pu, mais il est mort », expliqua-t-elle.

Il ne pouvait pas lui avouer qu'il avait surpris la scène. Il se jura de ne jamais répéter à personne ce qu'il venait de voir et d'entendre.

Il s'éclaircit la gorge et se força à répondre d'une voix calme :

« Nuage Cendré voudrait savoir comment traiter une langue éraflée. »

Croc Jaune se releva comme si elle-même sentait dans ses os l'effet des baies empoisonnées.

« Je vais chercher la bonne herbe et j'arrive. »

La démarche vacillante, elle entra dans son repaire sans se retourner une seule fois sur le corps sans vie de Plume Brisée.

Le félin roux se croyait incapable de dormir, mais son épuisement était tel que, sitôt couché, il tomba dans un profond sommeil. Il rêva qu'il était perché sur une colline, la fourrure ébouriffée par le vent et le feu glacé de la Toison Argentée loin au-dessus de sa tête.

Une odeur familière vint lui chatouiller les narines ; Petite Feuille était derrière lui. Elle lui effleura le nez avec douceur.

« Le Clan des Étoiles t'appelle, Cœur de Feu, murmura-t-elle. N'aie pas peur. »

La silhouette de la guérisseuse s'estompa petit à petit : il était seul.

Le Clan des Étoiles m'appelle ? pensa-t-il, ébahi. *Je vais mourir ?*

Il se réveilla en sursaut, la peur au ventre, et s'étrangla de soulagement en retrouvant la pénombre de sa tanière. Ses blessures le cuisaient encore, mais sa force revenait peu à peu. Pourtant, impossible de cesser de grelotter. Petite Feuille venait-elle de prédire sa mort ?

Un froid inhabituel expliquait ses frissons. Le gîte, en général réchauffé par les corps des dormeurs, était vide. Dehors, de nombreuses voix murmuraient : le Clan entier était déjà rassemblé dans la clairière. La lumière pâle de l'aube illuminait l'horizon.

Tempête de Sable surgit de la foule.

« Cœur de Feu ! s'écria-t-elle. Minuit est passé depuis longtemps, et Étoile Bleue n'a pas nommé de nouveau lieutenant !

— Quoi ? »

Il sursauta, affolé. Le code du guerrier avait été enfreint !

« Le Clan des Étoiles sera furieux !

— Étoile Bleue refuse de sortir de son antre, continua son amie. Tornade Blanche a tenté de la raisonner, sans succès.

— Elle est très touchée par la trahison de Griffe de Tigre.

— Mais c'est notre chef ! Elle ne peut pas s'enfermer dans sa tanière comme si nous n'existions pas. »

Pourtant, la sympathie du rouquin allait à leur meneuse. Elle avait voué une telle confiance au vétéran ! Quelle déception d'apprendre qu'elle avait eu tort depuis le début, que plus jamais elle ne pourrait compter sur lui !

Étoile Bleue sortit enfin de son gîte, l'air vieux et fatigué. Elle s'assit au pied du Promontoire sans même chercher à l'escalader.

« Chats du Clan du Tonnerre, souffla-t-elle d'une voix qui portait à peine au milieu des conversations. Écoutez-moi : je vais nommer notre nouveau lieutenant. »

Un silence de mort descendit sur la clairière.

« J'annonce ma décision devant le Clan des

Étoiles, afin que l'esprit de nos ancêtres l'entende et l'approuve. »

Elle fixa ses pattes pendant si longtemps que le jeune chasseur se demanda si elle avait oublié ce qu'elle s'apprêtait à dire. Peut-être n'avait-elle même pas fait son choix.

« C'est Cœur de Feu qui me secondera désormais », finit-elle par clamer.

Aussitôt, elle rentra dans son repaire d'un pas lourd.

La tribu entière s'était figée. Le chat roux suffoquait. Lui, lieutenant ? Il se retint à grand-peine de rappeler la chatte grise pour expliquer qu'il devait y avoir une erreur. Il venait à peine d'être fait guerrier !

C'est alors qu'il entendit Nuage de Neige jubiler :

« Je le savais ! C'est Cœur de Feu qui a été choisi !

— Ah oui ? bougonna Éclair Noir. Moi, je ne reçois pas d'ordres d'un chat domestique ! »

Quelques félins vinrent féliciter l'heureux élu, Plume Grise et Tempête de Sable en tête. Nuage Cendré s'approcha en ronronnant pour lui sauter au cou et lui débarbouiller le museau à grands coups de langue.

Mais d'autres préférèrent filer en douce sans lui adresser la parole. Ils semblaient aussi surpris que lui par le choix d'Étoile Bleue. Voilà sans doute ce que Petite Feuille avait voulu lui dire en rêve : le Clan des Étoiles l'appelait à de nouvelles responsabilités. « *N'aie pas peur* », avait-elle ajouté.

Oh, Petite Feuille ! Facile à dire, songea Cœur de Feu, submergé par l'angoisse et l'incertitude.

CHAPITRE 30

♣

« **A**LORS, QUE PUIS-JE FAIRE pour notre nouveau lieutenant ? » lui souffla Tornade Blanche à l'oreille.

La question était franche, sans moquerie ! Cœur de Feu jeta au grand chasseur un regard reconnaissant. Le vétéran aurait pu s'attendre à succéder à Griffe de Tigre lui-même : dans les jours à venir, son soutien serait précieux.

« Eh bien... » hésita-t-il.

Affolé, il se creusait la tête pour déterminer les mesures les plus urgentes à prendre. Il s'aperçut avec horreur qu'il essayait d'imaginer ce qu'aurait fait Griffe de Tigre.

« Manger. Il faut qu'on mange. Nuage de Neige, apporte du gibier aux anciens. Dis aux autres apprentis de prêter main-forte aux reines dans la pouponnière. »

Le novice agita la queue et fila en trombe.

« Poil de Souris, Éclair Noir... Réunissez chacun deux ou trois guerriers pour partir à la chasse. Partagez-vous le territoire. Il nous faut plus de gibier sans tarder. Et ouvrez l'œil : Griffe de Tigre et les chats errants sont peut-être encore dans le coin. »

Très calme, la chatte au pelage brun acquiesça avant de s'éloigner. Chemin faisant, elle s'assura les

307

services de Poil de Fougère et de Fleur de Saule. Éclair Noir, lui, dévisagea son nouveau lieutenant pendant si longtemps que le chat roux commença à s'inquiéter : que faire, si l'animal refusait de lui obéir ? Comme Cœur de Feu lui rendait son regard sans broncher, le matou noir finit par tourner les talons. L'air renfrogné, il invita Longue Plume et Pelage de Poussière à le suivre.

« Tous des partisans de Griffe de Tigre, fit remarquer Tornade Blanche quand ils s'éloignèrent. Il faudra les surveiller.

— Oui, je sais. Mais ils viennent de montrer où allait leur loyauté en choisissant le Clan. J'espère qu'ils finiront par m'accepter si je ne les provoque pas. »

Le félin blanc poussa un grognement évasif.

« Tu as une mission pour moi ? » s'enquit Plume Grise.

Le rouquin donna à son ami un petit coup de langue amical sur l'oreille.

« Oui ! Va te reposer. Tu as été sérieusement blessé hier. Je vais t'amener à manger.

— Merci ! » lança le convalescent avant de disparaître dans leur tanière.

Cœur de Feu s'approcha du tas de gibier, où Nuage Cendré prélevait justement un étourneau.

« Je vais l'apporter à Étoile Bleue, annonça-t-elle. Il faut que j'examine sa blessure. Ensuite, je donnerai sa part à Croc Jaune.

— Bonne idée, déclara-t-il, soulagé de voir que ses ordres semblaient restaurer le calme. Dis-lui que si elle a besoin d'aide pour sa cueillette, Nuage de

Neige sera disponible aussitôt qu'il en aura fini avec les anciens.

— D'accord ! gloussa-t-elle. Tu mènes tes apprentis à la baguette, dis-moi ! »

Elle mordit l'oiseau mais le recracha aussitôt avec un haut-le-cœur. La chair du volatile révéla une masse grouillante d'asticots blancs. Une puanteur ignoble prit le chasseur à la gorge.

Nuage Cendré se passa plusieurs fois la langue sur le museau. Elle recula, les yeux fixés sur la carcasse pourrissante.

« Une charogne, chuchota-t-elle, troublée. Une charogne au milieu du gibier. Qu'est-ce que ça signifie ? »

Comment l'étourneau avarié avait-il pu échouer là ? Même le novice le plus inexpérimenté n'aurait pas commis pareille bêtise !

« Qu'est-ce que ça signifie ? » répéta l'apprentie guérisseuse.

Elle ne parlait pas de l'enchaînement de circonstances qui avait conduit la proie véreuse dans la réserve. Non : sa phrase avait un sens plus profond.

« Tu crois que c'est un présage ? dit-il d'une voix rauque. Un message du Clan des Étoiles ?

— Peut-être. »

La chatte frissonna, peu rassurée.

« Le Clan des Étoiles ne m'a pas encore parlé, Cœur de Feu, pas depuis la cérémonie au pied de la Pierre de Lune. Si c'est vraiment un présage...

— Il concerne Étoile Bleue, puisque c'est à elle que tu voulais apporter cet étourneau », termina-t-il à sa place.

Son échine se hérissa : c'était la première manifestation des nouveaux pouvoirs de Nuage Cendré. Horrifié, il se demanda ce que pouvait dire ce signe. Que l'autorité de leur chef était minée de l'intérieur ?

« Non, reprit-il d'un ton ferme. Ce n'est pas possible. Étoile Bleue est sortie d'affaire. Quelqu'un a bâclé son travail et rapporté une charogne par erreur. »

Mais aucun des deux chats n'était dupe. Sa camarade s'ébroua, décontenancée.

« Je vais demander à Croc Jaune. Elle, elle saura. »

La novice se hâta de choisir un campagnol sur le tas et de traverser la clairière aussi vite que sa patte folle le lui permettait.

« N'en parle à personne d'autre ! lui jeta Cœur de Feu. Le Clan ne doit rien savoir. Je vais enterrer l'oiseau. »

Elle acquiesça et disparut dans les fougères.

Il s'assura d'un coup d'œil que personne n'avait surpris leur conversation ou vu le volatile. Écœuré, il attrapa l'animal par une aile et le traîna jusqu'à la lisière de la clairière. Une fois la proie recouverte de terre, il se sentit plus rassuré.

Mais même alors, l'image de l'étourneau pourri refusa de le quitter. Si la charogne était vraiment un présage, quels nouveaux désastres le Clan des Étoiles réservait-il à la tribu et à son chef ?

À la mi-journée, le calme était revenu. Les patrouilles de chasse étaient rentrées, les félins avaient tous le ventre plein. Une bonne discussion avec Étoile Bleue s'imposait : Cœur de Feu devait apprendre les ficelles de sa nouvelle fonction.

Son attention fut soudain attirée par un mouvement dans les ajoncs à l'entrée du camp. Quatre membres du Clan de la Rivière firent leur apparition – les mêmes qui, la veille, s'étaient battus à leurs côtés. Taches de Léopard, Griffe Noire, Patte de Brume et Pelage de Silex.

La première arborait une blessure à l'épaule, le deuxième une oreille déchirée, preuve de leur courage de la veille. Si seulement ils venaient s'enquérir de la santé de leurs alliés après la bataille, et non réclamer les petits de Plume Grise ! La mort dans l'âme, le chat roux s'en fut accueillir Taches de Léopard. Mais au lieu du hochement de tête respectueux qu'un guerrier adresse à un lieutenant, il se contenta du bref salut réservé à un égal.

Ce changement d'attitude n'échappa pas à la chatte.

« Bonjour, Cœur de Feu. Nous devons parler à votre chef. »

Il hésita : raconter aux visiteurs l'intégralité du complot de Griffe de Tigre risquait de prendre le reste de la journée. Il préféra ne rien dire. Malgré leur amitié, le Clan de la Rivière pouvait être tenté d'attaquer une tribu affaiblie. Ils apprendraient la nouvelle bien assez tôt, à l'Assemblée. Il s'inclina et partit chercher Étoile Bleue.

À son grand soulagement, leur meneuse terminait sa proie, assise dans sa tanière. Elle semblait de nouveau en pleine possession de ses moyens. Quand il s'annonça à l'entrée du gîte, elle termina sa souris et leva la tête.

« Cœur de Feu ? dit-elle en se léchant les babines. Entre. Il faut que nous discutions.

— Ça devra attendre. Les chasseurs du Clan de la Rivière sont là.

— Je vois. » Elle se releva et s'étira. « J'aurais voulu qu'ils nous laissent plus de temps. »

Elle sortit la première de son antre et s'avança vers les quatre envoyés. Plume Grise avait commencé à discuter avec Patte de Brume. Le chat roux, qui priait pour que son ami tienne sa langue, s'installa à bonne distance de la patrouille.

D'autres félins se réunissaient autour d'eux, curieux de connaître les raisons de la visite.

Quand Étoile Bleue eut salué les nouveaux venus, Taches de Léopard prit la parole.

« Nous en avons longuement discuté : la place des petits de Rivière d'Argent est chez nous. Hier, deux de nos chatons sont morts. Ils étaient nés prématurés. C'est sans doute un signe du Clan des Étoiles... Leur mère, Reine-des-Prés, accepte d'allaiter les orphelins à leur place. On s'occupera bien d'eux.

— Mais nous aussi ! » s'exclama Cœur de Feu.

Si Taches de Léopard agita les oreilles, agacée, elle continua cependant de s'adresser à la chatte grise d'une voix calme, persuadée de son bon droit.

« Étoile Balafrée nous envoie les chercher.

— Ils ont un peu grandi et la rivière a bien baissé. Ils seront capables d'affronter le trajet. »

Le lieutenant adverse jeta un regard approbateur à sa cadette avant d'enchaîner.

« Oui ! Plus rien ne s'oppose au voyage ! »

Étoile Bleue se redressa, très digne. Épuisée, elle

se déplaçait encore avec raideur, mais elle avait retrouvé l'autorité naturelle d'un chef.

« Ils sont à moitié du Clan du Tonnerre, rappela-t-elle. Je t'ai déjà dit que je rendrai mon verdict à la prochaine Assemblée.

— Cette décision ne t'appartient pas ! » répliqua Taches de Léopard d'une voix glaciale.

À ces mots, des miaulements de protestation échappèrent aux spectateurs.

« Quel culot ! s'écria Tempête de Sable, assise à côté du félin roux. Elle se prend pour qui ?

— Ce sont les chatons de Plume Grise. Tu ne peux pas les laisser partir », alla murmurer Cœur de Feu à l'oreille de son chef.

La chatte grise agita les moustaches.

« Vous pouvez dire à Étoile Balafrée que le Clan du Tonnerre se battra pour ces petits », lança-t-elle aux visiteurs.

Taches de Léopard retroussa les babines et feula, tandis que la tribu encourageait sa meneuse de la voix. À ce moment précis, un cri monta de la foule.

« Non ! »

La fourrure du rouquin se hérissa : c'était Plume Grise.

Le grand chat cendré vint se camper à côté d'Étoile Bleue. Sur son passage, les regards soupçonneux et les mouvements de recul ne manquèrent pas. Mais le jeune père semblait habitué à ces marques d'hostilité.

« Taches de Léopard a raison. Leur place est dans la tribu de leur mère. Il faut les laisser partir. »

Cœur de Feu se figea, atterré. Le reste du Clan

resta silencieux, à l'exception de Croc Jaune qui marmonna : « Il est fou. »

« Plume Grise, réfléchis ! intervint Étoile Bleue. Si je laisse cette patrouille emmener tes chatons, tu les perdras pour toujours. Ils grandiront dans une autre tribu. Ils ne te reconnaîtront plus. Un jour, tu devras peut-être les affronter. »

Sa voix se brisa. Elle fixait Patte de Brume et Pelage de Silex avec une telle insistance qu'il aurait fallu être aveugle pour ne pas comprendre la vérité.

« Je sais, répondit-il. Mais je vous ai causé assez d'ennuis. Je ne vous demanderai pas de vous battre pour mes petits. »

Il ajouta ensuite à l'intention de Taches de Léopard :

« Si notre chef est d'accord, j'amènerai les nouveau-nés au gué au coucher du soleil. Je vous en donne ma parole.

— Plume Grise, ne fais pas ça ! » s'étrangla Cœur de Feu.

Dans les yeux de son ami, la peine et le mécontentement se mêlaient à une étrange détermination : pas de doute, des motifs cachés le poussaient à agir.

« Ne fais pas ça... » répéta à voix basse le jeune lieutenant.

Son camarade fit la sourde oreille.

Tétanisé, Cœur de Feu resta sans réaction quand Tempête de Sable lui effleura le flanc du museau pour le réconforter.

Étoile Bleue courba l'échine un long moment. Les forces qu'elle avait rassemblées pour la confrontation l'abandonnaient ; elle avait grand besoin de repos. Elle finit par reprendre la parole :

« Es-tu sûr de ta décision, Plume Grise ? »

Le guerrier se tenait bien droit.

« Certain.

— Dans ce cas... Ta requête est accordée, Taches de Léopard. Ce chasseur amènera ses petits au gué au crépuscule. »

La chatte tachetée de noir parut surprise d'obtenir si vite gain de cause. Griffe Noire et elle échangèrent un regard, comme s'ils soupçonnaient une supercherie.

« Nous comptons sur vous. Nous vous contraindrons à tenir parole, s'il le faut. »

Quand elle se fut inclinée devant le chef adverse, la patrouille quitta le camp. Aussitôt, le rouquin voulut prendre Plume Grise à part, mais son ami disparaissait déjà dans la pouponnière.

Lorsque le soleil s'enfonça derrière la cime des arbres, Cœur de Feu se posta à l'entrée du tunnel d'ajoncs. La saison des feuilles nouvelles tirait à sa fin : la végétation bruissait au-dessus de sa tête, l'air était rempli de parfums. Mais il y prêtait à peine attention. Il ne pensait qu'à Plume Grise. Comment l'arrêter ?...

Le matou cendré finit par sortir de la pouponnière. Devant lui, les deux bêtes trottinaient, encore maladroites. Le minuscule mâle gris foncé ferait un solide guerrier, alors que le manteau argenté de sa sœur rappelait déjà la beauté et l'agilité de sa mère.

Bouton-d'Or les suivit à l'extérieur et leur effleura le nez l'un après l'autre.

« Adieu, mes amours », souffla-t-elle avec tristesse.

Les nouveau-nés poussèrent des miaulements inquiets quand leur père les poussa vers la sortie du camp. Le reste de sa portée se pressa contre la reine comme pour la réconforter.

Cœur de Feu fit un pas en avant.

« Plume Grise...

— Ne dis rien. Tu comprendras bientôt. Veux-tu m'accompagner au gué ? J'ai... J'ai besoin de ton aide pour porter les chatons.

— Bien sûr. »

Le chat roux comptait bien en profiter pour le faire changer d'avis.

Ils traversèrent la forêt ensemble, comme ils l'avaient fait tant de fois. Chacun se chargeait d'un petit. Leurs protégés miaulaient et se tortillaient comme s'ils voulaient marcher tout seuls. Cœur de Feu ne comprenait pas comment son camarade pouvait renoncer à eux. Qu'avait pu penser Étoile Bleue au moment de dire adieu à sa portée ?

Lorsqu'ils atteignirent le gué, la lumière du couchant déclinait. La lune se levait au-dessus de la rivière argentée qui murmurait sur les cailloux. Le rouquin sentait sous ses pattes la fraîcheur des herbes de la rive.

Ils posèrent leur fardeau. Plume Grise s'éloigna de quelques pas et fit signe à son compagnon de le suivre.

« Tu avais raison : je ne peux pas les abandonner. »

Une joie indescriptible emplit le cœur du jeune lieutenant. Le matou avait changé d'avis ! Ils allaient ramener les nouveau-nés au camp, quitte à attendre le Clan de la Rivière de pied ferme. Mais quand son ami continua, son sang se figea dans ses veines.

« Je pars avec eux. Ils sont tout ce qui me reste de Rivière d'Argent, et elle m'a demandé de veiller sur eux. Sans eux, je mourrais. »

Cœur de Feu en resta bouche bée.

« Quoi ? Tu ne peux pas faire ça : tu es des nôtres !

— Plus maintenant. Depuis que les autres ont appris ma liaison avec Rivière d'Argent, ils ne veulent plus de moi. Ils ne me feront plus jamais confiance. Peu importe, d'ailleurs. Je crois que je m'en fiche. »

Ces paroles fendirent le cœur du chat roux.

« Oh ! Plume Grise, souffla-t-il. Et moi ? Je veux que tu restes, moi. Je te confierais ma vie sans hésiter, et je ne te trahirai jamais. »

Les yeux du chasseur cendré se remplirent de larmes.

« Je sais, murmura-t-il. Personne ne peut rêver d'un ami plus fidèle. Je donnerais ma vie pour toi, tu le sais.

— Alors, reste.

— Je ne peux pas. C'est la seule chose que je ne peux pas faire. Je dois suivre mes petits, et leur place est au sein du Clan de la Rivière. Oh, Cœur de Feu... gémit-il. C'est si dur ! »

Il tremblait de tout son corps. Le rouquin se serra contre lui pour lui lécher l'oreille. Ils avaient traversé tant d'épreuves ensemble ! Plume Grise était son premier ami parmi les félins du Clan, son camarade d'entraînement. Nommés guerriers le même jour, ils avaient chassé côte à côte des lunes entières. Il se rappelait la chaleur de la saison des feuilles vertes, l'air parfumé et le bourdonnement des abeilles, mais aussi le froid mordant de la forêt enneigée. Ensemble, ils avaient découvert la vérité sur Griffe de Tigre au péril de leur vie.

Et voilà que c'était fini.

Le pire, c'est qu'il a raison, soupira Cœur de Feu. La tribu cesserait-elle un jour de le prendre pour un traître, de considérer ses chatons comme des bâtards ? Elle ne les défendait que par fierté. Peut-être n'y aurait-il jamais aucun avenir pour les trois félins au sein du Clan.

Plume Grise finit par se détacher de lui pour aller chercher les deux jeunes. Ils s'approchèrent cahin-caha en poussant des miaulements aigus.

« Il est temps, chuchota le chat cendré. On se voit à la prochaine Assemblée.

— Mais ce ne sera pas pareil. »

Le matou soutint son regard pendant un long moment.

« Non. Ce ne sera pas pareil. »

Il porta l'un des orphelins jusqu'au gué, le traversa avec précaution, déposa son fardeau à terre et rebroussa chemin. Sur la rive opposée, une silhouette grise était sortie des roseaux pour accueillir le nouveau-né.

C'était Patte de Brume, la meilleure amie de Rivière d'Argent. Bien sûr, elle choierait ces petits comme s'ils étaient les siens. Mais personne n'aurait pour Plume Grise autant d'amour que Cœur de Feu depuis quatre longues saisons.

C'est fini, se lamenta le rouquin sans bruit. *Les patrouilles, les jeux, la toilette dans notre tanière après la chasse. Les fous rires et les dangers affrontés ensemble. C'est du passé.*

Impuissant, il vit son camarade atteindre la rive opposée, le deuxième animal dans la gueule. Patte de Brume toucha le nez du guerrier et renifla ses protégés. Chacun se chargea d'un chaton avant de disparaître dans les broussailles.

Un long moment, le félin roux regarda couler l'eau scintillante. Quand la lune fut loin au-dessus des arbres, il se força à se lever et à retourner dans la forêt.

Malgré sa tristesse, il sentit une formidable énergie monter en lui. Il avait dévoilé la trahison de Griffe de Tigre et mis fin à ses machinations. En récompense, il avait eu l'immense honneur d'être nommé lieutenant. Guidé par leur chef, sous la protection de Petite Feuille et du Clan des Étoiles, il se sentait capable de grandes choses.

Sans s'en rendre compte, Cœur de Feu accéléra le pas. Lorsqu'il parvint au sommet du ravin, il courait, silhouette rousse presque invisible dans le crépuscule violet, impatient de retourner au Clan du Tonnerre et à sa nouvelle vie de lieutenant.

Cet ouvrage a été composé par
PCA - 44400 REZE

Impression réalisée sur Presse Offset par

C P I
Brodard & Taupin

La Flèche (Sarthe), le 20-02-2008
N° d'impression : 44733

Dépôt légal : mars 2008

Imprimé en France

12, avenue d'Italie

75627 PARIS Cedex 13